배인환 수필집

사랑과 여행에 대한 고마운 기록

배인환 수필집

사랑과 여행에 대한 고마운 기록

초판 1쇄 발행 I 2023년 8월 25일

지은이 I 배인환
펴낸이 I 이재호
책임편집 I 이필태

펴낸곳 I 리북(LeeBook)
등 록 I 1995년 12월 21일 제2014-000050호
주 소 I 경기도 파주시 회동길 50, 4층(문발동)
전 화 I 031-955-6435
팩 스 I 031-955-6437
홈페이지 I www.leebook.com

정 가 I 18,000원

ISBN I 978-89-97496-70-9

배인환 수필집

사랑과 여행에 대한 고마운 기록

글 배인환

리북

서문

그동안 틈틈이 쓴 글을 책으로 묶기로 했다. 산문집은 여러 권 썼지만, 순수 수필집은 네 번째이다.

이 책은 여행 수필과 일상 수필로 구성되어 있다.

1부는 여행과 관련된 글들이다. 내 생애에서 2008년부터 16개월에 걸쳐 돌아본 북중남미 10여 개국과 82일 동안 자유롭게 한 유럽 14개국 여행은 잊을 수 없는 좋은 경험이었다. 그 경험은 글쓰기의 좋은 소재이다.

다시 그 먼 나라들을 여행한다는 것은 불가능이다. 그래서 나는 그 시절을 자주 반추한다.

2부는 일상 수필이다. 하루하루 살아가면서 떠오르는 감상과 충격은 삶의 윤활유가 되고 내가 살아 있다는 기쁨이다. 조금이라도 더 보고, 더 느껴 알고 싶다. 가장 좋은 방법이 나에게는 글쓰기이다. 배운 도둑질이니까. 어쩔 수가 없다.

내가 살아 있는 한 글쓰기를 계속할 것이며 책을 묶어낼 것이다. 이것이 내 삶의 방식이니까.

2023년 6월
빈계산 기슭 금수재에서

차례

2. 신전은 필연이었다 · 49

3. 미술관은 방문하는 도시마다 · 83

4. 사랑의 기적 · 121

2부 일상 수필

1. 노년의 로맨스 · 177

5. 님들을 떠나보내며 · 275

1부 여행 수필

1

물푸레나무의 열매가 꽃처럼 아름다운

애팔래치아산맥의 죽은 전나무

2009년 가을에 애팔래치아산맥Appalachian Mountains의 셰넌도어 국립공원의 스카이라인Sky Line 고속도로에서 블루리지 파크웨이Blue Ridge Parkway를 거쳐 스모키산 국립공원을 승용차로 관광한 일이 있다. 스카이라인이 105마일이고, 블루리지 파크웨이가 460마일이다. 모두 565마일이니, 904㎞인 셈이다. 이 도로는 대부분이 능선으로만 난 애팔래치아산맥의 관광도로이다. 생물 보호를 위해서 규정 시속이 30마일이다. 사슴과 청설모 등 동물과 새들이 수시로 나타난다.

이 먼 길에 애팔래치아산맥에서 가장 높은 미첼산Mount Mitchell 2,037m과 클링먼스 돔Clingmans Dome 2,025m를 위시한 높은 산이 있는데, 산 정상에는 전나무숲이 있다. 빽빽이 들어선 전나무숲의 1/3 정도가 고사한 것을 볼 수가 있다. 미국에도 이런 현상이 일

고사한 전나무

어난다. 안타까운 생각이 들었다.

우리나라 소나무는 소나무재선충병이 치명적이다. 이 병은 솔
수염하늘소가 재선충을 옮겨서 전염시키는데 이 병에 걸린 소나
무는 수분 흡수를 못해 말라 죽는다고 한다. 또한 한번 전염되면
치료약이 없어 100% 죽는다. 자연현상은 쉽게 막을 수가 없다.

미첼산 정상에서 전나무가 고사한 이유를 설명하는 알림문을
읽을 수 있었다. 그 내용은 다음과 같다.

- 극심한 기후와 성장 속도의 증가
- 공해(산성비와 지상의 오존층)
- 해충(양털 같은 발삼전나무해충)
- 척박하고 얕은 토양
- 산림한계선의 최근접(산림이 자랄 수 없는 표고)

위의 이유를 하나하나 내 나름대로 설명해 보면, 2,000m가 넘

전나무 고사 이유 설명문

물푸레나무의 열매가 꽃처럼 아름다운

는 고산지대이기 때문에 겨울에는 혹독한 추위를 견디기가 어려울 것이다. 나무라 할지라도 동사하는 것이다.

너무나 빽빽이 들어선 나무는 태양광을 받기 위해서 경쟁적으로 성장 속도를 내다가 체력의 고갈로 죽을 수밖에 없을 것이다.

산성비와 지상까지 내려온 오존층은 식물의 생존에 치명적인 영향을 줄 것이다.

전나무의 해충balsam woolly adelgid 이외도 adelges piceae, spruce-fir moss spider, insect pest 등 피해가 극심할 것이다.

산 정상의 흙과 낙엽, 썩은 거름도 빗물에 씻겨 흘러내려 토양층이 얄아질 수밖에 없다.

산림한계선은 나무가 자라기에는 가장 악조건이 아닐까.

전나무의 고사 지역은 비단 애팔래치아산맥 지역뿐 아니라 미국의 서북부, 워싱턴주와 오리건주에서도 나타나고 있다. 미국은 전나무의 고사를 막을 수는 있으나 경제적으로 타산이 맞지 않아 방임 상태로 두고 있는 형편이다.

클링먼스 돔 카페

애팔래치아산맥의 스모키산 국립공원에 클링먼스 돔이 있다. 높이가 2,025m이다. 한라산1,947m보다 더 높은 산이다. 미국은 이런 산꼭대기까지 차가 올라간다. 우리나라 같으면 어림도 없을 터인데 자동차 문화 국가라 그런지 별 시비가 없는 것 같다.

애팔래치아산맥에서 가장 높은 산은 미첼산Mt. Mitchell 2,037m이다. 그곳에는 전망대는 있었는데 카페는 없었다. 마침 그때가 가을로 접어드는 계절이었다.

스모키산 국립공원의 영향인지 클링먼스 돔 정상에 카페가 있었다. 빨간 서양물푸레나무 열매가 꽃처럼 아름다운 가을이었다. 그곳에서 커피를 마신 일이 있다. 2009년 9월 27일이다. 물론 소라와 여행 중이었다.

마침 이브 몽땅1921~1991의 〈고엽〉이 흘러나왔다. 감미로운 음악이었다. 소라는 집안 내력이 음악 쪽이다. 게다가 대학과 대학원에서 음악을 전공했다. 나는 소라와 사귀면서 음악을 좋아하게 되었다.

Les feuilles mortes

Je voudrais tant que tu te souviennes

Des jours heureux où nous étions amis.

En ce temps-là la vie était plus belle,

Et le soleil plus brûlant qu'aujourd'hui.

Les feuilles mortes se ramassent à la pelle.

Tu vois, je n'ai pas oublié...

Les feuilles mortes se ramassent à la pelle,

물푸레나무의 열매가 꽃처럼 아름다운

Les souvenirs et les regrets aussi

Et le vent du nord les emporte

Dans la nuit froide de l'oubli.

Tu vois, je n'ai pas oublié

La chanson que tu me chantais.

C'est une chanson qui nous ressemble.

Toi, tu m'aimais et je t'aimais

Et nous vivions tous deux ensemble,

Toi qui m'aimais, moi qui t'aimais.

Mais la vie sépare ceux qui s'aiment,

Tout doucement, sans faire de bruit

Et la mer efface sur le sable

Les pas des amants désunis.

클링먼스 돔 정상의 클링먼스 카페

Les feuilles mortes se ramassent a la pelle,

Les souvenirs et les regrets aussi

Mais mon amour silencieux et fidele

Sourit toujours et remercie la vie.

Je t'aimais tant, tu etais si jolie.

Comment veux-tu que je t'oublie ?

En ce temps-la, la vie etait plus belle

Et le soleil plus brulant qu'aujourd'hui.

Tu etais ma plus douce amie

Mais je n'ai que faire des regrets

Et la chanson que tu chantais,

Toujours, toujours je l'entendrai!

C'est une chanson qui nous ressemble.

Toi, tu m'aimais et je t'aimais

Et nous vivions tous deux ensemble,

Toi qui m'aimais, moi qui t'aimais.

Mais la vie sépare ceux qui s'aiment,

Tout doucement, sans faire de bruit

Et la mer efface sur le sable

Les pas des amants désunis.

고엽

오! 기억해 주기 바라오

우리의 행복했던 나날들을

그 시절의 인생은 지금보다 더 아름다웠고

태양은 더 뜨겁게 우리를 비추었다오

무수한 고엽이 나뒹굴고 있다오

당신이 알고 있듯이 나도 알고 있다오

물푸레나무의 열매가 꽃처럼 아름다운

추억도 그리움도 그 고엽과 같다는 것을
북풍은 그 고엽마저 차거운 망각의 밤으로 쓸어가버린다오

당신이 내게 불러주었던 그 노래를 기억한다오
그건 우리를 닮은 노래라오
당신은 나를 사랑했고 난 당신을 사랑했다오
그리고 우리 둘은 하나였다오
나를 사랑했던 당신, 당신을 사랑했던 나
그러나 인생은 조용히 아주 조금씩 사랑하던 사람들을 갈라놓고
그리고 바다는 모래 위에 남겨진
연인들의 발자국마저 지워버린다오

무수한 고엽이 나뒹굴고 있다오
추억과 그리움도...
그러나 조용하고 변하지 않는 내 사랑은
항상 웃음지으며, 그 삶에 감사한다오
나는 그대를 사랑했고 그대는 너무도 아름다웠다오
당신은 어떻게 내가 당신을 잊기를 바라나요
그 시절 우리의 인생은 지금보다 더 아름다웠고
태양은 더 뜨겁게 우리를 비추었다오.
그대는 가장 달콤한 나의 연인이었다오
그러나 난 이제 그리움이 전혀 필요없다오
그리고 당신이 부르던 그 노래를 언제까지나 들을 것이라오

    연애하는 이들에게 이보다 더 감미로운 음악이 있을까? 가끔
생각나는 잊지 못할 추억이다. 좋은 음악의 가사는 시와 같다. 밥
딜런의 노랫말처럼.

미시시피강

몬태나주 북부의 글레이셔 국립공원Glacier National Park에 트리플디바이드피크Triple Divide Peak 8,020ft가 있다. 그곳은 북아메리카 대륙 수계의 정점이다. 트리플디바이드피크의 서쪽 사면에 떨어진 빗방울은 컬럼비아강을 거쳐 태평양으로 흘러가고 북동쪽 사면에 떨어진 빗방울은 캐나다의 서스캐처원강으로 흘러 허드슨만으로, 남동쪽 사면 빗방울은 미주리강, 미시시피강을 흘러 멕시코만, 대서양으로 간다. 같은 봉우리에 내린 빗물이 조그마한 차이로 생판 다른 곳으로 긴 여행을 떠나는 것은 어쩌면 인간의 운명 같은 것이 아닐까?

이런 생각을 사람들이 하는지 이곳을 찾는 사람들이 많아 대륙 분수계 트레일로 유명한 곳이다. 이 산이 미주리강의 발원지는 아니다. 미주리강의 발원지는 몬태나주의 서남쪽 제퍼슨강Jefferson River의 상류 레드록강Red Rock River이다. 옐로스톤 국립공원의 바로 옆이다.

산이 땅의 아버지라면 강은 땅의 어머니가 아닐까. 미국을 이야기하면서 어찌 미시시피강을 이야기하지 않을 수 있겠는가!

로키산맥 동쪽과 애팔래치아산맥 서북쪽 사이의 광활한 지역의 물은 대부분 미시시피강으로 흘러든다. 미시시피강은 미국 50주 중 31개 주와 캐나다 2개 주를 더하는 광활한 유역 면적을 가지고 있는 큰 강이다. 그리고 국토의 중심을 지나는 대동맥과 같은 강이다. 미국 지도를 보면, 미시시피강은 한 그루의 커다란 나무와 같다. 양옆으로 거대한 지류들이 가지처럼 뻗어 있고 그 지류에 무수히 많은 잔가지 같은 물줄기들이 있다.

미시시피강 본류의 발원지는 미주리강의 발원지가 아닌, 미

물푸레나무의 열매가 꽃처럼 아름다운

네소타주의 북쪽에 있는 이타스카호Lake Itasca라고 표시된 것을 본다. 미주리강은 미시시피강 3,762㎞의 지류로 보는 것이다. 따라서 길이는 4,070㎞이고 유출량은 16,792㎥/s, 유역 면적은 3,220,000㎢로 세계에서 10번째로 긴 강이다. 미주리강을 포함하면 미시시피강은 길이가 6,270㎞로 세계에서 4번째로 긴 강이다.

미시시피강과 가장 유사한 강은 중국의 양쯔강Yangze River이다. 아마존강이 정글지대를 흐르고 나일강이 사막을 흐르는 데 반하여 세계 G2국인 미국과 중국의 미시시피강과 양쯔강은 곡창지대를 흘러 인간의 삶과 문화에 지대한 영향을 주고 있다.

양쯔강도 22개 성과 5개 자치구 중 12개 성1개 자치구 포함을 흐르는 강이다. 중국의 비옥한 토지를 만들어 강변에 대도시들이 많다. 양쯔강에 싼샤댐이 있다면 미시시피강에는 TVA가 있다.

양쯔강을 수치로 살펴보면, 길이는 6,418㎞로 미시시피강보다 148㎞ 더 길다. 평균 유출량은 30,166㎥/s로 미시시피강의 거의 배이다. 그런데 유역 면적은 1,808,500㎢인 반면에 미시시피강이

미시시피강 중류

2,981,076㎢로 1,172,576㎢ 더 넓다.

2010년 1월 6일 빅스버그Vicksburg에서 미시시피강 하류를 처음 보았다. 마크 트웨인 불후의 명작 〈톰 소여의 모험〉The Adventures of Tom Sawyer, 〈허클베리 핀의 모험〉The Adventures of Huckleberry Finn처럼 증기선을 타고 뉴올리언스까지 가고 싶었지만 타지 못했다. 지금은 증기선이 없어졌기 때문이었다. 미시시피강의 육중한 다리를 건너 둑길을 차로 달렸다.

미시시피강은 대단했다. 하류라 강폭이 넓고 강 양안에는 나무들이 무성하게 자라고 있었다. 루이지애나 쪽은 드넓은 비옥한 경작지가 끝없이 전개되었다.

재즈로 유명한 뉴올리언스에 도착했을 때 미시시피강의 하구를 보고 싶었다. 하구에는 베니스라는 작은 마을이 있다. 우선 그곳까지 승용차로 가기로 했다.

철교 같은 미시시피강의 다리를 몇 개나 건너 울렁거리는 가슴을 진정시키면서 차를 몰았다. 홍학 두 마리가 강 건너에서 먹이를 찾고 있었다.

강물은 흙탕물이었고 강기슭에는 겨울이라 나무들이 을씨년스러웠다. 지도를 보면 미시시피강의 하구는 강물이 운반해 온 모래와 흙으로 바다로 뻗어간다. 물길도 부챗살처럼 퍼져 나간다. 바로 강 옆길로 차를 몰았으나 둑의 높이 때문에 강은 볼 수 없었다.

베니스에 도착했을 때

  큰 강의 하구에는 강물의 범람이나 강물이 싣고 온 침전물이 쌓여 삼각주를 만든다. 나일강, 양쯔강, 미시시피강이 공통으로 비옥한 삼각주를 만들어 문명을 발전시켰다. 아마존강의 삼각주는 하구의 넓이가 너무 넓어서 삼각주 형성을 방해한 것 같다. 미시시피강의 삼각주는 조족상鳥足狀 삼각주라고 부른다. 미시시피강의 삼각주에 대한 다음 설명은 흥미를 자아낸다.

  미시시피강은 매년 4억 9,500만t의 침전물을 바다로 쏟아 부어, 매 세기 삼각주의 해안선이 9.6㎞씩 넓어지고 있다. 수백만 년 동안 멕시코만의 해저로 침전물이 쏟아져 나가 반경 482㎞, 면적 4만 8,279㎢의 원뿔꼴 침전층이 만들어졌다. 이 원추의 지표면이 바로 면적 1만 6,253㎢에 해당하는 오늘날의 미시시피 삼각주이다.

미시시피강의 하구. 이곳의 물줄기는 부챗살처럼 퍼져 나간다.

아메리카 대륙에는 유럽의 지명들을 그대로 쓰는 경우가 많다. 베니스하면 세계 3대 미항 중 하나인 이탈리아의 항구 도시, 베니스를 연상하겠지만 여기서 말하는 베니스는 미시시피강의 하구에 있는 작은 마을의 이름이다. 베니스에 간 것은 삼각주를 보기 위해서가 아니고 미시시피강물은 빗살처럼 나누어져 바다로 흘러든다고 해서, 그것이 보고 싶었다. 다음과 같은 영문을 읽었다.

Welcome Gateway to the Gulf
You have reached the southernmost point in Louisiana

베니스 다음에는 파일럿타운pilottown이 있지만 통제구역이었다. 하구에는 무수히 많은 작은 호수와 물웅덩이가 있었고 물새들이 참 많았다. 무슨 공장인지 잘 모르지만, 공장들도 많았다. 홍수가 지면 이 공장들은 어떡하나 하는 걱정을 했다. 큰 강이라 부챗살 같은 하구는 볼 수 없었다. 비행기를 타지 않고는 불가능할 것 같았다.

땅에는 쑥과 엉겅퀴들이 푸르렀고 갈대들은 내 키의 두 배는 되는 것 같았다. 관광객은 우리 이외에는 한 사람도 없었다. 불현듯 두려운 생각이 들어 차에 앉아서 좀 쉬다가 돌아왔다.

돌아오는 길에 차를 세우고 강둑에 올라가 보았다. 거기에는 잭슨 요새가 있었다. 독립전쟁 당시 미시시피강을 올라오는 적군을 방어하는 요새였을 것이다. 강 건너에는 필립 요새가 있다고 한다. 남북전쟁 때 전투지로 국가 사적지이다. 잭슨 요새는 허리케인 카트리나와 리타 때 6주 이상 물에 잠겨 파괴되었다.

미시시피강이 힘차게 흐르는 것도 보았다. 강 양안에는 유조선과 석탄을 실은 배들이 즐비하게 늘어서 있었다. 과연 미시시피강임을 실감했다.

물푸레나무의 열매가 꽃처럼 아름다운

키웨스트 가는 길

워싱턴을 떠나 남쪽으로 가면서 마이애미와 에버글레이즈 국립공원을 보고 미국의 땅끝마을에 가 보고 싶은 충동을 느꼈다. 바로 키웨스트이다. 그곳에 헤밍웨이가 살던 집이 있다.

물론 키웨스트에 가고 싶은 이유는 헤밍웨이의 기념관이 있어서만은 아니었다. 그것보다도 아름다운 해상 고속도로overseas highway를 드라이브하는 즐거움을 느껴보고 싶었다. 보석처럼 점점이 박혀있는 섬들과 카리브해의 초록빛 바다. 열대의 식물들과 섬과 섬을 연결하는 다리가 40개가 넘는다. 그 다리들을 건너가고 싶었다. 이 다리 중에 '7마일 다리'라는 긴 다리도 있다. 한때 세계에서 가장 긴 다리이기도 했다고 한다.

플로리다키스Florida Keys는 약 4,500개의 섬으로 이루어진 열도이다. 육지와 키웨스트를 잇는 해상 고속도로는 1938년에 완성되

키웨스트 가는 길

었고 2차선으로 된 좁은 도로이기 때문에 성수기에는 교통의 대혼잡을 가져올 수 있고 허리케인과 열대 폭풍우의 피해가 많은 지역이기도 하다. 그래서 키웨스트까지 비행기로 가는 관광객들도 많다.

비성수기라 그런지 도로는 한적했고 유난히 맑은 하늘, 유유히 떠 있는 낚싯배 등 최적의 여행이었다.

키웨스트는 쿠바, 서인도제도, 바하마의 섬 문화와 스페인과 미국 문화가 혼전하는 특이한 곳이다. 열대 식물이 풍부하고 로얄 포인시아나Royal Poinciana의 붉은 꽃이 만개하는 정열의 섬이기도 하다.

시카고에서 우연히 헤밍웨이의 생가를 발견했다. 평범한 이층집이었다. 얼마 떨어지지 않은 곳에는 그의 기념관도 있었다. 밖에서 보기에도 보통의 박물관 크기였다. 그러나 토요일이라 관광할 수 없었다. 그렇다고 월요일까지 기다려서 볼 순 없어서 아쉬움이 많았다.

헤밍웨이가 파리에서 살 때 동향의 소설가이며 같은 로스트제네레이션 작가, 존 로드리고 더스 패서스John Roderigo Dos Passos로부터 키웨스트에 오라는 편지를 받았다. 그러한 인연으로 그는 두 번째 부인 폴린과 키웨스트에 가서 10년 동안 살았다. 헤밍웨이 기념관은 등대가 있는 화이트 헤드White Head 거리 907번지에 있었다. 19세기 중엽에 지어진 집이었으나 아직도 고급 주택이라는 인상을 주었다. 그 집에서 집필에 전념한 결과 〈무기여 잘 있거라〉A Farewell to Arms, 〈누구를 위하여 종은 울리나〉For Whom the Bell Tolls, 〈가진 자와 없는 자〉To Have and Have not 등의 장편과 〈킬리만자로의 눈〉The Snow of Kilimanjaro 같은 단편 등 많은 작품을 썼다.

헤밍웨이는 폴린에게 이혼을 당하고 세 번째 부인 마사와 결혼, 쿠바로 거주지를 옮긴다. 그리고 쿠바에서 출국당한 후 아이다호주의 케첨Ketchum으로 이사하지만, 우울증과 상실감에 엽총으로 자살한다. 그의 부친도 헤밍웨이처럼 엽총으로 자살했다고 전해진다.

기념관에는 고양이가 참 많았다. 그리고 폴린의 사치심과 낭비벽을 증명하는 수영장이 눈에 들어왔다. 거실에는 유물들이 가지런히 진열되어 있었다. 대부분이 아내 폴린이 수집한 외제 고급 가구들이었다. 벽마다 걸려있는 사진, 편지, 기사들이 눈에 띄었다. 그의 많은 초상화, 〈노인과 바다〉와 관련된 석판화도 있었다. 쿠바에 살 때 오랫동안 절친한 친구이며 그의 낚싯배 Pilar의 요리사였으며 〈노인과 바다〉의 실제 모델인 그레고리오 푸엔테스Gregorio Fuentes, 1897~2002와 헤밍웨이의 사색에 잠긴 사진과 거대한 청새치 그림이 인상적이었다. 이곳에 이런 자료들이 있을 줄 몰랐다. 〈노인과 바다〉는 사실 쿠바에서 썼다. 쿠바에 가 보고 싶었는데 이곳에서 이런 자료들을 본 것은 다행이었다.

침실의 머리 위 벽에 프랑스에서 그가 직접 구했다는 헨리 포크너Henry Faulkner의 〈농장〉Farm의 사본이 걸려 있고 수납장 위에는 피카소가 조각한 복제품 고양이 상이 있었다.

가장 관심이 가는 곳은 역시 별채에 있는 그의 작업실과 서재였다. 이제는 골동품이 다 된 그가 가장 아꼈던 타자기, 그의 손때가 묻은 두꺼운 커버의 낡은 책들, 그가 모은 기념품들, 의자와 원형 탁자들이 그대로 보존되어 있었다.

밖으로 나오자 3에이커의약 3,700평 넓은 정원에는 열대지방의 야자나무와 식물들이 잘 가꾸어져 있어 시원한 풍경을 주었다.

그래, 소설가라면 이런 낭만을 누리고 살아야지 하는 생각이 들었다.

쿠바의 아바나

쿠바는 사실 처음부터 가고 싶지 않았다. 첫째는 공산주의 국가라는 것이 싫었고 독재자 피델 카스트로도 마음에 들지 않았다. 또한 1962년 쿠바 핵미사일 사태가 발발하고 케네디 대통령의 암살로 얼룩진 것을 기억하고 있다. 그런데 키웨스트에 가서 헤밍웨이 기념관을 보고 나니 불현듯 그곳에 가고 싶었다.

헤밍웨이의 작품 중 내가 가장 좋아하는 작품이 〈노인과 바다〉인데 그 작품을 쓴 곳이 아바나이다. 그곳에 그의 기념관이 있다. 그래서 그곳에 가 보고 싶었는데, 가 보지 못했다.

아바나는 키웨스트에서 가깝고 칸쿤에서도 가까운 도시이다.

헤밍웨이가 쿠바를 미치도록 사랑했다는 이야기가 있다. 그것은 무엇 때문이었을까? 그는 1939년부터 20여 년간 쿠바에 정착하면서 〈노인과 바다〉를 썼고, 〈누구를 위하여 종은 울리나〉를 완성했다.

헤밍웨이가 쿠바를 그렇게 좋아한 것은 그의 약력에서 찾을 수 있을 것 같다. 그는 1918년 1차 세계대전 때 이태리 전선에서 운전병으로 참전했다. 혁명 스페인 공화제를 지지하며 스페인전쟁으로 달려갔다. 40세 중반에는 노르망디 상륙작전과 이어지는 파리해방전투에 참여했다.

쿠바는 혁명가들이 3명이나 있다. 쿠바 독립의 영웅 호세 마르티1853~1895, 젊은이들의 우상인 체 게바라1928~1967, 쿠바를 49년이나 통치한 혁명가인 피델 카스트로1926~2016 등이 있어 쿠바를 좋아하지 않았을까 하고 생각한다. 헤밍웨이의 핏속에는 그런 것이 있다. 그리고 그는 바다에 대한 무한한 동경이 있었던 것 같다. 그는 사냥과 낚시를 참 좋아했다.

〈노인과 바다〉는 헤밍웨이의 작품 중 가장 철학적이고 은유적인 작품이다. 비록 중편의 창작물이지만 그의 작품 중 가장 뛰어난 작품임은 분명하다. 그가 잘 알던 쿠바인 어부 그레고리오 푸엔테스가 실제로 겪은 이야기를 듣고 창작하였다고 한다. 소설 발표 당시에 푸엔테스는 아직 50대였다.

당시 그 어부는 그 대가로 그냥 밥 한 끼에 술 한 잔 사 주면 된다며 자신의 이야기를 들려줬는데, 소설이 크게 성공한 뒤 헤밍웨이가 보답이라며 2만 달러라는 거액을 어부에게 주었다는 일화가 헤밍웨이의 인간다운 면모를 읽을 수 있다.

그는 61세에 우울증과 작품이 쓰이지 않는 것을 괴로워하면서 엽총으로 자살한다.

옐로스톤 국립공원

피닉스서 6개월 동안 거주하면서 미국의 서남부 지역을 거의 다 가 보았으나 미국 국립공원 중 최초, 최고인 옐로스톤 국립공원을 가 보지 못해서 후회막급이다. 우리가 거주한 피닉스는 애리조나주 남쪽에 있고 옐로스톤 국립공원은 유타주를 건너 와이오밍주 북서쪽 꼭대기에 있다. 거리가 너무 멀었다. 게다가 내 짝 소라는 이미 그곳을 두 번이나 가 보았다.

옐로스톤 국립공원은 위도상 북쪽45°이라 겨울이 일찍 온다. 우리가 계획을 세울 무렵 이미 폐쇄한 공원이 여럿 있었다. 시기를 놓친 것이다.

그래도 후회할 거 같아 갈 방법을 알아 보았다. 우리 승용차로는 2박 3일이 소요될 것 같아 소라가 운전하기에 너무 피곤할 것 같았고 비행기로 가자니 비행깃값이 장난이 아닐 것 같고 해서 기차를 알아보다가 그만 기회를 놓쳤다.

두 번째 미국에 갔을 때는 역시 가을쯤인데다 동부에 있어서 서부에 있는 옐로스톤 국립공원 여행을 엄두도 못 냈다. 피닉스에 다시 간 것은 1월이라 시기가 되지 않았다.

옐로스톤 국립공원은 다른 국립공원과 달리 지구상 최고, 최대 간헐천이 있는 독특한 매력이 있다. 그리고 국립공원이 갖추어야 할 모든 것을 갖춘 공원이다. 크기가 약 9,000㎢로 어마어마하다. 짐작이 안 될 터이니까 비교해서 말한다면 충청남도가 8,246.96㎢이다. 이보다 넓다. 호수, 강, 협곡, 폭포, 전 세계 2/3나 되는 간헐천과 온천이 있다.

미국의 다른 국립공원과 비교해 보면 요세미티 국립공원은 넓이가 약 3,000㎢이다. 그랜드캐니언은 약 5,000㎢이다. 플로리다주 남쪽에 있는 미국의 5대 국립공원 중 하나인 애버글레이즈 국립공원은 약 6,110㎢이다. 그 공원에서 바닷물에서 자라는 맹그로브를 본 곳이다. 브라질 이구아수폭포의 크기는 1,700㎢이고, 아르헨티나 이구아수폭포 공원은 550㎢이다. 합쳐봤자 2,250㎢이다.

볼리비아 우유니 소금사막은 약 12,000㎢이다. 볼리비아에서 아마존 투어를 가서 본 마디디 국립공원은 18,958㎢이고 이와 쌍벽을 이루는 페루의 마누 국립공원은 18,811㎢이다. 남미의 공원들은 대단하다.

최근 발표된 기사에 의하면 마디디 자연보호공원에 서식하는 생물은 총 8,880종이다. 포유류 265종, 조류 1,028종, 파충류 105종, 양서류 109종, 어류 314종, 식물 5,515종, 나비 1,544종 등이다. 이는 세계 최고라는 것이었다.

페루의 마누 국립공원은 다양한 생물뿐 아니라 미접촉 부족이 살고 있어 일반인이 들어갈 수 없는 지역이 공원의 70%이다.

이러한 세계적인 국립공원 중 가 보지 못한 곳이 우유니 소금사막과 옐로스톤 국립공원이다. 우유니 소금사막은 갈 수 있었는

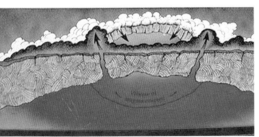

옐로스톤 국립공원의 지층
(사진은 내짝 이소라가 촬영)

공원에 서식하는 버펄로

데, 가지 않아서 서운하지 않은데 옐로스톤 국립공원은 언젠가는 꼭 가 보고 싶다.

옐로스톤 국립공원은 미국의 국립공원. 와이오밍주, 몬태나주, 아이다호주에 걸쳐 있는 이곳에는 여러 가지 기념되는 지리적 물질이 있으며, 지구 간헐천의 3분의 2에 해당하는 300개의 간헐천일 정한 간격을 두고 뜨거운 물이나 수증기를 뿜어내는 온천으로 화산 활동이 있는 곳에서 많이 나타남이 있다.

광대하고 아름다운 자연을 만끽할 수 있는 미국의 국립공원이다. 와이오밍주 북서쪽에서 몬태나주 남서부, 아이다호주 남동부까지 세 주에 걸쳐 있지만, 전체 면적의 96%가 와이오밍주에 속해 있다. 수십만 년 전의 화산폭발로 이루어진 화산고원지대로, 마그마가 지표에서 비교적 가까운 5㎞ 깊이에 있어 그 결과로 다채로운 자연현상이 나타나는 곳이다.

그랜드캐니언 국립공원의 세 배가 넘는 약 9,000㎢의 광대한 지역에 강과 호수, 산과 숲, 황야와 협곡, 간헐천, 온천, 폭포, 기암괴석 등이 산재하고 있으며, 한편으로 사슴, 물소, 조류 등 야생동물

옐로스톤 국립공원의 에움길

지구 최대의 간헐천

물푸레나무의 열매가 꽃처럼 아름다운

의 보고이기도 하다.

옐로스톤노란 바위이라는 명칭은 미네랄이 풍부한 온천수가 석회암층을 흘러내리며 바위 표면을 노랗게 변색시켜 붙여진 이름이다. 1872년에 미국 최초의 국립공원으로 지정되었으며, 1978년 유네스코 자연유산으로 지정되었다.

공원에는 간헐천을 비롯해 여러 가지 온천이 1만여 개나 존재한다. 이 중 가장 유명한 곳이 올드 페이스풀Old Faithful이라는 간헐천이다. 약 70분마다 40~50m 높이의 뜨거운 물이 솟아올라 약 4분 정도 지속된다. 규모가 크고 규칙적이어서 관광객들이 즐겨 찾는 곳이다. 온천 중에는 매머드Mammoth 온천이 제일 유명하다. 오랜 세월 유황이 덧칠해져 노란색을 띠는 계단식 바위 위로 온천물이 흘러내리는 장관을 볼 수 있다. 하지만 곳곳에서 배출되는 유황 가스 때문에 역한 냄새가 날 뿐 아니라 호흡기에 영향을 줄 수 있으므로 주의가 필요한 곳이기도 하다.

산중 호수로는 북미 대륙에서 가장 큰 옐로스톤호수는 평균고도 2,400m에 면적 약 360㎢이며, 호수 주변의 다채로운 식생과 맑은 호수의 풍경 때문에 사람들의 사랑을 받는 곳이다. 옐로스톤강이 호수로 흘러들면서 300m 높이의 협곡을 만들어내는데, 옐로스톤의 그랜드캐니언이라 불린다. 이곳에는 거대한 폭포들이 여러 개 있는데 가장 큰 것은 94m에 이르는 로워 폭포Lower Falls로 나이아가라 폭포의 2배에 달하는 길이다.

_ [네이버 지식백과] 옐로스톤 국립공원Yellowstone National Park(두산백과)

이렇게 어마어마하니 이삼일 동안에 다 볼 수 없을 것이다. 가장 유명한 곳만 중점적으로 볼 수밖에 없을 것이다.

미국 서남부의 암각화

미국 서남부 지방의 암각화 생각이 났다.

암각화Rock Art는 사막의 표면이 검은 바위에 조각하거나 페인트로 그린 그림이다. 그림의 소재는 지상화와 마찬가지로 사냥감인 동물, 우주의 근본인 사람, 신이나 태양, 달, 별과 같은 초월적인 것이다.

암각화나 랜드 아트Land Art 또는 지상화는 모두 문자가 없던 시절에 문자 대신에 의사를 표현한 것임은 자명한 사실이다.

암각화는 북미의 서남부 사막에만 있는 것이 아니고, 세계의 곳곳에 있다. 북미에 많이 있고, 북미 중에서도 우리가 거주했던 애리조나주와 주변 주에 주로 분포되어 있다. 유타주와 뉴멕시코주, 캘리포니아주에 많다. 내가 처음 암각화를 본 것은 엘 모로 국립 기념사적지El Morro National Monument에서였다.

황무지의 들꽃. 멀리 마사가 보인다.

물푸레나무의 열매가 꽃처럼 아름다운

그날 I-40을 마다하고 53번 지방도로를 택했다. 갑자기 눈앞에 심상치 않은 바윗덩이가 나타났다. 300m가 넘는 거대한 절벽의 사암군이었다. 마치 요새지 같았다. 그곳에는 옛날에 인디언들이 살았을 것 같았다. 사적지 앞으로 끝없는 황야가 펼쳐졌다. 그곳이 바로 우리가 가고자 했던 엘 모로 국립 기념사적지이었다. 그곳은 인디언의 한 종족인 주니 인디언 보호구역Zuni Reservation에서 가까운 곳이었다.

주위에 관광지들도 있었다. 입장료는 두 사람에 6불이었다. 그곳은 비명, 비문 바위Inscription Rock라고 할 만큼 바위에 인디언, 스페인 사람, 아메리칸들의 그림과 글씨들이 새겨져 있었다. 2,000개가 넘는 페트로그래피와 글씨 등이 새겨져 있었다. 처음으로 암각화를 본 것이다. 유인물에는 다음과 같은 흥미로운 대목도 있었다.

The Spaniard explorers called it El Morro*(The Headland)*. The

비명, 비문 바위Inscription Rock. 길을 따라가다 보면 오아시스가 있다. 바위에는 글씨가 많다.

Zuni Indians call it "A'ts'ina"*(Place of writings on the rock)*.
Anglo-Americans called it Inscription Rock.

스페인 탐험가들은 그것을 엘 모로머리 땅라고 불렀다. 주니 인디언들은 그것을 아트시나바위에 그릴 수 있는 곳라고 불렀다. 영국계 미국인들은 그것을 비석바위라고 불렀다.

여행안내소 주위로는 나무들이 많았고 거대한 바위 아래에는 작은 연못만 한 오아시스가 있었다. 트레일하는 코스가 많았는데, 먼저 암각화만 보는 쉬운 코스를 택했다. 그러나 결국 호기심이 많은 우리는 유적을 봐야 해서 일주하기로 했다. 유적은 고원의 정상에 있었다. 우리는 정상으로 가는 길을 걸었다. 곧 정상에 올라갔다. 오를만한 가치가 있었다. 그곳은 완전한 천연의 성이었다. 대군을 가지고도 공격하기 어려운 요새지였다. 그곳에 파티산의 아지트 같은 집터가 있었다. 물론 오래된 유적지라 돌벽만 남은 곳이었다.

유적지를 떠나 다시 이동했다. 고원에는 암각화는 없었다. 넓은 바위가 나타났다. 소라는 내 무릎을 베고 그 바위에 누워 티 없이 맑은 사막의 가을 하늘을 쳐다봤다. 사막에는 많은 종류의 자잘한 야생화가 지천으로 피었다.

그녀는 경치 좋은 곳에 가면 이렇게 누워서 하늘을 바라보기를 좋아했다. 그럴 때마다 나는 기사가 되어 그녀를 잘 보호했다.

투손의 사막 박물관

우리가 애리조나주에서 거주한 곳은 피닉스이지만 투손Tucson
도 잊을 수 없는 곳이다. 투손은 역사가 깊은 도시이고 애리조나
주에서 가장 역사가 깊은 애리조나대학이 있는 곳이다.

우리는 5월에 투손에 있는 사막 박물관에 가기로 했다. 5월은
선인장이 꽃 피는 계절이라 투손의 사막 박물관이 천국과 같은
곳이라고 해서이다. 실제로 애리조나-소노란 사막 박물관은 꽤
유명한 곳으로 소문이 나 있다.

21에이커의 사막 경관을 가로지르는 3㎞의 산책로가 유명하다.
10만 평이 넘는 광활한 박물관이다. 동식물원, 자연사 박물관, 수
족관, 미술관이 있으며 동물원에는 북미의 퓨마는 물론, 멸종 위
기인 여우, 코요테, 뿔산양 등 300여 종의 동물들이 있고 선인장
을 포함한 1,200종이 넘는 사막의 나무와 꽃들이 있다. 맹독성 뱀
과 지네들도 있다.

사막 식물원

아름다움이 빛난다.

새 중에서 가장 작고 정지, 후진도 가능한 벌새Hummingbird들도 있다. 이 새를 보고 헬리콥터를 만들었다고 한다. 색이 빨강, 초록, 파랑의 벌새는 새 중에서 가장 귀여운 새이다.

피닉스시의 식물원도 가 보았는데, 개인 소유의 토지에서 식물들을 자연적으로 자라도록 두었더니 아열대식물이 차츰차츰 자라 저절로 식물원이 되었다고 말했다. 열대식물원답게 선인장이 참 많았다. 피닉스 식물원에는 현란한 유리공예품이 많았다.

이번에 우리는 투손에 I-10으로 갔다. 보통 때는 소로로 가는데 마땅한 길이 없었다. 내비게이션이 시키는 대로 도로를 따라갔다. 특징도 없는 사막이 지루하게 전개되었다. 멀리 보이는 검은 산들과 능선이 위안이 되었다.

한두 시간 달려 투손 근교에 있는 사구아로saguro숲이 있는 여행안내소에 도착해서 자료를 구하고 꿀을 좀 샀다. 선물로 줄 것만 샀더니 소라가 우리 먹을 것도 사자고 해서 2병을 더 샀다. 그리고 그림엽서도 샀다. 손자인 건하와 산하, 준이와 린이에게 줄 것이다. 그리고는 좀 떨어진 박물관을 향했다.

식물원의 선인장

식물원의 작은 연못

물푸레나무의 열매가 꽃처럼 아름다운

세계의 암각화

우리나라 암각화는 울산에 있는 반구대 암각화가 제일 유명하다. 울산 반구대 암각화 이외에 경상도 지방을 중심으로 10여 곳 이상 암각화들이 있다. 반구대 암각화는 주로 고래를 그린 그림으로 세계적이라는데 유감스럽게도 거의 방치되어 있다. 최근의 조사에 의하면 눈으로 식별할 수 있는 300점의 그림 중 사연댐으로 인한 훼손으로 30여 점도 되지 않을 정도로 멸실 위기에 처해 있다는 것이다.

미국에 가서 암각화를 보기 이전까지는 나 역시 암각화에 대하여 문외한이었다. 2008년 피닉스에 거주했을 때, 피닉스의 사우스 마운틴South Mountain에 자주 갔다. 등산으로도 가고 암각화를 보러 가기도 했다. 사우스 마운틴은 피닉스 주위의 모든 산처럼 검은 바위산이다. 그래서 경주의 남산에 부처가 많은 것처럼 암

'춤추는 암각화'

각화가 많다.

검은 바위가 암각화를 그리기에 좋기 때문이다. 피닉스의 기후는 사막 기후이다. 그곳에는 암각화로는 희귀한 '춤추는 암각화'dancing rock art가 있다.

춤추는 암각화는 피닉스의 사우스 마운틴 이외의 지역에서 본일이 없다. 피닉스뿐 아니라 미국의 서남부에는 북미를 대표하는 암각화 지역이 많다. 암각화에 관심을 두게 되면서, 세계적으로 암각화가 어떻게 분포되어 있는가를 살펴보고 싶었다.

가까운 중국의 암각화는 아시아를 대표하는 암각화인데, 세계문화유산으로 등재된 다쭈 암각화가 유명하다.

> "북에는 둔황, 남에는 대족"이라는 말이 있을 정도로 '동방 예술의 보고'로 불리기도 하는데 둔황 석굴이 북쪽의 석각 예술을 대표하고, 대족 석각다쭈 암각화이 남쪽 석각 예술을 대표한다. 불교, 도교, 유교의 세 종교 특징이 잘 어우러져 1999년 유네스코 세계유산으로 등재되었다.

중국의 암각화는 다른 지역과는 달리 유독 종교적인 색채가 뚜렷하다.

유럽 암각화 연구의 1번지는 프랑스 알프스, 기적의 계곡인 몽베고 암각화이다. 몽베고에는 4,000개의 바위에 3만 5천의 암각화가 철저한 국가의 관리로 보존되고 있고, BC 1,800~1,500년대에 만들어진 것으로 추정된다. 그림이며 내용은 코르뉘 형상, 쟁기 형태, 미늘창도끼창, 그물 형태, 사람 형상 등이다.

인류의 기원이 아프리카에서 시작되었기 때문인지, 아프리카는 남부지역에 5만 점의 암각화가 있다. 보츠와나의 쏘딜로, 나미비아의 브랜드버그와 트위펠폰테인, 레소트의 드라켄스버그산과

물푸레나무의 열매가 꽃처럼 아름다운

남아프리카 칼라하리사막 일대 그리고 짐바브웨의 마토보언덕 등이다.

암각화의 제작연대를 정확하게 측정하기는 어려운 일이지만 아프리카의 암각화 중에는 기원전 22,500년에서 27,500년에 만들어진 것도 있다 하니 대단한 일이다.

호주의 암각화는 세계에서 세 번째로 큰 카카두 국립공원에 있다. 이 국립공원은 자연 그 자체로도 아름답지만 2만 년 전 호주 원주민들이 그린 벽화를 구경할 수 있어 더욱 흥미로운 곳이다. 다윈에서 동쪽으로 2~3시간 이동하면 갈 수 있으며 유네스코 복합유산으로 등록되었다.

암각화 중에서 가장 신비스러운 것은 남미를 여행할 때 구경한 나스카 지상화이다. 우리는 이것을 비행기를 타고 구경했다. 투어 회사의 유리창에 소개된 지상화는

달Sun and Moon, 나선형Spiral, 부채Fan or Seashall, 벌새Humming Bird, 꽃Flower, 군함새Frigate 열대지방산의 거대한 맹조 새Bird, 여섯 개의 발을 단 새머리Bird Head with six feet, 나무Tree, 거미Spider, 손Hands, 콘도르Condor, 원숭이Monkey, 개Dog or Fox, 우주비행사 the owl head man or astronaut, 고래Whale, 물고기Fish, 삼각주Delta, 플라밍고Flamingo, 귀신 새Frigate Bird, 도마뱀Iguana or Lizard, 앵무새Parrot

등이 있었다. 페루에 있는 지상화는 아직 신비한 수수께끼로 남아 있다.

애스펀 또는 퀘이킹 애스펀quaking aspen

애스펀aspen은 백양나무, 사시나무로 번역한다. 버드나무의 일종이다. 사막지대의 강가나 개울가에 잘 자란다. 건천에서도 자란다. 가뭄에 강한 나무이다. 인디언 마을에 가 보면 애스펀이 유독 많다. 왜냐하면 그들이 가장 좋아하는 나무이기 때문이다. 그들은 축제에 애스펀 나뭇가지를 사용한다. 이것은 그들이 애스펀을 신성시한다는 간접증거다.

우리나라 산에도 애스펀이 눈에 뜨인다. 옛날에 농촌진흥청에서 심도록 권장했기 때문이다. 나무가 백색을 띠고 있어 어찌 보면 자작나무인가 오해하기 쉽다. 정부에서 권장만 했지, 애스펀으로 약을 만들 시설이 없어서 실패했다.

물론 버드나무는 나무질이 무르고 약해 재목으로는 가치가 없는 편이지만 약용으로는 가치가 높다. 자료를 찾아보니 애스펀은 폐 건강, 소염 진통, 항산화 효과, 혈관질환 예방, 만성기관지염, 재생불량성 빈혈에 효과가 있다고 한다. 이쯤 되면 최고의 한약재가 아닐까.

버드나무가 아스피린의 원료라는 것은 일반적인 상식이다.

미국 원주민은 버드나무 술을 담가 축제에 사용하기도 하고 약으로 장복하기도 한다. 또한 버섯의 가치가 높아져 버섯 재배 기술이 발달되면서 버드나무는 버섯 재배의 좋은 재료로도 쓰이게 되었다. 그런데 나는 인디언들이 이 나무를 신성시하는 것은 다만 이런 이유들이 전부가 아니며 그보다는 애스펀이 가진 상징성 때문이라고 생각한다.

우리나라에서 가장 오래 산 나무는 정선 두위봉의 주목인데, 나이가 1천 4백이며, 영월의 은행나무는 1천 3백, 삼척 도계읍의 느티나무는 1천 살이라고 한다. 세계적으로 가장 오래 산 나무는 미국 캘리포니아주의 화이트마운틴에 있다. 이름은 브리슬콘 소나무라고 하는데, 나이는 약 오천 살이다. 애스펀은 수명이 짧은 나무이다. 대개 100~130년이라고 한다. 그런데 유타주의 판도숲 Pando aspen grove at Fishlake National forest은 복제clones 나무숲인데 나이가 8만 살이란다.

애스펀 한 그루 한 그루는 100년 남짓 살지만, 숲으로 보아서는 수만 년이니, 인디언들은 한 사람 한 사람 구성원보다 종족의 영구불멸을 원하는 것 같다. 북미 유타주의 피쉬레이크 국유림처럼.

후버댐 오픈

라스베이거스에 갔다 오다가 후버댐을 구경하기로 했다. 후버
댐은 1935년 9월 미국의 대공황을 타개하기 위해서 프랭클린 D.
루스벨트 대통령이 콜로라도강의 볼더협곡에 벌인 대 토목공사이
다. 불가능하다는 여론에도 굴하지 않은 난공사였다. 5년간 21,000
명이 동원되었고 112명의 사망자를 냈다. 볼더라는 도시가 생겼고
미드호가 생겼으며 연간 40억㎾h 전력을 생산한다. 40억㎾h 전력
은 350만 명이 1년간 쓸 수 있으며 유류 650만 배럴을 대체할 전
력이며 이산화탄소 178만 톤을 줄이는 효과가 있다.

라스베이거스는 후버댐의 영향으로 발전하였다. 2010년에는
후버댐 다리가 건설되어 관광지로 더욱 유명하게 되었다. 미드호
는 사막지대인 캘리포니아와 네바다주의 생활용수, 농업농수를
공급한다.

콜로라도강의 후버댐

아침을 먹고 후버댐으로 향했다. 후버댐 여행안내소에 가서 자료만 얻어올 계획이었는데, 일반인에게 발전소가 공개되어 그곳에서 상당한 시간을 보냈다. 내부까지 전부 공개했다. 미국의 이런 점이 참 좋다. 이것이 산교육이 아닌가 싶다.

지금도 그런지 모르지만, 몇 년 전에 무주 적상산의 양수발전소 내부를 구경하려고 알아보았는데, 일주일 전에 미리 신청해야 한단다. 그때마다 높은 사람의 결재를 받아야 한다는 것이었다. 이 얼마나 비효율적이냐.

밖에서 볼 때는 그저 큰 댐이거니 했는데 내부를 보고 안내인의 설명을 들으니까 엄청난 것이었다. 정말 기념비적인 사업이었다. 나는 조그마한 책을 한 권 샀다. 그 책에는 후버댐 전부가 설명되어 있었다. 후버댐 수력 발전량은 우리나라 소양댐 발전 용량의 2.4배 정도이다.

후버댐을 공개한다고 해서 무방비는 아니다. 도로를 지나가는 차량은 멈추어 서서 검열받은 후에 통과시켰고 지하 댐에 들어갈 때는 주머니칼도 허용되지 않았다.

산타로사의 유적

   산타로사는 사오백 명이 사는 토호노 오담 인디언 지역의 제법 큰 마을인데, 그곳에 가서 '어린이 영지'Children's Shrine가 어디인지 여러 사람에게 물었으나 가르쳐 주기를 꺼렸다. 교육받은 듯한 여자가 나타나 물었더니 가르쳐 주었다. 차를 몰고 설명해준 곳으로 갔더니 모래벌판이 나타났다. 햇볕은 뜨겁게 내리쬐고 까마귀가 여러 마리 날고 있었다. 개 한 마리가 어슬렁거렸다. 나뭇가지로 울타리를 한 곳에 도착했다. 그 안이 어린이 영지였다.

   어린애들의 돌무덤 주위에도 껍질을 벗긴 오코티요Ocotillo 가지로 울타리가 쳐졌고 예쁜 인형들이 어지럽게 놓여 있었다. 이런 무덤들이 4개는 되었고 울타리가 쳐지지 않은 무덤들이 십여 개가 더 있었다. 역사학자 알랜 매킨타이어Allan J McIntyre는 이곳을 다음과 같이 설명하고 있다.

어린애들의 돌무덤

물푸레나무의 열매가 꽃처럼 아름다운

바닷물이 땅 구멍으로 쏟아져 나와 세상이 홍수의 위협이 있었을 때 그 범람을 멈추기 위해서 추장은 지체 높은 그룹의 남녀 어린이 2명씩을 희생양으로 결정했고 구멍에 그 어린이들을 던짐으로 물을 진정시켰으며, 산타로사의 어린이 영지의 어린이들은 땅 밑에서 살아 있어 제사를 올리지 않으면 홍수가 다시 난다는 믿음이 전해 내려와 지금도 매년 제사를 지낸다고 했다.

이 사막지대에서 가뭄에 비를 오도록 한 것이 아니고 홍수를 진정시킨 것이라니 의외이었다. 이런 비과학적인 일이 미개했던 사회에서 일어난 것이다. 비를 염원하는 사막지대에서 일어났다.

이 밖에도 몇 가지 민간 설화가 더 있는 것 같았다. 구경하고 남쪽으로 향했을 때 근처에 넓디넓은 건천이 나타났다. 이 건천과 영지와 관계가 있지 않을까 하는 생각이 들었다.

역사적으로 볼 때 순장제도, 인신공양 등은 미개했던 사회의 악습이었다. 아니, 권력자들이 권력을 유지하기 위한 하나의 방편이었을 것이다. 그중에서도 이런 어린이 영지와 같은 제도가 가장 잔인하지 않았던가.

과연 인간은 구원받을 존재였던가?

여행을 마치고 미국을 떠나는 날

2010. 2. 3 수 피닉스 구름 약간

미국 여행 11개월을 마치고 중남미로 떠나는 날이다. 승용차는 며칠 전에 한국으로 보냈다. 이제 차 없이 5개월 동안 멕시코, 브라질, 아르헨티나, 칠레, 볼리비아, 페루, 에콰도르를 여행하고 귀국한다. 승용차 없이 대중교통이나 택시를 이용해야 한다. 또 스페인어도 포르투갈어도 모른다. 게다가 모두 미국보다 후진국이다. 고생이 불을 보듯 뻔하다.

한편 기대도 된다. 중남미 여행은 쉬운 결정이 아니었다. 후진국일수록 배울 점이 많을지도 모른다.

막상 미국을 떠나려니 눈물이 난다. 그동안 물심양면으로 도와주신 분들을 떠나려니 마음이 아프다. 피닉스는 제2의 고향이다. 다시는 못 올 것이다.

새벽에 일어나 창흡, 인영, 수지, 선향 씨에게 메일을 보냈다. 박 목사에게 전화를 시도했으나 받지 않아 멕시코에 가서 메일을 보내기로 마음먹었다. 아침은 소라가 남은 재료를 가지고 정성들여 지었다. 된장국 대신에 양송이국을 끓여 먹었다.

시간이 되자 우리는 체크아웃하고 공항버스로 피닉스공항으로 향했다. 짐을 줄이고 줄였는 데도 트렁크 3개, 가방 2개, 소라도 배낭과 가방을 들었다.

화물은 공항에서 돈을 받는다고 했는데 그렇지 않았다. 우리는 비행기표를 받고 대합실에서 기다렸다. 점심은 공항에서 간단하게 먹었다.

앞으로 우리가 비행기를 타고 내릴 도시이다.

물푸레나무의 열매가 꽃처럼 아름다운

Phoenix에서 Houston

Houston에서 Mexico city

Mexico city에서 Cancun

Cancun에서 Houston

Houston에서 Rio de Janeiro

Quito에서 Houston

Houston에서 LA

LA에서 Tog

Tokyo에서 Seoul

오늘은 휴스턴까지 가서 비행기를 갈아타고 멕시코시까지 가
야 한다. 비행기가 이륙하자 눈물이 왈꽉 났다.
유행가 가사처럼 떠날 때는 말없이……

2

신전은 필연이었다

멕시코 여행을 마치고

멕시코는 미국의 남부와 접해 있는 나라이다. 면적이 196만 ㎢이고 인구는 1억 2천만의 큰 국가이고 원유 등 부존자원이 풍부해서 발전성이 높은 나라이다. 1인당 국민소득은 세계 74위로 10,166달러2022년 통계이다.

마지막 여행지는 칸쿤으로 정했다. 칸쿤은 유카탄반도의 맨 끝에 있는 세계적인 휴양도시이다. 칸쿤의 바다는 동해처럼 물이 맑고 호수처럼 잔잔한 곳이었다. 해안가로는 고급 호텔이 즐비했다. 우리는 안락한 호텔에서 3~4일 편히 쉬고 여행에 지친 심신을 충전했다.

우리는 한 달간 멕시코의 수도인 멕시코시티에서 머물렀다. 멕시코시티는 인구가 이천이백만이나 되는 대도시이다. 내 생각에 이보다 인구가 더 많은 도시는 전 세계에 별로 없을 성싶다.

멕시코에서는 '대장금'이라는 교포가 운영하는 하숙집에서 하숙했다. 그리고 알폰소라는 운전사를 고정해서 이용했다.

멕시코 관광을 마치고 다음과 같은 시를 썼다.

돌만 보았다
무모에 가까운 석조물
돌에 새겨진 무수한 조각을 보았다.
돌의 예술이라고 극찬을 하는데
왠지 서글픈 생각이 든다.

물은 곧 생명이고
비는 곧 자비였다

테오티우아칸Teotihuacán

몬테 알반Monte Alban

신전은 필연이었다
인신 공양도 필연이었다

신은 피를 좋아한다는 발상
통치자의 머리에는 늘 피가 있었다.

떼오띠우아칸Teotihuacan에도
몬떼 알반Monte Alban에도
빨렌께 유적Palenque Ruin에도
우쉬말Uxmal에도
치첸 잇싸Chichen Itza에서도
해골이 발굴되었다.

무수히 많은 해골이 발견되었다.
해골이 말하고 있다.

테오티우아칸Teotihuacan, 몬테 알반Monte Alban, 팔렝케 유적

팔렝케 유적Palenque Ruin

Palenque Ruin, 우쉬말Uxmal, 치첸 이트사Chichen Itza는 모두 다 유네스코 문화유산으로 등재되었다. 이 유적들을 관광하고 멕시코를 떠나려 하니 피라미드만 본 것을 비로소 알았다.

멕시코에 가서 국립인류학박물관에 갔다. 그곳에서 멕시코는 피라미드 문화가 있는 것을 알았고 그래서 여러 곳을 방문하게 되었다. 이들이 바로 마야 문화이기 때문이었다.

치첸 이트사Chichen Itza

우쉬말Uxmal

신전은 필연이었다

국립인류학박물관

　북중남미 문명을 대표하는 문명은 마야와 잉카이다. 어찌된 영문인지 현재 미국이나 캐나다의 광활한 지역에는 이렇다 할 문명의 유적이 없다. 멕시코와 유카탄반도를 중심으로 한 중앙아메리카 문명은 마야이고, 페루의 쿠스코를 중심으로 한 남미 문명은 잉카이다.

　마야의 유물을 가장 많이 보유하고 있는 박물관이 멕시코시에 있는 국립인류학박물관이다. 2010년 2월 5일 멕시코시를 방문했다. 그 박물관에 아스텍 달력Original Aztec Stone of the Sun=Aztec calendar Stone=Mexica Sun Stone이 있다고 해서이다. 국립인류학박물관을 전부 둘러보기 위해서는 이틀은 걸린다고 한다. 총 23개 갤러리에 문명별, 시대별로 유물들이 전시되어 있다. 박물관 입구에 들어서자 뜰에 연못과 분수가 있고 각종 수생식물이 자라고 있었다.

　전시실 1층엔 스페인 정복 이전의 고대 문명 유물이, 2층엔 원주민들의 생활상을 보여 주는 민속공예품들이 주로 전시되어 있었다.

아즈텍 달력

위에서 본 아즈텍 달력

박물관에서 테오티우아칸, 몬테 알반, 팔렝케 유적, 우쉬말, 치첸 이트사 등 피라미드 유적을 보았다. 피라미드는 이집트에만 있는 줄 알았는데 멕시코에도 있었고, 중앙아메리카 피라미드는 아프리카 피라미드와는 달랐다.

박물관의 유명세에 걸맞지 않게 안내 책자도 팸플릿도 없었다. 이런 수준이니 문화해설사가 있을 리가 없었다. 더욱 문제는 스페인어를 모른다는 것이다. 북중남미아메리카 대륙에는 문자가 없었다. 따라서 유물로 그 시대의 문화를 유추해 볼 수밖에 없다. 소장 유물이 60만이라는데, 다양한 소장품이 있었다. 토기, 석물, 미라. 아즈텍 달력은 22톤이나 되는 큰 돌이었다. 표면에는 여러 가지 문양이 새겨 있었다. 글이 없는 마야 문명에서 벽화는 좋은 기록이 된다. 그래서 벽화는 귀중한 것이다.

그런데 참 이상한 것은 한국의 유물과 너무 같은 것이 많았다. 초가와 원두막, 농기구, 활과 화살, 칼, 멍석, 베틀, 연자방아, 절구통. 이러니 한국의 박물관에 온 기분이었다. 남아메리카 문화를 알기 위해서는 페루의 수도 리마에 있는 국립고고학·인류학역사 박물관을 가 보는 것이 좋을 듯하다. 이 글은 다음에 쓰기로 한다.

박물관의 벽화

올멕 문화의 걸작 군상

커피를 맛보다

나는 커피를 참 좋아한다. 하루에도 다섯 잔은 마셨다. 하긴 커피를 마시는 것도 습관이다. 사람이 살아가면서 한두 가지 남다른 습관을 갖지 않을 수 없을 것이다. 처음부터 그런 것은 아니었다. 커피는 술에 비하여 비싸다고 생각했다. 그러다 술을 줄이면서 커피를 선호하게 되었다. 마신다는 공통점을 둘 다 가지고 있으니까.

브라질을 관광할 때 첫째 바람은 커피를 실컷 마셔보자는 것이었다. 세계 최대 커피 생산국에 갔으니 좋은 커피가 있을 것이고 값이 싸리라 생각했기 때문이었다. 그런데 이 간단할 거 같은 바람은 이루어지지 않았다.

생선회를 싸게 먹기 위해서 생산지인 해변에 가면 오히려 비싸다는 점을 알 수 있다. 이와 같은 현상이 브라질에서도 벌어지는 것을 감지했기 때문이었다. 어느 식당에서 커피를 시켰더니 손톱만 한 잔에 커피 에스프레스를 내놓았다. 머그잔 같은 데에 커피를 잔뜩 담아줄 줄 알았는데 손톱만 한 잔을 준 것이다. 그 후 커피는 마실 생각도 못 했다.

오늘날 차 중에서 가장 인기 있는 차가 무엇인가 묻는다면 이구동성으로 커피라고 할 것이다.

커피 생산국 1위는 브라질이다. 2, 3, 4위는 각각 베트남, 콜롬비아, 인도이다. 기록에 의하면 커피는 6~7세기경 에티오피아Ethiopia의 칼디Kaldi라는 목동에 의해 처음 발견되었다고 한다.

염소들이 커피콩을 먹고 잠을 자지 않고 흥분하는 것을 보고 목동도 따라 먹어보고 정신이 맑아지고 기분이 좋아지는 것을 알고 수도사들에게 알려주어 보급되었다고 한다.

아주 옛날에 읽은 책에, 처음 독약처럼 보이는 커피를 한 사형수에게 시험했다는 것이었다. 커피를 먹고 죽으면 하는 수 없고, 살면 살려주겠다고 했다는 이야기이다. 그런데 그 시험 대상이 된 사형수는 행운을 잡았다는 것이었다.

중국의 윈난성은 차 재배지역으로 유명한 곳인데 중국이 커피 소비국 1위가 되자 커피나무를 재배하기 시작했단다. 커피 재배가 차 재배보다 노동력이 적게 들고 일의 시기가 겹치지 않아 농사일이 가능하다는 것이다.

1인당 커피를 가장 많이 마시는 나라는 핀란드, 노르웨이 순이다. 커피값이 가장 비싼 나라 순위는 덴마크, 스위스 순이고 우리나라는 32위로 나와 있다.

우리나라에서도 커피나무를 화분에 심어 화초로 키우는 모양인데 나는 브라질에 가서 커피나무를 처음 보았다. 커피 농장에서이다. 휘어진 커피나무가 거의 땅에 붙어 있었다. 후에 안 일이지만 커피나무는 원산지가 에티오피아인데 브라질로 건너간 것은 1727년이며 원래는 6~8m까지 자라지만 일을 쉽게 하려고 2m 정도로 가지치기한단다.

흰색 인동꽃과 비슷한 커피 농원의 커피꽃이 활짝 핀 것을 보니 커피 향이 더 짙게 느껴졌다.

유카리나무

유칼립투스Eucalyptus를 유카리나무로 부르겠다. 유칼립투스 보다 부르기 좋은 이름이다. 유카리나무는 호주가 원산지인데 꿀이 많이 나서 호주의 유칼리꿀이 유명하다. 실제로 그 나무를 본 일이 없었다. 그저 상상 속의 나무였다.

유카리나무를 처음 본 것은 샌프란시스코에 갔다 피닉스로 돌아오면서 해안길을 달릴 때였다. 우리는 아름다운 태평양 연안도로를 드라이브하기 위해서 산타크루즈로 해서 몬터레이Monterey로 오고 있었는데 해변에 서 있는 엄청나게 키 큰 나무를 보았다. 등걸의 껍질이 벗겨지고 잎은 창 모양이었다. 가지와 잎들이 강렬한 햇빛에 축 늘어져 있어 수양버드나무를 연상했다. 그런데도 기품 있는 나무로 보였다. 그 나무에 대한 아름다운 첫인상은 이상하게 지워지지 않았다.

집에 돌아와서 인터넷을 뒤져보고서야 그것이 유카리나무인 것을 알았다. 참 반가웠다.

유카리나무는 아름다운 상록수로서 수종이 다양하여 600여 종이나 되며 100m 이상 자라는 나무도 있고 관목도 있으며 꽃은 흰색이나 크림색 또는 수종에 따라 핑크색으로 화려하게 핀다고 한다.

잎과 나무에 약리작용 성분이 많이 있어 의약품, 기호식품 및 보조식품 등으로 다양하게 이용되고 있다. 목재는 재질이 강해서 가공에 적합하며 배를 만드는 데도 사용한단다.

유카리나무는 열대지역의 선선한 곳에서 잘 자라며 우리나라처럼 대륙성 기후인 곳에서는 자라지 않는다. 실제로 1970년대에 호주로부터 36종의 묘목을 구매해서 제주도와 전남지방에 실험 재배하였으나 실패했다. 중국은 이 나무가 유익한 나무임을 간파하고 자원 확보 차원에서 남부 지방에 많이 심어 놓았다. 중국인들의 준비성을 보면 그러고도 남을 사람들이다.

이 나무를 많이 본 것은 멕시코와 남미에서였다.

브라질에서는 이 나무를 산에 대규모로 재배하고 있었다. 아마도 커피나무와 같이 농가의 중요한 수입원임이 분명했다. 산의 평지에 과수원의 나무처럼 어린 나무들이 잘 가꾸어져 있었다. 꼭 우리나라 대밭 같다는 느낌을 받았다. 그리고 상파울루의 유명한 공원 이비라푸에라에서도 보았다. 아르헨티나의 부에노스아이레스에서도, 코르도바에서도 와인으로 유명한 멘도사에서도 유카리나무를 보았다.

유카리나무를 가장 많이 본 것은 칠레의 산티아고와 발파라이소와 비냐 델 마르 근교에서인 것 같다. 유카리나무숲이 참 많았다. 유카리나무는 좋은 나무로 평가되면서 열대와 아열대 국가에 많이 퍼져 있었다.

이렇게 유익한 유카리나무가 우리나라 기후에도 자라도록 수종을 개발하고 연구해서 많이 심었으면 좋겠다.

파우 브라질

파우 브라질Pou Brasil은 나무 이름이다. 물론 우리나라에 있는 나무가 아니고 외국의 나무이다. 어느 나라일까? 눈치 빠른 사람은 대번에 알 것이다. 바로 브라질 나무이다.

리우데자네이루의 북쪽 대서양 해안선을 따라 여행할 때 이 나무를 보았다. 이 나무는 천연 붉은색 염료로 사용되는 귀한 나무이다. 또한 나무질이 단단해서 바이올린의 활대를 만들거나 고급 가구재, 공작용 목재로 사용되기도 한단다.

포르투갈이 브라질을 발견하고, 포르투갈 황실이 최초로 브라질에서 한 일은 이 나무를 베어서 유럽에 가져다 팔아 막대한 돈을 번 일이었다고 한다. 차츰 상인들, 해적들이 가세하여 이 나무를 벌목해서 18세기에 멸종 위기에 처해 보호수종이 되었다고 한다.

리우의 어느 공원에서 이 나무를 다시 본 것은 정말 다행이었다. 그 나무의 높이는 15m 정도이고 짙은 갈색이었다.

> 잎대에 9~19개 정도의 타원형의 작은 잎들이 있다. 꽃도 역시 꽃대가 있는데, 15~40개가 달린다. 꽃은 짙은 향기를 풍겨 사람들이 좋아한다. 꽃잎은 핏빛 반점의 노란색이다. 열매는 타원형의 딱딱한 깍지인데 길이가 7.3㎝이고 폭이 2.6㎝ 정도이다. 이 나무의 가지, 잎, 열매에는 작은 가시들이 덮여 있다.

이 희귀한 나무는 또한 브라질 국명의 기원이다. 1500년 페트루 알바르스 카브랄이 브라질을 발견했을 때 브라질을 베라크루즈라고 불렀고, 그 후 산타클루스라고 불렀는데, 너무 기독교적이라 거부감을 가진 포르투갈 사람들이 파우 브라질을 발견하였고 그 나무를 포르투갈어로 '빨간 나무'를 의미하는 브라질로 부르게 되었다. 차츰 파우 브라질이 많이 수출되던 16세기에 자연스럽게 이 지역을 브라질로 부르게 되었다. 이렇게 해서 브라질의 국명이 되었다고 한다.

브라질의 독립 또한 특이하다. 미국처럼 독립전쟁을 한 것도 아니고 남미의 여러 나라처럼 혁명으로 쟁취한 것도 아니다. 그러면 어떤 방법이 있었을까? 프랑스 군대가 포르투갈을 침입했을 때 수도를 그 당시 식민지였던 브라질의 리우데자네이루로 옮겼다. 황제와 황족들이 리우로 피난 온 셈이다. 그러다가 본국에 돌아갈 수 없었던 페드루 황태자가 지지 세력을 등에 업고 브라질의 독립을 선포했다. 이래서 독립된 나라가 되었다고 한다.

파우 브라질로 염료의 분말을 만드는 과정은 퍽 힘들다고 한다. 나무의 등걸을 대패로 밀어서 분말을 만드는 과정이 나무가 워낙 단단하다 보니까 무척 힘들다고 한다. 따라서 노예나 죄수들이 그 일을 하도록 해서 아프리카 흑인들이 이 지역에 많이 사는 이유가 됐다. 지금은 인공 염료가 나와 파우 브라질 나무가 많이 쓰이지 않겠지만 천연염색을 좋아하는 경향이라 또 이 나무의 수난이 올지 염려스럽다.

신전은 필연이었다

우주의 신비

마마유카 천문대에 가기 위해서 라세레나에 머물렀다. 투어를 신청한 날은 구름이 잔뜩 끼었다. 여행사에 가서 오늘 밤 마마유카 천문대에 갈 수 있는지 물었다. 아직 확실치 않단다. 전화로 연락해 주겠다며, 기다리라고 했다. 7시가 넘도록 연락이 없어 포기했다. 여관집 주인이 밖에서 급하게 찾아서 나가 보았더니 마마유카 천문대에 가겠느냐고, 지금 차가 오고 있다고 말했다. 그 말을 듣고 대문을 박차고 나갔더니 벌써 차가 와서 기다리고 있었다.

일행은 어린애 포함 10여 명 되었다. 소라는 오늘 밤은 피곤해서 가지 않겠다고 말했다. 차는 엘키강 강변도로를 달렸다. 시내를 벗어나 댐이 있는 곳에 가자 차창 밖으로 별이 총총히 돋기 시작했다. 참 신기한 일이다. 라세레나는 구름이 잔뜩 끼었는데 여기는 청명한 하늘이다. 10여km 떨어진 곳인데 말이다.

이곳은 훔볼트 해류와 안데스산맥의 높은 고기압의 영향으로 이런 현상이 일어난단다. 한 해에 300일 이상이 청명해서 남반구 최대의 톨롤로 천문관측소Cerro Tololo Astronomic Observatory가 바로 여기에 있단다. 이 천문대는 '레오'라는 가장 큰 성운을 발견한 곳으로 유명한 곳이다. 톨롤로 천문대는 애리조나주의 키트피크 미국 국립천문대Kitt Peak Nat'l Observatory의 남부지부이다. 톨롤로 천문관측소 이외에 근처에 자리 잡은 세계적인 천문대는 다섯이나 있다. 유럽의 세로파라넬Cerro Paranel 천문대, 역시 유럽의 라 실라La Silla 천문대, 미국 카네기재단의 라스 캄파나스Las Campanas 천문대, 칠레가 여섯 나라와 함께 세운 세로파촌Cerro Pachon 천문대 등이다.

라스 캄파나스 천문대의 마젤란 망원경은 직경 6.5m로 세계 최대라 한다. 또한 2025년 완성을 목표로 직경 25m의 세계 최대의 마젤란 망원경을 만들고 있단다.

마마유카 천문관측소는 톨롤로 천문관측소가 비쿠냐의 주민들을 위해서 건설해 주었다. 비쿠냐 주민들은 톨롤로 천문관측소를 위해서 가정의 전등 촉수가 낮은 것을 쓰고 시내의 조명을 거의 하지 않았다. 이렇게 협조해준 점에 감사하는 마음으로 건설해준 작은 천문관측소이다. 마마유카 천문관측소만이 관광객에게 개방된다. 이 천문대는 비쿠냐에서 5㎞ 남짓 떨어져 있다. 그리 높지 않은 산에 있었다. 버스에서 내리자 하늘에 별들이 총총했다. 달이 뜨지 않은 밤이고, 10시경이라 별이 더 빛나는 것 같았다.

땅바닥에 붙어 있는 초록색 가로등이 길을 인도했다. 그 불빛으로 인하여 동화 속 세계에 들어간 기분이었다. 해설사가 천문대와 망원경을 보는 방법을 설명해 주었다.

망원경으로 별을 다섯 차례나 보았다. 12인치 망원경으로 보는 별은 상상을 초월하는 광경이었다. 하나의 은하에는 수십억 개 별들이 있는데 우주에는 1,000억 개의 은하가 있다니 그 크기를 상상할 수 있다. 처음 본 것은 360° 파노라마 은하수였다. 다음은 남반구의 북두칠성인 남십자성을 보았다. 남십자성은 은하수에 있는 십자형의 4개의 별이다. 세 번째는 역시 은하수 남쪽에 있는 궁수자리Sagittarius이었고, 네 번째는 생성과 소멸을 보여 주는 오리온자리를 알려주었다.

솔직히 망원경 보는 방법도 서툴고 별들이 너무 많아 남십자성, 궁수자리, 오리온자리가 구분이 잘되지 않았다. 그러나 이렇게 큰 우주를 보다니! 그 시간은 내 생애 최고의 순간이었다. 살아서 우주를 본다는 것은 전율이었다. 전에도 없었고 이후에도 없을 것이다. 쏟아지는 별을 원 없이 보고 라세레나로 돌아온 것은 자정 무렵이었다. 마음이 우주만큼 넓어졌다. 소라는 자지 않고 나를 기다리고 있었다.

나스카 지상화

나스카 지상화는 페루의 나스카 지방에 있는 모래밭에 그린 지상화이다. 1940년대에 발견되었다. 수백 년 전의 그림으로 본다. 그곳은 연중 10㎜ 정도의 비가 내리므로 이렇게 오랜 시간 보존되었다고 한다. 유물의 크기는 1,000㎢가 넘는다.

나스카 지상화와 가장 관련이 있는 마리아 라이헤는 나스카 지상화가 세계 최대의 천문 달력이라고 주장하고 있으나 해명되지 않은 것이 너무 많아 아직 신비로운 수수께끼이다. 그러므로 앞으로 더욱 연구해야 할 문화유산이다. 그림은 거미, 고래, 원숭이, 개, 나무, 우주인으로 보이는 존재, 벌새, 펠리컨 등의 그림이 30여 개, 소용돌이, 직선, 삼각형, 사다리꼴과 같은 곡선이나 기하학무늬들이 200개 이상이다.

그런데 이 유산이 페루 정부에 의해서 없어질 뻔한 사건이 있었다. 1955년 어느 날, 토지 측량 기사들이 지프차를 타고 나스카

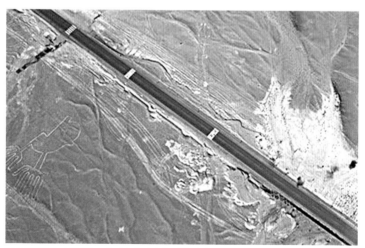

나스카 지상화 가운데로 고속도로가 나왔다. 왼쪽에 지상화가 있다.

지상화에 나타나서 측량을 시작했다.

사막에 관개시설을 만들 목적이었다. 아마존 상류의 강물을 터널을 통해 이 사막지대에 끌어들여 옥토로 만들겠다는 거대한 프로젝트였다. 페루 사람도 아닌 마리아는 이 불가사의하고 위대한 문화유산이 실종될 위기에 처한 것을 보고만 있을 수 없었다.

마리아는 신문 기고와 기자회견을 통하여 세계 초유의 천문 달력을 망가트리는 것은 절대 있을 수 없는 일이라고 끈질기게 싸웠다. 정부 당국자와 면담도 여러 번 했다. 반대편의 의견도 만만치 않았다. 그곳의 원주민은 미개한 종족이라 세계 최대의 천문 달력을 가질 수가 없으므로 그 이론은 미친 독일 여자의 망상에 지나지 않는다는 것이었다.

문화 인식이 부족한 국민일수록 문화의 가치를 모르는 법이다. 그러나 차츰 마리아의 의견에 동조하는 사람들이 불어났다. 그 프로젝트는 국회에서 가까스로 부결되었다.

마리아는 95년이라는 긴 삶 중 3분의 2 이상을 페루에 있는 나스카 대평원을 지키고 연구하는 데 바쳤으며, 바로 그곳에서 삶을 마쳤다. 그녀는 1930년대 말부터 나스카 대평원의 연구에 몰두했으며, 그것이 자신의 평생의 업이 될 것임을 직감했다고 한다. 그녀는 나스카에서 26년간 거의 극빈층에 가까운 생활을 하면서도, 나스카 대평원의 그 거대한 문양과 상징물들을 자기 손으로 직접 측량하고 도면에 옮기며 그러한 문양과 상징의 연구 작업을 했으며, 나스카 대평원의 아름다움과 소중함 그리고 그 가치를 전 세계에 알리는 데 온 힘을 다했다.

이러한 그녀의 끈질긴 노력의 결과 세계적인 문화재에 대해 인식하게 됐고 페루 정부는 1979년부터 나스카에 있는 국립 호텔을 평생 무료로 이용할 수 있는 혜택을 그녀에게 주었다. 이후에도 그녀는 수많은 훈장과 포상을 페루 정부로부터 받게 되었다.

타티오 간헐천군

    칠레의 북동쪽에 있는 산 페드로 데 아타카마San Pedro de Atacama
는 인구가 2002년 조사로 4,969명의 작은 도시이다. 흙벽돌을 제
작하여 지은 가옥들만 눈에 띄었다. 도로도 대부분이 비포장이었
다. 여관이 많아 주민보다도 관광객이 훨씬 많은 도시였다. 이 도
시가 칠레 북동부 관광의 거점도시이다. 이곳은 볼거리가 많은
곳이다. 달의 계곡, 타티오 간헐천군, 아타카마염호의 플라밍고
서식지의 투어를 할 수 있다.

    안데스는 화산이 특히 많은 산맥이다. 산 페드로 데 아타카마
에 간 것은 타티오 간헐천군Los Geisers del Tatio에 가기 위해서이다.
미국에서 옐로스톤 국립공원에서 보지 못한 간헐천을 보고 싶었
다.

    새벽 3시에 일어나서 이것저것 준비하는데 소형버스가 와서
몸을 실었다. 우리가 제일 먼저 탔다. 시내를 돌아다니며 곳곳에
서 모은 관광객이 겨우 일곱 사람이었다. 버스는 밤공기를 뚫고
비탈을 오르기 시작했다. 파카며 내의로 완전무장을 했는데도 추
위가 뼛속까지 파고들었다. 칠레의 차들은 냉방이나 난방의 개념
이 전혀 없다. 속절없이 동태가 되었다. 길은 비포장도로였다. 도
로공사를 하는 곳이 여럿 있었다. 중간지점에서 차 아랫부분에서
딱 하는 소리가 나더니 고장이 났나? 20㎞의 속도로 달리던 차가
얼마 가지 못하고 멈추어 섰다. 앞뒤로 여러 대의 투어 버스가 달
리고 있다. 간신히 차를 고쳐 아직도 어두운 시간에 간헐천 정문
에 도착했다. 작은 건물 앞에 타티오 간헐천에 대한 설명문의 패
널이 있었다. 세계에는 간헐천이 이십여 개 있는데, 타티오 간헐
천 군은 크기가 세계에서 3번째이며 남반구에서는 가장 크단다.

입장료를 지불하고 화장실에 다녀오라고 해서 갔다 온 후 현장으로 향했다. 아직 여명이 시작되는 시간이었다. 실로 장관의 장면이 전개되었다. 팔구십 개의 간헐천이 김과 연기, 물기둥을 분출하고 있었다. 우리는 두려워하지도 않고 그 사이사이를 돌아다니며 구경했다. 사실 이곳은 화산지대가 아닌가. 구멍에서 보글보글하는 소리가 나다가 갑자기 물을 뿜어 올렸다. 참으로 장관이었고 신기했다. 모두 탄성을 질렀다. 잘못했다가는 뜨거운 물벼락을 맞고 화상을 입을지도 모른다. 아침 식사로 커피와 빵을 주었다. 추운 날씨에 뜨거운 커피는 언 몸을 녹였다. 커피 향이 짙게 풍겼다.

안내원은 칠레 정부에서 이곳에 지열발전소를 세우기 위해서 시도했으나 여러 가지 이유로 그만둔 일이 있다고 말했다. 지금도 지열발전소 이야기가 다시 나오지만, 대부분은 관광지로 두는 것이 좋다는 의견이란다. 식사하면서 왜 이렇게 추위를 무릅쓰고

타티오 간헐천군

신전은 필연이었다

일찍 오는지 물었더니, 새벽이 간헐천을 보기에 가장 좋은 시간이란다. 뜨거운 물이 새벽의 찬 공기와 부닥쳐서 수증기를 가장 왕성하게 내뿜기 때문이란다.

아침 식사를 간단히 마치고 큰 분출구로 갔다. 거대한 물기둥을 뿜어 올리고 있었다. 안내인이 가까이 가지 말라고 제지했다. 오늘 따라 카메라 전지의 충전을 안 해서 사진을 많이 찍을 수 없었다. 아래쪽에는 수영을 할 수 있는 곳이 있어 영하의 날씨에도 수영하는 젊은이들이 많았다. 젊음이 참 좋긴 좋다.

가까이에 대장 분출구가 있었는데 대단했다. 수증기가 수십 미터까지 올라가는 것 같았다. 8시쯤 되자 햇빛이 비치는 곳은 기세 좋던 분출이 사그라졌다.

돌아오는 길에 보니까 비쿠냐가 여러 마리 눈에 띄었다. 눈이 녹은 물이 고여 연못을 만든 곳도 여럿이었다. 물은 계곡으로 흘러들고 그런 곳에는 마을이 있었다. 볼리비아의 푸타나 활화산 Volcan Putana 5,890m에서 연기를 내뿜고 있었으나 무수한 간헐천을 본 직후라 시시해 보였다. 그 산 아래 푸타나호수가 있었는데 많은 물새가 놀았다. 일행은 사진을 몇 장 찍고 추위 때문에 차에 올랐다. 조금 더 내려오니까 미추카마을이 나타났다. 높은 봉우리로 빙 둘러싸여 아늑한 곳에 집들이 있는데 어도비Adobe로 지어 단장한 관광 마을 같았다. 옆에는 호수가 있고 풍부한 수량이 흐르는데 농토는 없어 목축을 생업으로 하는 마을 같았다.

기념품 가게 앞에서 한 사내가 야마고기를 대나무 꼬챙이에 꿰어 불에 구워 팔고 있었다. 관광객들은 구수한 냄새에 끌려 너도나도 한 꼬챙이씩 들고 고기를 먹었다. 우리도 먹어봤는데 맛이 그만이었다.

호수 변에는 비쿠냐, 야마, 알파카가 어울려 한가로이 풀을 뜯고 있었다. 몇 집 안 되는 마을인데 호수가 오염된 것 같아서 보기

흉했다. 안내인은 볼리비아 출신이라는데 우리에게 고산 식물에 관해서 설명해 주었다.

코카잎에 관해서도 설명해 주었다. 티티카카호 주변에 잉카인들이 살았는데 스페인의 침략으로 다 죽고 한 사람만 남아서 신에게 기도를 드렸더니 코카잎을 가르쳐 주어서 그걸 먹고 살았다는 이야기였다. 그는 비쿠냐가 먹는 풀도 가르쳐 주었는데, 이름이 파하브라바Paja Brava, 짚인데 비쿠냐, 알파카, 야마 무리가 좋아한단다.

내 생각에 코카잎은 스페인이 침략하기 전부터 잉카인들이 약초 비슷하게 먹지 않았을까 하는 의심이 들었다.

아마존강의 원류

　남미의 그랜드캐니언인 콜카 계곡Colca Valley에는 유명한 것이 몇 가지 있다. 콜카 계곡은 그랜드캐니언의 두 배라고 하는데 말만 그렇지 가서 직접 보면 느낌이 완전히 다르다. 콜카 계곡은 콘도르가 나는 것이 특이한 점이다.

　아침에 일어나 식당에 내려가니 식당에는 여행객 두세 쌍이 식사하고 있었다. 6시 40분에 투어차가 와서 탔다. 오른쪽 창가에 자리를 잡았다. 차는 콜카강을 따라 내려갔다. 안내인은 이 근처에 아마존강의 원류birthplace가 있다고 말했다.

The Amazon originates from the Apacheta cliff in Arequipa at the Nevado Mismi(5.597m), marked only by a wooden cross. Other attractions: the most distant source of the Amazon River is accessible from the Colca valley via Tuti, a one-day trip to a spring at 16,800 feet(5,120m), where snowmelt from Nevado Mismi(5.597m) bursts from a rock face; the Infiernillo geyser, on the flanks of Nevado Huallca Huallca, accessible on foot, horseback, or mountain bicycle.

아마존강의 원류는 아레키파Arequipa의 네바도미스미산5,597m에 있는 아파체타 절벽Apacheta cliff인데 나무 십자가로 표시를 해두었다. 아마존강의 가장 먼 원류는 투티Tuti를 지나 콜카 계곡을 통해 갈 수 있다. 5,120m 높이에 위치한 강의 원류까지는 하루가 걸리는 여행인데, 강의 원류에서는 네마도미스미산의 눈이 녹은 물이 바위 표면으로부터 분출되는 모습을 볼 수 있다. 네바도 우알카

우알카Nevado Huallca Huallca산 옆자락에 있는 인피에르닐료 간헐천Infiernillo geyser은 걷거나, 말을 타거나, 산악자전거를 이용해서 갈 수 있다.

구글에서 사진을 보았는데 여기 올릴 수가 없었다.

생각 같아서는 걸어서라도 아파체타 절벽Apacheta cliff에 가 보고 싶지만 장비도 없고 모험이 따르기 때문에 갈 수가 없었다. 이곳에 와서 아마존강의 원류를 안 것만으로도 큰 수확이었다.

콜카강도 미스미설산에서 근원하는 강인데 아마존강의 상류가 아니고 태평양으로 흐른다. 아파체타 절벽의 간헐천은 다섯 개 정도 되는데 물이 뜨겁지는 않은 것 같았다. 동영상에 손으로 받아 마시는 장면이 포착되었다. 그리고 콜카강 반대방향으로 흐르는 것 같았다.

아마존강 원류의 발견은 1982년에 프랑스인 장 미셸 코스테아Jean-Michel Cousteau가 탐험을 시작하여 2001년 국립지리협회 탐험으로 입증되었다.

강 건너편이나 이쪽 산맥은 안데스답게 용이 꿈틀대는 형상이었다. 골짜기를 내려다보니까 강 양옆으로 계단식 밭이 딸려있었다. 수많은 인간을 길러낸 식량의 창고인 셈이다. 밭들은 산기슭까지 올라갔고 그런 곳에는 촌락들이 옹기종기 모여 있었다. 촌락들이 낯설지 않고 친근감이 느껴졌다.

나일강이 아마존강보다 더 긴 강이라고 하나, 브라질 과학자들은 아마존강의 길이가 약 7,000㎞ 이상이라고 주장한다. 가장 긴 강이라는 뜻이다.

큰 강은 길이로만 따질 것이 아니고 유량, 길이, 유역면적을 종합적으로 따져봐야 하지 않을까. 그렇게 따진다면 단연 아마존강이 가장 큰 강이다.

16개월 북중남미 장기 여행을 마치며

16개월의 장기 여행을 마치면서 아쉬운 점이 많다. 계획했다가 포기한 곳 또는 정보 부족으로 계획도 세우지 못한 곳, 비용이 너무 많이 들어 포기한 곳, 너무 피곤하고 여행에 지쳐서 포기한 곳도 있다. 내가 좀 젊다면 다시 갈 수 있겠지만 이 나이에 어렵지 않을까. 그런 곳을 소개하겠다. 다음 관광지는 권하고 싶은 곳이다. 그 첫 번째가 우유니 소금사막이다.

볼리비아의 우유니 소금사막

2022년 통계에 의하면 중남미에서 가장 못사는 나라 볼리비아는 1인당 GDP가 3,331달러로 세계 순위 129위이다. 이웃나라 칠레는 15,941달러로 58위이다. 페루가 7,034달러로 89위, 브라질이 8,570달러로 82위, 아르헨티나가 120,187달러로 68위이다.

볼리비아의 국토는 109만㎢로 한반도의 5배 가량 된다. 볼리비아에서 가장 유명한 관광지는 우유니 소금사막이다. 안데스산맥의 알티플라노고원에 있어 고도가 해발 3,600m에 이르며 넓이가 약 12,000㎢로 우리나라 전라남도의 넓이와 비슷하다. 우유니 소금사막은 사실 소금호수에 가깝다. 이러니 하늘과 땅이 붙어 있는 것 같다는 표현이 사실인 것 같다.

소금호수에는 홍학이 산다. 볼리비아에서 근 한 달 동안 여행하면서 우유니 소금사막을 가 보지 못했다. 그것은 칠레의 아타카마염호를 봤기 때문이었다.

우유니 소금사막을 남미 여행의 꽃 혹은 남미 여행의 하이라이트라고 극찬하고 있다. 소금사막에는 리튬이 있다.

남미 '리튬 트라이앵글'

리튬은 전기자동차의 배터리를 만드는 데 쓰이는 광물로 매우 희소가치가 있다. 리튬은 전 세계 매장량이 8,600만 톤으로 추정되고 있다. 이 중에 58%에 달하는 양이 중남미 국가인 볼리비아, 아르헨티나, 칠레에 매장되어 있다. 이 3개국을 묶어서 흔히 '리튬 트라이앵글'이라고 부른다.

이 중에서 볼리비아에는 2,100만 톤의 리튬이 매장되어 있다. 하늘과 땅의 구분이 없어진다는 볼리비아의 우유니 사막에 특히 다량의 리튬이 녹아 있다. 전 세계 매장량의 약 20%에 달하는 리튬이 이 사막의 호수에 있다. 관광지인 이곳이 이제는 자원개발의 중심지가 된 것 같다.

리튬은 소금호수에 있다. 안데스산맥에는 크고 작은 소금호수들이 많이 있다. 그것은 이 산맥의 생성 과정에서 설명되고 있다. 안데스산맥은 원래는 바다였는데 태평양판이 안데스산맥 아래로 들어가 융기해서 이루어진 산맥이라 바닷물이 증발하여 이루어진 소금사막이 많다는 것이다. 이에 따라 리튬이 많이 생성되었다는 설명이다. 리튬이 많이 매장되어 있는 국가는 볼리비아. 아르헨티나, 칠레, 미국, 호주, 중국 순이다. 우리나라는 리튬을 주로 남미에서 수입해 사용하고 있다.

국가	지역	넓이	매장량	리튬 자원 특징	한국 업체 진출 현황
볼리비아	우유니 염호	12,000㎢	540만t	최대 매장량	리튬산업화연구공동 위원회 개최
칠레	아타카마 염호	3,000㎢	300만t	리튬 농도 가장 높음	NX우노프로젝트(삼성 물산, 광물자원공사)
아르헨티나	옴브레 무에르토 염호	171,4㎢	200만t	불순물 함량 가장 낮음	살데바다프로젝트 (광물자원공사, LG상사, GS칼덱스)

신전은 필연이었다

칠레 이스터섬의 비극

두 번째는 이스터섬이다. 칠레 이스터섬의 부침은 국가의 존망에 시사하는 바가 크다. 한 나라의 흥망성쇠를 알아보는 좋은 예이다.

칠레에서 서쪽으로 3,700㎞ 떨어진 이스터섬은 아름다운 섬으로 면적이 약 166㎢이다. 크기가 울릉도의 2배 정도의 작은 섬이다. 이 섬은 타이티섬에서 4,000㎞, 하와이에서는 8,000㎞, 호주에서는 9,000㎞ 떨어진 외딴섬이다. 2,000㎞이내에는 섬이 없다. 이 외딴섬이라는 점이 이 섬의 비극이다.

이 섬을 최초로 발견한 사람은 1722년 네덜란드 출신 야코프 로헤베인이다. 그가 이스터섬에 간 날은 4월 5일, 부활절Easter이다. 그래서 이스터섬이라고 지었다고 한다. 이때부터 서양인들에 의해 이 섬의 비극이 시작되었다. 그들은 환영하는 주민들을 12명을 사살하고 쥐를 풀어놓고 매독과 천연두 등 전염병을 퍼트렸다.

로헤베에 의해서 이 섬의 수수께끼인 900개의 모아이Moai 석상이 소개된다.

> 1722년에서 52년 후에 캡틴 쿡이 방문했을 때는 모아이 상이 절반이 쓰러져 있었다고 한다.
> 1862년 페루의 노예상들은 이스터섬의 족장, 귀족, 제사장을 위시한 거의 전 주민을 노예로 잡아간다.
> 1868년에 상형문자인 롱고롱고 서판이 테파노 자우센 주교에 의해서 발견된다.
> 1888년에 칠레 영토가 된다.
> 1995년에 섬이 유네스코 세계문화유산에 등재되었다.

이 섬에는 풀 수 없는 수수께끼가 여럿 있다.

가장 불가사의한 것은 세계 7대 불가사의의 하나인 모아이 상이 있는 것이다. 작은 것은 키가 3.5~5.5m이고 무게는 20톤이다. 큰 것은 22m이며 무게가 120톤이나 된다. 이 거대한 석상을 무엇 때문에 만들었으며 어떻게 만들었는가? 해안까지의 운반은 어떻게 했는가이다.

둘째는 이 섬에서 사용한 상형문자인 롱고롱고 언어이다.

코하우 롱고롱고 서판

상형문자가 새겨진 코하우 롱고롱고Ko hau rongo rongo 서판書板은 지금까지 21개의 진본 서판과 한 개의 지팡이 그리고 같은 문자가 들어 있는 세 개의 가슴 장식을 포함하여 총 25개의 서판이 존재하고 있다. 이 서판에는 595개의 기본 기호를 포함해서, 총 1만 4천, 21개의 기호가 적혀 있다.

공식적으로 롱고롱고 서판이 발견된 것은 1868년 테파노 자우센 주교에 의해서였다. 이스터섬 주민들은 존경의 증표로 테파노 자우센 주교에게 자신들의 머리카락을 꼬아 만든 긴 줄을 감은 나무 막대기 한 개를 건네 주었는데, 선물을 받은 자우센 주교가 줄 안쪽을 살펴보니, 작은 널빤지 가득 상형문자가 씌어 있다는 사실을 발견했다. 최초의 '코하우 롱고롱고'Ko hau rongo rongo:노래 부르는 사람의 지팡이 서판이 발견된 순간이었다.

이보다 먼저 1864년 선교사로 왔던 에젠느 에로 수사는 담당 수도원장에게 보낸 편지에 롱고롱고에 대하여 언급하였다. "섬사람들은 집마다 나무나 막대기로 만든 서판이 보입니다. 거기에는 매우 다양한 그림문자들이 새겨져 있고 … 그러나 이 섬의 원주민들은 어떻게 읽는지, 그리고 어떻게 쓰는지 전혀 모릅니다."

이 문자는 이스터섬 곳곳의 바위와 동굴의 암각화로도 새겨져 있다. 그러나 이스터섬에 대거 도착한 선교사들이 라파누이들에게 개종을 요구하며 이교도의 우상 격인 서판을 불태우게 하여 상당한 부분 사라져 버렸다. 남아 있는 서판들도 약탈자들에 의해 지구상 곳곳의 박물관에 뿔뿔이 흩어져 있다.

서판을 읽는 법은 안쪽에서 오른쪽으로, 위에서 밑으로 읽게 되어 있다고 하는데, 이것은 기호가 줄마다 전도轉倒되어 있어서 이것을 읊는 사람은 각 줄 끝에서 판을 돌려야 한다는 것. 이런 서법은 전 세계적으로 유일하므로 서판의 판독은 아직 성공을 거두지 못하고 있다.

서판을 해독할만한 족장이나 전문가들이 모두 죽어버려 한 사람도 남아 있지 않기 때문이다. 1862년 페루인들이 섬을 습격하여 이스터섬 사람들을 노예로 잡아가는 사건이 발생했다. 서판은 족장이나 귀족, 제사장만 읽을 수 있었는데 권력층의 사람들 모두가 페루의 노예로 끌려갔다. 극적으로 탈출하여 섬으로 돌아온 사람들도 천연두 같은 전염병에 걸려 모두 죽어버리고 말아 서판을 판독할 수 있는 사람의 씨가 말라 버린 것이다._ 인터넷에서

이스터섬의 비밀을 조금이라도 알 수 있는 길은 문자의 해독인데 불가능하게 되었다. 이 점은 인류 역사상 불행한 일이다.

이스터섬은 문자가 있고 모아이 상이 900개나 있는 것으로 봐서 어느 정도 문화가 있던 국가라는 사실은 알 수가 있다. 이스터섬의 부침은 역사적인 기록이 없으므로 가설이나 추측에 의할 수밖에 없다.

그래도 가장 믿을만한 견해는 다음과 같다. 인구의 증가에 따른 농경지 조성과 땔감, 모아이 상의 운반에 필요한 나무의 수요에 따라 과도하게 큰 나무를 베어내고 들쥐들이 나무 씨앗과 싹을 먹어 치워 나무가 사라지자, 카누를 만들 나무가 없어서 주식의 하나인 고래를 잡을 수 없게 되자 부족 간의 전쟁이 끝이 아니

고 단백질을 섭취하기 위해서 인육을 먹기에 이르렀다는 것이다.

가까운 곳에 큰 섬이 있다면 해결하는 방법이 있었을 터인데 이스터섬은 너무 고립되어 있었다.

이 얼마나 무시무시한 재앙인가! 끔찍한 일이다.

우리나라는 어느 면에서는 이스터섬 같다. 우리나라를 이스터섬에 대비해 볼 필요가 있지 않을까? 지구는 이상 기온으로 몸살을 앓고 있다. 지구를 이스터섬에 대비해 보는 것도 바람직하지 않나 싶다. 노망한 한 늙은이의 기우이길 바란다.

에콰도르령 갈라파고스제도

다음은 갈라파고스섬이다. 에콰도르에서 1,000㎞ 떨어진 태평양에 있는 갈라파고스제도는 다윈의 진화론 탄생지로 유명하다. 수천㎞ 이내에 어떤 섬도 보이지 않는 외딴 제도이다. 면적이 전라북도와 비슷한 8,010㎢이며 19개의 화산섬과 수많은 암초로 구성되어 있다. 위치가 적도 근처이며 3개의 해류가 흐르는 곳이라 생물의 다양성이 보존된 곳이다. 생물의 살아 있는 박물관이다.

다윈의 진화론뿐 아니라 1975년쯤에 또 다른 생물학적 기념비라 할 만한 발견이 있었다. 갈라파고스제도의 심해에서 350℃가 넘는 고온의 물이 온천처럼 분출되는 열수분출공을 발견한 것이다. 그것이 심해의 오아시스이다.

심해 오아시스를 탐색한 결과, 뜻밖의 생물체가 발견된 것이다. 가슴에 잔뜩 털이 난 게로 이곳이 아닌 다른 곳에서는 볼 수 없는 매우 독특한 갑각류이다. 이 게는 열수분출공 주변에서 무리 지어 서식하고 있었다. 마치 외계에서 온 듯한 괴상한 모습을 지닌 '스케일웜'달고기도 여기에서 발견되었다.

우리는 그곳에 가지 않았다. 소라와 나는 반려견, 반려묘도 키우지 않는다. 둘 다 동물을 별로 좋아하지 않는다.

　솔직히 말해서 갈라파고스제도가 에콰도르 국토인 줄도 몰랐다. 그런데 에콰도르의 섬이다. 사실 갈라파고스제도는 가기로 여행계획을 세웠는데 너무 비용이 많이 들어서 포기했다. 섬 입장료가 100불이니까 둘이 200불, 비행깃값이 한 사람당 410.70불이니 둘이 821.40불이니 모두 1,021.40불에 호텔비와 식사비를 합치면 너무 비용이 많이 든다.

　우리는 과학자도 고고학자도 아니다. 얕은 생각으로 그렇게 생각한 것이 잘못이었다. 기회는 다시 오지 않았다. 지금은 후회하고 있다. 같은 이치로 이스터섬에 가지지 못한 것도 후회된다. 이스터섬은 칠레 영토이고 그곳에는 모아이 석상이 있다. 그곳도 비용 관계로 가 보지 못했다. 칠레의 박물관에서 모아이 상을 구경하는 것으로 만족했다.

　두 곳 말고도 우유니 소금사막과 파타고니아 등은 기회가 되면 다시 가 보고 싶다. 돈과 시간이 허용한다면 여행은 많이 할수록 좋다.

귀국

키토는 에콰도르의 수도이다. 남미 여행을 마치고 떠나는 날이다. 잠이 안 와 1시에 일어나 짐을 싸고 라면을 끓여서 먹고 남은 감자도 삶아 먹었다. 이때까지 쓰던 전기 곤로는 내버리기로 하였다. 많은 물건을 버렸다.

무거운 가방을 들고 나갔더니 여관 주인이 빅토르가 일찍 와서 밖에서 기다리고 있다고 일러 주었다. 빅토르는 아는 교포의 아들이다. 우리가 키토에 머물렀을 때, 그가 차로 봉사했다. 물론 우리는 상응하는 요금을 지불했다. 빅토르는 4시 20분 전에 왔다. 4시에 오라고 했는데 말이다. 사려 깊은 이 청년은 차에서 기다리고 있었다.

우리는 짐을 싣고 비행장으로 향했다. 키토 비행장은 무척 작았다. 빅토르는 비행장을 새로 짓는다고 말했다. 시외버스터미널은 이에 비하여 훌륭했다. 그래서 그런지 공항세를 한 사람당 40불이나 받았다.

빅토르에게 10불을 주어 보냈다. 조금 더 줄 수도 있었지만 어젯밤에 여관비를 계산하고 수중에 남은 돈이 하나도 없다.

딸 수진이에게 줄 목걸이를 찾았으나 적당한 것이 눈에 띄지 않았다. 귀국이 기쁠 터인데 잃어버린 컴퓨터 때문에 자꾸 마음이 켕긴다.

이별을 슬퍼하듯 부슬비가 내린다. 키토는 적도하에 있는 도시지만 높은 고원의 분지라 하루에 사계절의 일기를 체험할 수 있는 곳이다.

비행기가 이륙하자 눈 덮인 설산이 보였다가 사라졌다. 비행기 아래는 온통 구름의 바다였다. 아마존 상류를 지날 때는 구름이 걷혀서, 수많은 호수를 볼 수 있었다.

휴스턴에 도착한 것은 5시간 후였다. 그리고 곧 LA행 비행기 탑승 수속을 밟았다. 휴스턴도 비가 내리고 있었다. 점심을 간단히 먹고 비행기를 탔으나 비가 많이 내려서인지 3시 반 비행기가 5시가 넘어서 이륙했다. 곧 사막이 보였고 물이 흐르는 강 옆에는 농경지가 바둑판 같았다. 과연 미국이다 하는 소리가 절로 나왔다.

휴스턴에서 LA에 사는 향운에게 전화를 했다. 그녀는 없고 김 선생이 받았다. 소라의 친구 중에서 가장 인상에 남는 사람이다. 아무래도 만나보고 떠나야 할 것 같아서였다.

여관을 정하고 그녀를 나오게 했다. 향운이 남편인 김 선생과 같이 나왔다. 밤 10시쯤 된 시각이었다. 황가네라는 음식점에 가서 곱창전골을 시켜 주어서 맛있게 먹고 안주가 너무 좋아 소주 한 병까지 사 달래서 마셨다. 우리 여행의 마지막 대단원을 향운 부부가 장식해 주었다.

김 선생은 우리가 갈라파군도에 갔었는가 물었다. 사실 계획은 잡았으나 비용이 너무 많이 들어 포기했었다. 역시 학자 집안의 사람다운 생각이었다.

향운은 기분이 좋은지 소라와 〈가고파〉라는 노래를 불렀다. 김 선생도 즐거워 보였다.

LA에서 우리가 묵었던 '데이지 인'을 나온 것은 9시 50분이었다. 소라는 뜬금없이 우리 선조들에 대하여 물었다. 이미 다 이야기 해준 것이었다.

공항에 가서 출국 수속을 밟았다. 절차는 간단하게 되었다. 결국 비행 일정 바꾸는 요금 25불은 내 돈으로 냈다. 점심은 기내에서 준다고 해서 먹지 않았다. 오후 1시 20분 비행기라 일찌감치 경내로 들어갔다. 내 도자기 가방이 걸려서 다시 검사를 받았다. 그리고는 두 딸과 며느리에게 줄 루주를 샀다. 돈 쓸 일이 많아서 아껴 써야 한다. 우리 좌석은 48A, 48B이었다. 우리 옆자리는 호주의 흑인 청년이 앉아 있었는데 퍽 예의 바르고 친절했다.

비행기 아래는 온통 구름의 바다였다. 〈비행기에서 바라 본 구름〉이라는 시를 한 편 썼다.

키토에서 휴스턴까지
휴스턴에서 LA까지
LA에서 도쿄까지
도쿄에서 서울까지
비행기를 타고 오면서
유심히 보았다.
구름이 안 낀 하늘은 없었다.
대도시는 물론 숲도, 사막도,
사람이 살지 않는 태평양, 그 넓은 바다도
구름이 덮여 있었다
어쩌다 잠깐 구름이 걷혀서
지상의 강과, 호수와 숲과, 바다가 보였지만
잠깐이었고
주위는 늘 구름이 에워싸고 있었다.

이렇게 세상은 늘 구름이 있다.
맑은 하늘을 뒤덮는 구름이 있다.

JAL 회사의 여자 승무원들의 미소와 열심히 한 일에 회사의 앞날에 희망을 걸 수 있을 것 같다. JAL은 다시 일어날 것 같다. 정말 기내 서비스가 좋아졌다. 동양적인 것이다. 저녁 대접도 잘 받

신전은 필연이었다

왔다.

12시간 걸린다던 비행 시간이 한 시간이나 빨리 와서 11시간 만에 도쿄의 나리타공항에 도착했다. 바둑판 같은 전답과 아름다운 숲, 깨끗한 환경이 미국과 닮은 점이 많았다. 다만 미국보다 규모가 작고 아담했다. 호텔을 정하지 않았더니 입국을 시켜 주지 않아 겨우 호텔을 정해서 나갈 수 있었다. 일본도 미국만큼이나 출입국이 엄격했다. 숙소는 '도쿄 인'이었다. 남미에서라면 고급 호텔에 해당할 것 같았다. 아침과 저녁을 준다고 했다. 비행장이 환히 보이는 숙소였다. 일본 호텔답게 깔끔하고 안락했다. 실내도 넓었다. 미국 시간으론 밤 12시인 셈인데 도쿄 시간으론 오후 4시였다.

서울 집에 전화를 했다. 희정이가 받았다. 방학에 유럽에 간단다. 두 달 계획이라니 오랫동안 준이와 린이를 볼 수 없을 것 같다. 다들 잘 있다니 좋고 나를 닮아 아들이 여행을 좋아한다니 됐다. 잘 다녀오기를 바랄 뿐이다.

3

미술관은 방문하는 도시마다

밀라노의 이양실 조각가

2014. 7. 1.

베로나의 로미오와 줄리엣 기념관 관광을 마치고 밀라노로 떠났다. 도로에는 화물차가 줄을 이었다. 이곳이 로마 근처보다 공업지대임을 실감했다. 도로 옆의 포도밭은 어느새 옥수수밭으로 변해 있었다. 옥수수기름이나 빵의 재료로 쓰일 것이다.

드디어 밀라노에 도착했다. 영어책에는 밀란으로 표기되어 있었다. 도로 표시판에는 외국 관광객을 배려해서인지 밀라노로 표기되어 있었다.

호텔에 도착 좀 쉬다가 4시 반에 이탈리아에서 활동하는 중견 조각가 이양실 씨의 회원전이 있다고 해서 만나러 갔다. 호텔이 변두리에 있어 버스를 타고 메트로역에 가서 갈아타고 두오모역에서 다시 갈아타고 투라티Turati역에서 내려 회원전이 열리는 전시장을 찾았다.

도대체 이탈리아의 회원전은 어떤지 관심이 갔다. 우선 이양실 조각가를 찾는 것이 급선무였다. 동양인이라 바로 찾을 수 있었다. 반갑게 서로 인사를 나누었다. 바로 식이 거행되었는데 회원이 160여 명 된단다. 우리나라 회원전에 비하면 정말 재미없는 전시회였다. 다과도 식사도 없다는 것이었다.

이양실 씨가 저녁을 먹자고 해서 그렇게 하기로 했다. 식당이 두오모 근처에 있어 시내 구경도 할 겸 걷기로 했다. 밀라노의 중심가는 대리석 석조건물이 대단했다. 어느 광장에 도착했을 때 레오나르도 다빈치의 커다란 동상이 서 있는 것을 보았다.

다빈치가 미켈란젤로나 라파엘보다 푸대접받은 것 같은데, 이양실 씨에게 어찌된 일인가 물어 보았더니 레오나르도 다빈치가

서자 출신이고 어머니가 농부라 본인도 결혼하지 않고 혼자 살아서 좀 무시당한 것 같다고 말했다.

두오모는 지금까지 본 성당 중에서 가장 아름다운 것 같았다. 바르셀로나의 가우디의 성당이 그냥 창조된 것이 아니라는 생각이 들었다. 이미 그런 성당이 유럽에는 퍼져 있었다. 런던의 웨스트민스터 사원, 밀라노의 두오모와 가장 유사하지 않았나 싶다. 이 사원은 특별히 관여한 인물이 없고 밀라노 시민의 작품이라고 이양실 조각가는 말했다. 내부에는 더 많은 조각작품이 있단다.

내일 다시 오기로 하고 음식점에 들어갔다. 그 음식점은 전통 있는 음식점이란다. 옛 방식대로 손님을 모신단다. 포도주 한 병과 고기를 주문했다. 고기를 별로 좋아하지 않는 소라도 오늘은 먹기로 하였다. 호텔에서 먹는 고기와 비슷한 고기들이 나왔는데 맛이 달랐다. 포도주와 같이 먹어서 그런지는 잘 모르겠다.

이양실 씨는 밀라노에 온 지 40년이 됐단다. 처음에는 로마에서 한 5년 살았단다. 그러니까 한국에서 산 것보다 이탈리아에서 더 오래 산 셈이다. 이제는 어느 정도 성공한 조각가로 인정받는다고 한다. 그 노력이 얼마였을지 짐작이 갔다. 전시회장에 출품된 작품은 내가 이해하기엔 어려운 현대조각 같았다.

나는 두 가지를 물어 보았다. 미국 현대미술이 유럽에서는 푸대접받는 것 같다고 추상표현주의 작가들의 작품을 전혀 볼 수 없었다고 말했더니 미술뿐 아니라 미국 문화 자체가 유럽에서 푸대접받는다고 말했다.

이탈리아는 모든 그림이나 조각작품의 촬영이 허용되는데 프랑스, 영국, 스페인은 철저히 촬영이 금지된 이유가 무엇인가 물었더니 개방주의와 폐쇄주의가 아니겠는가 하고 답변했다. 후에 안 일이지만 독일과 네덜란드도 사진 촬영이 허용되었다.

어려운 질문에 잘 답변해준 점에 감사했다.

식사하고 포도주도 두어 잔 마셔서 그런지 밤에 보는 두오모가 더욱더 아름다웠다.

스핑크스가 힘의 집합이라면 두오모는 기교의 집산이고 가우디의 성당은 훌륭한지는 몰라도 그로테스크하며 바티칸 성당은 성모처럼 우아한 것 같다고 말했더니 이양실 씨도 나의 말에 동의하면서 이 두오모가 가장 아름답다고 말했다. 밀라노를 사랑하는 이양실 씨는 밀라노를 떠나지 않을 것 같았다.

헤어질 시간이 되어 메트로를 타러 광장을 돌아서자 무슨 일이 있었는지 지하철 출입문이 폐쇄되었다. 광장은 수천 개의 맥주병이 나뒹굴고 깨진 컵과 휴지가 널려 있었다. 폭풍이 불고 지나간 자리 같았다.

간신히 매트로 출입구가 열려있는 곳을 찾아 지하철을 타고 호텔에 돌아왔다. 밤공기가 차가웠다. 내일은 긴소매 옷을 입어야 할 것 같다. 호텔에 돌아와 보니 벨기에와 미국의 월드컵 경기가 속개되고 있었다. 벨기에가 2 대 1로 승리했다.

물레방아의 추억

2014. 7. 2.

소라가 이탈리아의 논농사지대에 가야 한다고 해서 그렇게 하기로 했다. 밀라노에서 조각가로 활동하고 있는 이양실 씨가 안내하기로 했다. 이양실 씨와 약속한 시각, 약속한 장소인 전철 종점에 가서 만나 논농사지대에 갔다.

이탈리아의 북부 포강Fiume Po 유역의 상류에 논농사지대가 있다. 바로 롬바르디아평야로 이탈리아의 곡창지대이며 그 중심에 이탈리아 제2의 도시 밀라노가 있다.

이양실 씨의 아는 분이 동행했다. 이태리인으로 건축을 전공한 사람인데 지금은 정치에 관심이 많단다. 인상이 좋은 사람이었다. 이름이 파블리치오Fabrizio였다. 내 시선집《Poems of In-Hwan Bae》를 2권 가지고 갔는데 이양실 씨에게 한 권 주고 그에게도 한 권 주었다. 이름을 쓰고 사인을 해서 주었더니 그는 무척 기뻐했다.

오늘 방문할 농가는 파블로치오의 친척 집이란다. 친척 집은 전에는 물레방아를 운영하는 농가였는데 아들들은 가업을 잇지 않고 다른 일에 종사한단다. 농업은 어느 나라나 어려운 직업이라 모두 다 회피한다.

먼저 차량정비소에 갔다. 건장하게 생긴 남자 셋이 우리를 기다리고 있었다. 큰아들 피에트로 세리Pietro Cerri, 셋째 파올로Paolo, 막내 세르지오Sergio 형제들이었다. 이 정비소는 셋째 파올로의 소유란다. 그들의 안내로 논농사지대를 둘러 보았다. 오랜만에 보는 시원스러운 푸른 볏논이 아름다웠다.

다음은 이 형제들의 고모 댁에 가서 73세의 노인에게 논농사에 관한 이야기를 청취하고 논농사의 노래에 대한 자료를 수집했다.

초등학교 선생을 했다는 그 할머니는 논농사의 고통에 대해 기억하기 싫은 부분이 있는 것 같았는데 이야기가 잘 풀려서 참고되는 이야기를 많이 들려 주었다. 그 당시 여자들은 40일간 고용되어서 일을 많이 했단다. 40일은 아마 벼를 심고 세 벌 맬 때까지의 날짜가 아닌가 싶다.

그 집은 대농 같았는데 피에트로 형제는 가난하다고 말했다. 그 집 앞에는 커다란 틸리오Tiglio, 피나무가 서 있었다. 프랑스의 가로수로 많이 본 나무인데 잎이 하트형이고 시원스러웠다.

소라가 적어간 노래의 가사를 파올로가 친절하게도 컴퓨터에서 정리해 주었다.

막내 세르지오의 대접을 받다.

추억이 서려 있는 큰아들의 옛집에 갔다. 물레방앗간을 하던 부모의 집이었는데, 지금은 막내가 주말에만 음식점을 하며 농사를 조금 짓는 것 같았다. 정미소의 동력은 수로의 물이었다. 지금도 기계가 돌아가는 물레방앗간은 아들들이 농구와 방앗간을 잘 보관하고 있었다. 이탈리아 사람들은 조상들이 쓴 유물을 잘 보관하는 DNA가 있는 것 같았다. 그리고 농사에 대한 장면의 그림도 화가가 그려서 보관하고 있었다. 조상들의 사진도 다 있었다. 우리나라 사람들은 옛것은 싫어하고 새것만 좋아하는데 이태리인들은 이 점이 달랐다. 큰아들은 옛집에 대한 향수가 남다른 것 같았다. 통역을 맡은 이양실 씨가 참 성심을 다해서 도와주었다.

생업을 접어두고 이렇게 도와준 분들이 고마워서 저녁 대접이라도 해야 해서 저녁을 먹자고 했더니, 막내의 집으로 가서 먹는 것이 좋겠다는 의견이 나와 그렇게 했다. 사슴고기와 빵, 포도주와 맥주를 마음껏 먹고 마시고 요금을 물었더니 적어도 200유로는 될 것 같았는데, 50유로만 달라고 해서 100유로를 주고 친절하고 마음씨 착한 그들과 헤어졌다. 이미 시간이 늦어 이양실 씨가 호텔까지 태워주었다. 소라는 참 좋은 친구들이 많다.

아주 특별한 체험을 한 하루였다.

농가의 닭, 병아리

이탈리아 농가

상추쌈

82일간의 유럽 여행은 강한 체력을 요구했다. 이미 70 중반을 넘긴 내 나이로는 무리였다.

독일의 프랑크푸르트에서 그만 병이 나고 말았다. 매일 한 시간 넘게 일기를 쓰고 월드컵 준결승, 결승을 자정이 넘도록 보고 독일에 간 김에 맥주도 마시고 했기 때문인 것 같았다.

아니, 체력 저하의 주된 이유는 음식에 있었을 것이다. 나는 빵을 싫어한다. 우유도 싫어한다. 달걀도 싫어한다. 고기도 싫어한다. 과일도 좋아하지 않는다. 그러나 서양 음식이라는 것이, 이것이 전부이니 내가 먹을 것이 별로 없었다.

저녁 한 끼는 밥이나 라면을 먹을 수밖에 없었다. 중남미를 여행할 때는 아침까지도 해 먹었다. 중국 음식점을 많이 이용하기도 했다. 그래서 그랬는지 미국 11개월 중남미 5개월을 거뜬히 견디었다. 하긴 그때는 지금에 비해 5년 전의 젊은 날이었다.

아들이 호텔을 예약해 주면서 아침 한 끼라도 잘 먹어야 한다면서 평균 100유로 정도의 호텔을 예약해서 빵을 좋아하는 내 짝은 그럭저럭 견디었다. 그러니 나 혼자 아침을 지어 먹을 수도 없는 노릇이었다.

점심이라도 잘 먹어야 하는데 서양 음식점은 비싸기도 하고 아침과 비슷한 음식이 나온다. 중국 음식점이 있으면 좋은데 중국 음식점 찾기가 힘들고 유럽의 중국 음식점은 유럽화되어서 그런지 음식이 무지하게 짜서, 고혈압인 나에게는 치명적이었다.

뮌헨을 여행할 때는 런던에서 시작하여 파리와 프랑스 북서부, 스페인 일주, 남프랑스와 이탈리아 중요 도시 리옹과 몽블랑, 스위스의 마터호른과 융프라우, 독일의 바덴바덴과 프랑크푸르트와 하이델베르크, 라인강 계곡을 여행한 후 있었다.

체력 저하가 얼마나 심각했냐 하면 살아서 돌아갈 수 있을까 하는 생각이 들 정도였다. 잘 때 손발에서 쥐가 났다. 몸살을 앓고 치통도 앓았다.

어떻게 간 여행인데 중간에 포기한단 말인가!

밥을 짓거나 라면을 끓이려면 전기풍로가 필수였다. 밥을 지으면 반찬이 부실하니 된장국이라도 끓여야 하는데 냄새가 너무 강해서 생각해낸 것이 상추쌈이었다. 슈퍼에 가면 상추는 싸게 살 수가 있고 나나 내 짝은 상추쌈을 좋아하는 편이다. 상추쌈은 쌈장을 잘 만들어야 한다. 된장에 양파와 대파, 마늘과 고추, 버섯 등을 잘게 썰어 넣고 만들면 된다. 멸치 가루를 넣으면 더욱 좋다. 된장을 끓이지 않아도 되니 마음이 편했다. 서양 사람들은 냄새에 민감하다. 라면도 끓이면 냄새를 많이 풍긴다.

밥은 한국에서 가지고 간 쌀과 이탈리아의 벼농사 지역에서 찾은 우리 쌀과 비슷한 쌀로 지어 먹었다.

여행하면서 먹던 상추쌈은 잊을 수 없는 맛이었다. 꿀맛이었다. 또 숭늉은 어떠했던가! 솔직히 고백하지만, 상추쌈이 아니었으면 중도에 여행을 포기하고 귀국했을지도 모른다. 어느 순간부턴 서양 음식에도 조금씩 적응이 되어 체력이 회복되었다.

귀국해서 상추쌈을 자주 먹지만 유럽의 호텔에서 먹던 그 맛이 아니었다. 입은 참 간사하다.

풀 재배

농촌의 변화는 가히 혁명적이다. 사람의 노동으로만 이루어지던 농사 방법이 이제는 기계화되어 쉬워졌으며 비닐하우스 재배법은 소득 증대와 기술 혁신을 가져온 것도 사실이다.

그렇지만 밭에 풀을 재배한다는 생각은 우리의 상식으로는 이해가 안 가는 이야기이다. 잡풀은 곡식밭에서 제거해야 하는 해초이다. 그런데 서양클로버를 재배하는 것이 어느 곡식을 재배하는 것보다 수익이 높다는 이야기는 나에게는 충격이었다.

'벼농사가 최고'라고 생각하는 한국 사람으로는 벼 재배보다 옥수수 재배가 1.5배 정도 수익이 높다는 이야기도 충격이었는데, 옥수수는 우리나라에서는 간식으로 먹거나 밑밥으로 사용되던 곡물이었다. 사실은 옥수수는 벼, 밀과 같이 세계 3대 식량이다. 중남미와 아프리카에서는 옥수수가 주식이다. 요즈음은 옥수수는 기름 대체 연료로 주목받고 있다. 그리고 옥수수가루는 빵의 원료이다. 옥수숫대는 화력발전을 하는데 연료로 이용되기도 한단다.

이탈리아를 여행할 때 일이다.

소라가 벼농사 지역을 탐방하고 싶다고 해서 밀라노에 사는 조각가 이양실 씨가 주선해 주어 농가를 방문한 일이 있다.

밀라노는 유럽의 3대 벼농사 지역이다. 유럽에서 가장 오래된 벼농사 지역은 스페인의 발렌시아 근교이고 다음이 이탈리아의 밀라노 지역이고 또 한 곳은 남프랑스의 론강Rhone River 유역이다.

내 짝 소라는 벼농사 지역 농부들의 노래를 연구하는 학자로 밀라노의 벼농사 지역에 관심이 많았다.

이양실 씨는 이탈리아에서 활동하는 원로 조각가이고 소라의 여고 동창이다. 그녀가 직접 안내했다. 밀라노시를 벗어나서 벼 농사 지역이 있었다. 우리를 반긴 사람들은 큰아들 피에트로Pietro Cerri, 셋째 파올로Paolo, 막내 세르지오Sergio 형제들이었다.

피에트로 형제의 집은 부모 대까지 대대로 농사를 지은 집안인 데 4남 1녀 중 누구도 농사를 짓지는 않지만, 부모들이 살던 집을 깨끗하게 보존하고 있었다. 부모는 물레방앗간을 했는데 그 방앗 간과 농기구들을 잘 간수하고 있었고, 내가 본 스페인의 쌀 박물 관과 미국 조지아시의 쌀 박물관보다 훨씬 더 많은 유물을 개인 집에서 보관하고 있었다.

피에트로의 말에 의하면 벼농사보다 옥수수농사가 수익이 높 고 옥수수농사보다 풀 재배가 훨씬 좋다는 이야기이었다. 풀은 일 년에 9번을 베는데 그 풀이 가축의 사료로 팔리기 때문에 수익 이 높다는 이야기이었다.

목축이 순수한 농사보다 더 수익이 높다는 이야기는 일반화된 이야기이지만 풀을 재배해서 파는 것이 벼농사나 옥수수농사보 다 수익이 많다는 이야기는 낯선 이야기이었다. 그러나 모든 것 이 변화하고 있으니 이도 역시 농촌의 변화의 한 면이라고 할 수 있을 것 같다.

몇 년 전에 전라남도를 방문한 일이 있었다. 그곳에서도 벼농 사보다 풀 재배가 수익이 높다는 이야기를 들었다. 놀라운 변화 이다.

킨데르데이크의 풍차

네덜란드는 풍차의 나라로 인식되어 있었다. 그런데 정작 네덜란드에는 풍차가 별로 없었다. 풍차를 보려면 특별히 로테르담Rotterdam의 킨데르데이크Kinderdijk에 가야 한단다.

암스테르담에서 3일을 관광하고 풍차를 보려고 길을 떠났다. 암스테르담에서 킨데르데이크까지는 90㎞이다.

네덜란드는 다시 보아도 평야이다. 지평선이 끝없이 전개된다. 면적이 41,525㎢로 한국의 반 정도이며 인구는 1,640만 명이다. 국토 대부분이 평야지대다. 최남동부에 있는 320m의 팔제르베르크산이 최고봉이다. 서울 남산의 높이가 265m이니 짐작이 갈 것이다.

이렇게 작은 나라이지만 한때는 세계를 지배한 해양국이었다.

목장이 네덜란드보다 더 많은 곳을 보지 못했다. 유럽 14개국을 돌아다니면서 본 결과이다. 평야에 한가롭게 풀을 뜯는 소 떼들을 보니 소의 팔자도 출생지에 따라서 결정되는 것 같았다. 감옥 같은 막사에서 사료만 먹고 살만 찌우다가 도살장으로 끌려가는 한국의 소가 불쌍했다.

그런데 풍차의 나라 네덜란드에서 풍차 구경하기가 어려웠다. 풍차 대신 풍력발전 시설은 참 많았다. 다음 글은 위키백과 한글판에 있는 풍차에 대한 설명이다. 참고로 적어 놓았다.

풍차風車는 바람의 힘을 이용하여 동력을 얻어 돌아가는 기계이다. 풍차의 기원은 기원후 7세기의 페르시아 제국 지역에서부터 찾을 수 있다. 중국에서도 13세기 무렵에 지어진 것으로 추정되는 풍차들이 있다. 유럽에 있는 풍차들은 약 11세기 무렵부터 지어진 것으로, 국토가 해면보다 낮아 배수가 필요한 네덜란드 등지에서 특히 많이 사용되었다. 과거 전기가 아직 동력으로 사용되지 않던 시절 풍차는 주로 방앗간으로 사용하기 위해 세워졌다. 19세기 이후 증기 기관의 발달로 풍차의 역할은 과거보다 많이 축소되었지만, 아직도 양수기를 대체하여 물을 대거나 풍력을 이용하여 전기를 생산하는 풍력발전, 풍차의 회전수를 보며 풍속을 측정하는 데 사용되고 있다. 또한 네덜란드나 일본 등지에서는 관광객 유치 등을 목적으로 사용하고 있다. 풍차의 모양은 여러 가지로, 네덜란드에서 발달한 날개가 4개 있는 것, 미국 등에서 사용되는 날개가 많은 것, 최근 발전용으로 사용되는 프로펠러형 등이 대표적이다.

풍차는 국토가 해면보다 낮은 네덜란드가 종주국인 줄 알았는데 페르시아부터라는 사실, 중국과 미국에도 풍차가 있다는 사실, 용도도 양수기로뿐만 아니라 방앗간으로, 전기발전시설로 사용되었고 요즈음은 관광용으로 사용된다는 데 공감한다.

로테르담의 킨데르데이크에 도착한 것은 11시 반경이었다. 관광객이 의외로 적은 데 놀랐다. 폭이 50m쯤 되는 두 개의 수로에

풍차의 풍경

풍차의 모습

미술관은 방문하는 도시마다

풍차가 30여 개 있었다. 바람에 돌아가는 풍차는 하나도 없었다. 전부 다 휴면상태였다. 그림에서 본 것처럼 아름답지도 않았다. 몸통이 하얀색이 아니고 거무튀튀한 색이었다. 각각의 풍차 옆에는 살림집과 작은 배가 있었다. 수로 변에는 갈대가 무성하게 자랐다. 수로의 물빛이 탁했다. 4.5유로씩 지불하고 30분 동안 유람선을 타고 풍차를 구경하고 사진을 찍고 룩셈부르크시를 향해서 다시 길을 떠났다.

킨데르데이크 풍차는 순전히 관광용이었다. 이렇게라도 풍차를 본 것은 다행이었다.

피카소 이해

피카소를 이해해야 현대 그림을 이해할 수가 있다. 피카소야 말로 현대 그림의 아이콘이기 때문이다. 그는 직선의 그림을 창조한 화가이다. 직선의 그림은 피카소 이전에도 없었고 이후에도 없다. 그의 대표작이라고 할 수 있는 〈게르니카〉나 〈아비뇽의 처녀들〉은 직선이다. 피카소가 태어난 말라가의 피카소 미술관은 2003년에 개관했고 연간 약 40만의 관광객이 찾는다고 한다. 많은 숫자는 아니다.

말라가 피카소 생가에 있는 글이다.

Pablo Picasso (Spanish: [ˈpaβlo piˈkaso]; 25 October 1881-8 April 1973), was a Spanish painter, sculptor, printmaker, ceramicist, stage designer, poet and playwright who spent most of his adult life in.

파블로 피카소는 스페인의 화가, 조각가, 판화가, 도예가, 무대디자이너, 시인, 각본가였으며 청년기 대부분을 여기서 보냈다.

피카소에 대한 인상적인 몇 토막의 글을 소개하고자 한다.

When Picasso died at age 91 in April 1973, he had become one of the most famous and successful artist throughout history. He is also undeniably the most prolific genius in the history of art. His career spanned over a 78 year period, in which he created: 13,500 paintings, 100,000 prints and engravings, and 34,000 illustrations. Picasso was, and still is, seen as a magician by writers and critics, a metaphor that captures both the sense of an artist who is able to transform everything around him at a touch and a man who can also transform himself, elude us, fascinate and mesmerise us.

1973년 4월에 91세로 피카소가 죽었을 때 그는 역사상 가장 유명하고 성공한 예술가 중 한 사람이 됐다. 그는 명실상부 미술사상 가장 많은 작품을 창작한 천재였다. 그의 경력은 78년 동안 지속되었다. 그 기간에 그는 13,500점의 그림, 10만 점의 판화와 조각, 34,000점의 삽화를 창작했다. 피카소는 작가들, 비평가들, 시인들에 의해서 마술사로 인식되었고 지금도 그렇게 여겨지고 있다. 그는 자기 주위에 있는 모든 것을 촉감으로 바꿀 수 있는 예술가의 감각과 그 자신을 바꿀 수 있고, 우리를 벗어나고 우리를 뇌살시키고 감화시킬 수 있는 인간을 포착했다.

Just like William Shakespeare on play, and Isaac Newton on physics, Picasso's impact on art is tremendous. No

말라가의 피카소 미술관 간판

one has achieved the same degree of widespread fame or displayed such incredible versatility as Pablo Picasso has in the art history. Picasso's free spirit, his eccentric style, and his complete disregard for what others thought of his work and creative style, made him a catalyst for artists to follow. Now known as the father of modern art, Picasso's originality touched every major artist and art movement that followed in his wake. Even as of today, his life and works continue to invite countless scholarly interpretation and attract thousands of followers around the world.

희곡에 있어서의 셰익스피어와 같이, 물리학에 있어서의 뉴턴과 같이 예술에 있어서의 피카소의 충격은 무시무시하다. 어느 누구도 파블로 피카소의 널리 퍼진 유명세를 성취할 수가 없고 예술사에서 획득한 엄청난 다재다능을 발휘할 수도 없다. 피카소의 자유정신, 그의 별스러운 스타일, 타인이 그의 작품을 평가하는 것에 대한 완전한 무시, 창조적인 스타일은 그를 예술가들이 추종하게

피카소의 〈알제리의 여인들〉이 걸려 있었다.

하는 촉매가 되어 주었다. 현대 미술의 아버지로 알려진 피카소의 독창성은 그의 뒤를 이은 모든 예술가와 예술운동에 영향을 주었다. 오늘날까지도 그의 삶과 작품은 끊임없이 수많은 학자의 해설을 구하고 전 세계의 수많은 추종자를 매혹하고 있다.

그는 입체를 설명하기 위해서 직선으로 그린 것 같다.

피카소의 그림을 이해하기 위해서 미술관에 있는 앙드레 말로의 '피카소의 가면'을 인용해 보자. 이 글을 읽어보면 피카소가 왜 이렇게 그림을 이상하게 그렸는가 하는 이유를 이해할 수 있을 것이다.

And to shift things about. Putting eyes in legs. And to be contradictory. Painting one eye in full view and the other in profile. People always make both eyes the same-have you noticed? Nature does many things the way I do: it hides them! But it has got to confess. When I paint I skip from one thing to another. All right. But they make a whole. That,s why people have to reckon with me. Since I work with Kazbek, I make paintings that bite. Violence, clanging cymbals...explosions...At the same time, the painting has to hold up. That's very important. But painters want to please! A good painting-any painting!-ought to bristle with razor blades.

= Andre Malraux, Picasso's mask. London; Macdonald and Jane's, 1976, p. 139

위치를 바꾸는 거요. 다리에다 눈을 붙이고요. 말도 안 되게 하기도 하고. 하나는 정면의, 하나는 프로필의 눈을 만드는 것. 사람들은 두 눈을 비슷하게 그리지, 당신도 알다시피. 그러나 자연은 나와 같은 일을 많이 합니다. 다만 자연은 그 일들을 감출 뿐이지! 자연이 그것을 고백하게 해야 하오. 내가 종잡을 수 없게 그리나요? 좋아요, 그러나 그다음에 오는 것은! 사람들이 나를 신뢰하지 않을 수 없는 것은 바로 그 이유 때문이오. 내가 카즈벡*과 함께 작업할 때, 나는 개처럼 무는 그림을 그립니다. 폭력, 심벌즈의 울림. 파열. 동시에 그림도 저항해야 합니다. 그것이 매우 중요해요. 그러나 화가들은 사람들을 즐겁게 만드는 그림만 그리려 하죠! 좋은 그림, 그건 무엇일까! 그림은 면도날이 삐죽삐죽 서 있어야 해._ 앙드레 말로 저·박정자 옮김, 《앙드레 말로, 피카소를 말하다》, 기파랑, 2007, 197쪽.

* 카즈벡Kazbek: 피카소가 키우던 개

이 글은 피카소가 태어난 말라가 피카소 기념관인가 생가에서 찍은 글이다. 앙드레 말로는 누구인가 그는 프랑스의 행동주의 소설가로 프랑스의 문교부 장관을 지낸 사람이다. 그러니 그를 믿어도 좋다고 생각한다.

미술관은 방문하는 도시마다

모차르트 주위의 여자들

잘츠부르크 동쪽 잘츠카머구트는 오스트리아 알프스와 70여 개의 호수가 있는 대표적인 휴양지이다. 산과 호수가 그림이다. 호수의 물빛이 그렇게 아름다울 수가 없다. 이곳에 간 이유는 그곳에 모차르트 어머니의 생가가 있기 때문이었다.

70여 개의 호수 중 볼프강호수가 있고 그 호수 옆에 장크트 길겐이라는 마을이 있는데, 그곳에 모차르트의 어머니 안나 마리아 발부르가 모차르트Anna Maria Walburga Mozart, 통칭 Pertl, 1720~1778의 생가가 있다.

안나 마리아는 이렇게 아름다운 고장에서 태어났다. 그녀가 음악에 재능이 있었는지 어떠했는지는 알려지지 않았지만, 이렇게나 아름다운 고장은 분명 그녀의 정서에 많은 영향을 주었을 것이다. 다만 여러 가지 자료와 정황으로 봐서 현모양처였던 것은

잘츠카머구트의 호수

틀림없는 사실이다.

안나 마리아는 27세에 한 살 위인 음악가 및 바이올린 교육자인 요한 게오르크 레오폴트 모차르트Johann Georg Leopold Mozart, 1719~1787와 결혼해서 7명의 자녀를 낳았으나 돌 전에 5명이 죽고, 모차르트와 누나인 마리아 안나 발부르가 이그나티아 모차르트Maria Anna Walburga Ignatia Mozart, 통칭 Nannerl, 1751~1829만 살아남았다. 모차르트는 어머니가 36세에 낳은 막내둥이다.

누나인 나넬도 동생 못지않은 천재 음악가였다고 한다. 아버지는 모차르트의 연주 여행에 딸과 늘 같이했다. 나넬은 연주는 물론 성악, 작곡 등에서도 뛰어난 재능을 보였다.

하지만 나넬은 여성이라는 이유로 꿈을 펼치지 못했다. 2011년 개봉한 영화 〈나넬 모차르트〉는 동생의 명성에 가려졌던 누나의 재능과 여성이라 겪어야 했던 고뇌와 좌절이 잘 그려져 있다.

어머니 안나 마리아는 신동인 아들의 외국 여행에 자주 동행했고 파리 여행에 따라갔다가 알 수 없는 병에 걸려 사망했다.

모차르트는 6살에 연주차 쇤부른 궁을 방문했는데, 이때 장난을 치다 넘어지자 모차르트보다 1살 위인 마리 앙투아네트 공주가 일으켜 세워 주었다고 한다. 모차르트가 이 아름다운 공주에게 청혼했다는 에피소드도 있다.

모차르트의 아내 콘스탄체 베버는 악처였을까? 콘스탄체는 악처로 소문이 났지만 어떤 면에선 모차르트를 신격화하기 위해 조작된 감이 있다. 낭비벽은 오히려 모차르트 쪽이 심했다고 한다. 모차르트는 도박에 미쳐서 많은 돈을 날렸으니까.

콘스탄체는 부유한 집안 출신이었고 사치스럽고 낭비적이었지만 정식 교육을 받은 여성으로 모차르트를 사랑한 여성이었다. 언니 두 사람인 요제파와 알로이지아는 전업 성악가였으며, 소프라노로 유명했고 동생 조피도 성악가였다고 한다. 콘스탄체도 모차르트와 결혼하지 않았다면 성악가가 됐을 정도로 노래를 잘 불렀다고 한다. 콘스탄체가 자주 언급되듯 정말 천박한 사람이었다면, 모차르트와의 관계도 아버지의 반대로 일회성으로 끝났을 것이다.

1791년 12월, 어린 두 아들과 빚만 잔뜩 남은 상황에서 남편이 급사해 버리자 콘스탄체는 절망 직전까지 갔다. 그녀는 모차르트의 명성과 가족을 지키기 위해서 모든 힘을 쏟는다.

처음 한 일은 모차르트가 병으로 완성하지 못한 레퀴엠을 완성하기 위해 백방으로 노력한 것이었다. 이어 남편의 미출판 작품을 차례로 출판하였다. 또한 남편의 작품들로 공연을 기획하여 이익을 얻기도 했다. 또 오스트리아 황실로부터 연금을 받는 데도 성공했다.

이렇게 갖은 노력으로 빚을 갚고 경제적인 여유를 갖게 되었다. 또 콘스탄체는 외교관이었으며 모차르트 숭배자인 게오르그 니콜라우스 폰 니센Georg Nikolaus von Nissen: 1761~1826과 가까워졌고 나중에 결국 재혼했다.

모차르트의 편지와 자료를 바탕으로 모차르트의 전기를 쓸 계획이었으나 니센이 그만 죽어서 다른 이들에 의해서 완성되었다.

이 모든 일들의 배후에는 모차르트의 아내 콘스탄체가 있었으며 그녀는 80세에 생을 마감했다.

유럽의 가로수

유럽의 가로수는 일반적으로 마로니에로 알고 있다. 사실 마로니에 가로수가 많다. 그런데 마로니에 못지않게 한 번도 구경하지 못한 멋진 가로수를 유럽에서 보았다. 파리의 샹젤리제 거리, 베르사유 궁전뿐 아니라 유럽의 모든 나라, 모든 도시에 그 아름다운 가로수가 있었다.

파리와는 기후가 다를 것 같은 스페인에서도, 이탈리아에서도 그 가로수 나무를 보아서, 이탈리아에서 이 나무가 무엇인가 물어 보았더니 틸리오Tiglio, 피나무라고 가르쳐 주었다. 자료를 찾아보니까 피나무는

피나무속Tilia Linne
영Linden
일Shinanoki Zoku

북반구 온대지방에 약 30종, 우리나라에는 9종. 낙엽 교목. 잎은 호생, 가장자리에 톱니, 뒷면은 흰색. 꽃차례는 잎겨드랑이 또는 줄기 끝에 붙고, 꽃자루에 잎모양의 포가 1장 붙음. 꽃은 양성, 흰색, 노란색, 꽃받침 5장, 꽃잎 5장, 꽃잎 밑동에 비늘조각이 있는 것이 있음. 수술은 다수, 보통 5개의 묶음으로 되어 꽃받침 위에 붙음. 씨방은 5실. 열매는 견과, 둥근 모양, 열개하지 않음.

_《한국식물도감》(이영노 저)에 있는 내용이다.

이때까지 내가 알기로는 피나무는 밀원나무이고 바둑판을 만드는 데 쓰이는 나무이며 강원도 인제의 깊은 산에 있는데 군인

들이 상관에게 바둑판을 만들어주느라고 많이 베어서 큰 나무가 사라졌다는 정도였는데 자료를 찾아보니까 아주 다른 점을 알았다.

피나무의 피는 나무껍질을 의미하며 옛날에는 아름드리 피나무가 우리나라 전국 방방곡곡에 자라고 있었으나 일제강점기와 6·25전쟁 중에 마구 베여 강원도 일부 지역만 빼고는 오늘날처럼

베르사유 궁전의 가로수

프랑스 파리의 가로수

고갈된 현실이라고 한다. 피나무의 속껍질은 훌륭한 섬유로 삼베나 명주보다 우수하여 그물, 새끼, 여러 가지 가구용품으로 사용했다.

피나무의 목재도 우수하여 재질이 부드럽고 결이 치밀하며, 물러 다양한 생활용품으로 만들어 사용했고 특히 목조문화재의 나무꽃 조각에 사용되었다. 또한 열매는 염주를 만드는 데 사용했다. 피나무는 잎이 하트형이고 크다. 칠엽수인 마로니에보다는 잎이 작다.

꽃이 아름답고 여름에는 잎이 무성하고 가을 단풍 또한 아름답다. 이러니 피나무는 가로수로는 삼박자를 다 갖춘 나무가 아닌가.

이렇게 좋은 나무라면 피나무가 복원되어 전국에 잘 자라는 날이 하루 빨리 왔으면 좋겠다. 미국에서도 피나무 가로수를 본 일이 없다. 그런데 유럽에서는 피나무를 가로수와 공원수로 개발했다. 유럽 사람들의 재주가 참 용하다.

다양한 가로수

가로수로는 여러 종류의 나무들이 이용된다. 플라타너스, 은행나무, 느티나무, 이팝나무, 소나무, 벗나무, 감나무, 회화나무, 단풍나무, 자작나무, 백일홍 등.

이탈리아의 어느 도시에서는 우리나라에서는 한 곳도 없는 아카시아 가로수도 보았다. 회화나무는 가로수로 더러 심지만 아카시아 가로수는 우리나라 어느 곳에서도 보지 못했다. 스페인의 어느 도시에서는 붉은색 꽃이 피는 회화나무 가로수도 보았다. 우리나라에서는 없어진 버드나무 가로수도 보았다. 터키에서는 뽕나무 가로수도 보았다. 일본의 후쿠사키福崎에서는 소귀나무 Myrica Rubra 가로수를 보았다. 유칼립투스 가로수를 처음 본 것은 몬테레이 해변길에서인 것 같다.

열대지방의 가로수는 단연 종려나무이다. 아열대지방에도 종려나무 가로수는 있다. 종려나무는 이국의 정서를 느끼게 한다. 우리나라에 그렇게 많은 은행나무와 느티나무 가로수는 유럽이나 미국에는 없다. 중남미 어느 나라에서도 보지 못했다.

왜일까? 냄새에 민감한 서양인들이 은행 열매의 구린 냄새를 싫어하기 때문이 아닐까. 그러면 느티나무 가로수는 왜 없는 걸까? 꽃이 아름답지 못하고 향기가 없기 때문인가. 은행나무와 느티나무가 마로니에나 피나무에 비해 가로수로 떨어진다고 생각하지는 않는다.

우리나라에 희귀한 백송은 북경에서 많이 보았다. 북경의 가로수로는 회화나무를 많이 보았다. LA와 스페인에서는 맹독성의 협죽도가 가로화를 대신했다. 꽃이 참 아름다웠다. 우리나라에서는 가로수로 부용화를 심는 것을 보았다. 고속도로에는 가로수가 사라지고 가로화를 심는 추세이다. 그러다가 또 바뀌어 교목보다는 백일홍 같은 관목을 심는 추세이다. 공원에도 아파트에도 없어 천대받는 무궁화를 가로수로 심는 것은 어떨는지.

우리나라에서는 소나무 가로수가 많이 눈에 뜨인다. 소나무야말로 우리나라를 상징하는 나무가 아닌가.

근래에 강원도지방에서 매년 산불이 심하니까 소나무가 많아서, 피해가 심하다고 하는 이야기가 나오는데 근시안적인 생각이다. 내 생각으론 이 문제는 나무가 문제가 아니라 사람이 문제이다. 가로수는 그 지방에 많은, 그래서 적응을 잘 하는 나무인 경우가 대부분이다. 그러므로 순리대로 해야 한다.

메타세쿼이아 가로수길

은행나무 가로수

16억 5천만 배

16억 5천만 배를 상상해 본 일이 있는가! 내 키의 16억 5천만 배는 도대체 몇 ㎞나 될까? 상상이 되지 않을 것이다. 눈곱의 16억 5천만 배는 얼마나 클까? 아마 에베레스트산보다 더 높을 것이다.

철의 분자를 16억 5천만 배로 확대해서 만든 구조물이 있다. 그 이야기를 해야겠다. 철 분자의 크기가 얼마인지 나는 모른다. 다만 철 분자를 16억 5천만 배로 확대한 구조물을 보았고 그 크기의 수치를 알고 있다.

벨기에 수도 브뤼셀에서였다. 16억 5천만 배의 괴물(?)을 보러 아토미움Atomium에 가기로 했다. 호텔의 카운터에서 아토미움에 가는 길을 물었더니 친절하게 지도에 표시해 주었다. 지하철을 타고 가다가 한 번 갈아타고 약 40분쯤 가면 되는 교외였다.

유럽에서 보기 드물게 청명한 날씨였다. 역에서 내리니 우리가 목적한 구조물이 바로 눈에 띄었다. 은회색의 스테인리스 구조물은 상상한 것처럼 거대했다.

철 분자를 16억 5천만 배로 확대한 구조물인데 높이가 102m이었다. 철 분자인 만큼 구형이 9개이다. 구형의 지름이 18m이다. 구와 구를 연결하는 관들이 있는데 에스컬레이터로 연결된 곳도 있다. 1958년 브뤼셀 세계박람회에 출품되었던 작품이란다. 철 분자를 16억 5천만 배로 확대한다는 아이디어는 과연 누가 한 것인가? 공모라도 했단 말인가?

1958년이면 컴퓨터가 일반화되지도 않은 시기였을 텐데 계산은 어떻게 했단 말인가?

아토미움

한빛탑

미술관은 방문하는 도시마다

매표소에 가서 줄을 서서 기다리다가 표를 끊었다. 구형으로 된 1, 2, 3, 4, 5, 6 전시실을 구경하고 내려와서 엘리베이터를 타고 옥상에 올라가는 코스였다. 구조물에 대한 설명과 빛의 파노라마를 보여 주는 실과 층계 통로로 구성되어 있는데 별 특별한 것은 없었다. 대전 엑스포장과 비슷했다. 옥상에 엘리베이터를 타고 오르니 브뤼셀 시내의 조망이 아름다웠다.

이름이 아토미움인 이 구조물을 보기 위해서 56년이 지난 지금도 관람객들이 줄을 선다.

1958년에서 35년 후인 1993년 대전 세계박람회에 한빛탑을 건설했다. 경주시 첨성대를 기초로 하여 한화그룹에서 건설했다. 건설 당시 말이 많았던 것 같다.

백제의 땅에 어떻게 신라의 첨성대를 본뜬 한빛탑을 세우느냐? 또 주민들은 200m의 높이를 원했는데, 비용을 절감하기 위해서 1993년의 해를 나타내는 93m로 했다고 한다.

우리나라의 한빛탑은 관광객이 없어 애물단지로 바뀌었다.

아토미움과 한빛탑의 차이는 무엇일까? 왜 이런 결과가 나는가? 물론 브뤼셀과 대전은 차이가 있다. 브뤼셀은 사실상 유럽의 수도라고 부를 수 있다. 그것은 유럽연합의 주요한 기관들이 있기 때문이다. 유럽연합 집행위원회, 유럽의회의사당, NATO본부가 있다.

102m 대 93m는 별 차이가 없다. 한빛탑의 높이가 200m이었다면 관광객이 많았을까? 그렇게 생각하지 않는다. 그보다 철의 분자식 구조를 16억 5천만 배로 확대한다는 이 발상은 아무나 하는 것이 아닐 것이다.

CNN은 아토미움에 유럽에서 가장 괴기한 건축물이라는 이름을 붙였다. 이 말에 모든 답이 있을 것이다.

13억의 위력

서울 명동의 큰손은 중국 관광객이라는 기사를 본 적이 있다. 제주도 땅을 중국 사람이 많이 매입하여 '제주도가 실제로는 중국 영토가 되어가는 중'이라는 우려의 기사를 읽은 일도 있다. 중국인들은 뉴욕의 부동산도 마구잡이로 사들인다고 한다.

4년 전 미국을 비롯하여 중남미를 약 1년 4개월간 여행한 일이 있는데 그때는 중국 여행객은 미미한 수준이었다. 중남미에서는 눈을 씻고 봐도 보이지 않던 중국 관광객이 이번 유럽 여행 때에는 어딜 둘러 보아도 중국 관광객이 눈에 띄었다.

전에는 우리를 만나면 일본 사람이냐고 물었는데 지금은 중국인이냐? 또는 일본인이냐?로 바뀌었다. 그때마다 우리는 "사우스 코리아"라고 힘주어 말했다.

중국 관광객은 파리나 런던, 로마뿐만 아니라 음악의 도시 빈이나 잘츠부르크, 프라하에서도 많이 만났다.

단체 여행객이 대부분이었지만 신혼여행을 온 젊은이도 많았고 가족여행을 하는 관광객도 많았다. 가족여행이나 신혼여행은 비용이 만만치 않을 터이고 부자 같아 보이지도 않는데 이렇게 어린이에게 투자를 많이 하는 것은 무엇을 노리는 것일까? 하는 생각이 들었다. 물론 여행의 근본적인 목적은 견문을 넓히는 데 있다. 어린아이들을 데리고 여행을 하는 사람은 깨어있는 사람들이다.

물론 우리나라 사람들이나 일본 사람들도 가족여행도 하고 신혼여행도 한다. 외화 낭비라고 하지만 크고 먼 장래를 본다면 외국 여행은 바람직한 투자다.

독일의 쾰른 성당에 갔을 때 인산인해를 이룬 성당 앞에서 중국 정치범 수용소를 규탄하는 현수막을 든 사람들을 보았다. 현수막을 든 사람들은 독일의 백인 여자들이었다. 사진을 찍으면서 관심을 보였더니 영어로 된 소책자를 주었다.

나치독일의 유대인 집단 학살과 비슷한 일이 중국에서 일어난다는 내용이었다. 물론 이 구절은 과장되었을 수도 있다. 그러나 공산 치하의 만행은 우리는 늘 보아왔다.

중국에 대해서는 이런 고발이 있는데 북한에 대해서는 왜 없을까? 중국보다 더 고약한 나라가 북한인데.

어느 나라에서 왔는지 묻기에 사우스 코리아라고 대답했더니 한글로 된 팸플릿도 주었다.

우리 동포들도 많이 오는구나 하고 생각했다.

중국은 영토로는 세계에서 3번째, 인구로는 세계에서 가장 큰 나라이다. 그러나 요즈음 그들이 벌이는 행위는 전혀 큰 나라라는 생각이 들지 않는다. 중국이 미국을 대신해서 세계 경찰국가가 될 수 있을까? 그런 생각을 하면 몸서리가 쳐진다.

프라하에서 느낌

프라하는 그냥 프라하지 체코의 수도라는 생각이 안 드는 도시이다. 체코는 공산 치하에 있었던 어두운 과거를 가지고 있기 때문이다. 프라하에 도착하고 느낀 첫인상은 이렇게 아름다운 프라하가 공산 치하에 있던 도시였다는 게 믿기지 않는다는 것이었다.

프라하의 도심에는 블타나강이 흐르고 있다. 그리고 그 강에는 너무나도 유명한 카를교Charles Bridge: Karluv most가 있다. 관광객으로 붐비는 카를교는 차가 다니지 않는 다리이다. 조각공원 같이 수많은 조각 작품이 다리에 있다.

호텔에서 카를교에 가면서 〈신세계 교향곡〉으로 유명한 안토닌 드보르자크의 동상을 보았다. 프라하는 음악의 도시라더니 맞는 말 같았다. 베드르지흐 스메타나와 레오슈 야나체크 같은 대음악가가 활동한 곳이다.

문학가로는 라이너 마리아 릴케가 태어난 곳이고 〈성〉, 〈변신〉으로 유명한 천재 작가 프란츠 카프카의 고향이다.

프라하에는 카프카 기념관은 있었지만, 그의 스승이라 할 수 있는 릴케의 기념관은 없었다. 이점이 이해할 수 없었다.

오후에는 프라하성Prazsky hrad에 갔다. 여행안내소에서는 트램 22를 타고 가거나 걸어가라고 말했다. 트램 표를 이미 끊었으니 타고 갈 수밖에. 그곳은 네 정거장이나 가는, 걷기에는 먼 길이었다.

트램을 내려서 성 쪽으로 걸어갔다. 프라하성은 기네스북에 세계에서 가장 커다란 성으로 기록되어 있다.

Ticket B를 끊어 성 비투스 성당, 구 왕궁, 황금 소로 등을 보았다. 성 비투스 성당은 유럽의 다른 도시에 있는 대성당과 비교해서 손색이 없었다. 스페인의 발렌시아 대성당이나 밀라노의 두오모에 비하여 떨어지지 않는 것 같았다. 이 성당은 1344년에 착공하여 1929년에야 완공되었다고 한다. 프랑스 고딕 양식의 건물로 무하Alfons Mucha의 화려한 스테인드글라스 창이 눈길을 사로

구 왕궁

성 비투스 성당

잡는다.

2톤이나 되는 성 얀 네포무츠키St John of Nepomuk의 은묘가 있다. 이 성당을 보고 느낀 점은 종교를 인정하지 않는 공산 치하에서 어떻게 이 교회 건물이 이렇게 온전하게 보관되었는가 하는 의심이었다. 호기심이 발동해서 안내인에게 물어 보았다. 그도 그 이유를 모른다고 대답했다. 프라하의 성이 권력자의 궁으로 사용되었기 때문에 그냥 둘 리는 없었을 텐데.

공산주의자들이지만 역사의 상징으로 생각한 것인가? 혹은 관광상품으로 그냥 둔 것인가. 마음 밑바닥에 두려움이 있었던가? 이북에도 묘향산에 보현사가 있다지 않는가. 금강산에도 표훈사가 있을 것이다. 공산주의자들도 자기들이 언젠가는 망할 것을 알았을까? 부질없는 생각을 해 보았다.

민주주의, 공산주의, 사회주의는 통치 수단일 뿐이다. 자유와 평화, 시장 경제가 허용되는 그런 국가가 바람직한 나라가 아닐까. 물론 민주주의에도 결점이 발견되긴 하지만.

82일간의 유럽 일주 여행

파리에 도착해 유로스타를 타고 런던을 관광하고 파리로 돌아와 시내를 구경하고 차를 빌려 시계 반대 방향으로 여행했다.

이번에 여행한 유럽 14개국의 면적과 인구를 조사해 보았다.

네덜란드 41,525㎢ 1,640만

독일 356,866㎢ 8,300만

벨기에 30,000k㎡ 1,040만

스위스 41,285㎢ 740만

스페인 505,000㎢ 4,300만

영국 240.000㎢ 6,000만

오스트리아 83,855㎢ 820만

이탈리아 301,230㎢ 5,780만

체코 78,864k㎡ 1,020만

프랑스 51,000㎢ 6,020만

바티칸 1㎢ 900명

모나코 1.95㎢ 30,000명

산마리노 61㎢ 28,117명

룩셈부르크 2,584㎢ 44,000명

82일간의 여행을 되돌아보며 느낌을 간략하게 서술해 보고자 한다.

우선 관광대국일수록 불친절했다. 가장 인상이 좋지 않은 나라는 스위스였다. 호텔이 비싸기만 하지 불친절하고 돈만 아는 것 같았다. 스위스에 갔을 때는 일기가 나빠 융프라우와 마테호른을 제대로 보지 못했다. 마테호른이나 융프라우에 올라가고 내려올 때 기차를 여러 번 바꾸어 타게 하는 방법도 기분 잡치는 일이었다. 검사를 너무 철저히 해서 불쾌했다. 우리나라는 KTX를 타도 검표는 하지 않는다.

프랑스는 고속도로 통행료를 너무 많이 징수해서 이 또한 문제이다. 징수를 기계로 하기 때문에 불어를 모르거나 익숙하지 않은 관광객에게는 여간 불편한 것이 아니었다. 이탈리아에서 리옹에 갈 때 11.5㎞의 몽블랑터널 앞에서 43.50유로를 징수했다. 우리 돈으로 6만 원이 넘는 돈이다. 하긴 시간과 디젤값, 위험을 감안한다면 싸지 않을까 하는 생각도 들었다.

스페인과 이탈리아도 통행료를 철저히 받았다. 그러나 프랑스처럼 그렇게 자주는 아니었다.

스위스는 입국할 때 43유로를 한 번 받았고 오스트리아는 8유로 정도였고 체코는 14유로를 한 번에 받았다. 스위스가 유독 바가지를 씌웠다.

그리고 독일과 네덜란드와 룩셈부르크, 벨기에는 고속도로 통행료가 없었다. 독일의 아우토반은 듣기보다 훌륭하지 않았다.

호텔도 다양했다. 영국과 프랑스는 공짜로 물과 커피를 주었다. 스페인은 물만 주었다. 이탈리아는 아무 것도 주지 않았다. 스위스는 사탕 하나만 주기도 하고 아무 것도 없는 곳도 있었다. 스위스의 별 4개짜리 호텔도 형편 없었다. 말만 별 4개라고 해놓고 호텔비만 비싸게 받았다.

빈에서는 투어 때문에 기분을 잡쳤고 프라하는 도시가 아름다웠다. 프랑크푸르트에서 몸살과 치통이 나서 고생했다. 장기 여행을 하기에는 내 나이가 너무 많다는 것을 알았다. 회복하는 데 시간이 오래 걸렸다. 너무 많이 걸어서인지 밤새 다리와 손에서 쥐가 났다.

이번 여행은 어찌 보면 예술가의 기념관과 미술관 순례의 성격이 강했다.

웨스트민스터 사원의 시인 코너Poets Corner. 셰익스피어 탄생지. 빅토르 위고 박물관. 쇼팽의 동상. 세르반테스 박물관. 피렌체의 단테 생가와 기념관. 로마의 셸리와 키츠 박물관. 리옹의 생텍쥐페리 동상. 릴케 무덤과 뮈조성, 박물관. 프랑크푸르트의 괴테 기념관. 모차르트의 생가와 기념관. 베토벤의 두 기념관. 슈베르트 기념관. 프라하의 카프카 기념관

미국과 중남미를 여행하면서 쓴 문인들의 기념관 탐방기와 합해서 책을 한 권 쓰고 싶다.

가장 위험한 도로는 모나코에서 이탈리아의 제노바까지의 해안 도로이다. 산허리를 휘감아 도는 높은 도로인데다 수없이 많은 다리와 터널을 통과했고 수십 길 벼랑 아래로 바다와 해변의 섬들이 아름다웠다.

가장 아름다운 도로는 나폴리의 아말피 해안길이다. 노래에도 거론된 나폴리, 카프리, 소렌토, 아말피에 걸쳐 있는 해안도로는 참으로 아름다웠다. 해변의 1급 호텔은 1년 전에 예약해야 하고 금액은 300~400유로라고 했다.

가장 높은 고개는 체르마트에서 인터라켄으로 가는 도로에 있는 심플론 고개Simplon Pass였다. 미술관은 방문하는 도시마다 들렸다. 유럽 3대 미술관, 루브르, 대영, 바티칸과 오르세, 프라도 미술관은 사진 촬영 금지되거나 너무 크고 현기증이 나서 제대로 보지 못했다. 유럽에서는 미국 미술이 천시되고 있었다. 추상표현주의 미술가들의 그림도 소수의 미술관에서만 있었다. 세계 3대 미술관은 성화가 대부분이었다.

4

사랑의 기적

소라의 칠순

소라가 칠순이 되었다. 그녀의 칠순을 축하해 줄 사람은 나밖에 없다. 내가 기념될 것을 해 주기로 하였다. 사실 소라는 내가 시인이라는 그 한 가지만 믿고 나에게 왔다. 그 공을 모르면 나는 사람이 아니다.

소라 덕에 나는 살아 있는지 모른다.

잔치를 벌이기도 마땅찮고 나의 자녀, 친지들이 아직은 아니다 싶어 가까운 여행을 시켜 주기로 했다. 일본이나 동남아 여행을 시켜 주면 될 것 같았다. 그녀는 여행을 좋아한다.

나의 의견을 이야기했더니 그녀는 좋아했다. 그런데 일본도 아니고 동남아도 다 갔다 왔으니까 싫고 터키에 가자는 것이었다. 돈이 너무 많이 들 것 같아 속이 쓰렸으나 남자가 한 번 뱉은 말을 주워 담을 수도 없고 해서 그렇게 하기로 하였다. 터키는 나도 가보고 싶은 곳이었다. 2013년 4월 5일 패키지여행을 예약했다.

터키 여행

2013년 4월 25일. 목. 서울 비. 이스탄불 맑음

비행기 고도 11,582m

남은 거리 3,316㎞

여행 거리 5,046㎞ 실제 거리 8,362㎞

바깥 온도 -56℃

역풍 70㎞/h

비행 속도 770~842㎞/h

소라의 칠순 기념 여행을 떠나는 날이다. 목적지는 이스탄불이
다. 여행비는 내가 전부 냈다. 패키지여행이라, 인천공항 여객터
미널에서 8시 10분에 일행을 만나기로 되어 있어서, 새벽 3시부
터 부산을 떨었다. 소라가 옷을 입는데 시간을 많이 써서 4시에
출발하려던 것이 10분 늦게 출발했다. 엘리베이터를 타는데 소라
가 스마트폰 이야기를 해서 안 챙긴 것을 알았다. 급히 올라가서
충전하던 스마트폰을 뽑아 왔다.

정부청사 옆 정류장에서 나만 짐을 들고 내리고 소라는 차를
오피스텔 주차장에 가져다 놓고 걸어서 왔다.

우리는 서둘러서 8시 5분 인천공항 리무진을 타고 출발했다.
비가 부슬부슬 내렸다.

지난겨울에 눈이 그렇게 많이 오더니 올해는 하루걸러 비가 이
렇게 내린다. 예정 시간보다 빨리 공항 터미널에 도착했다.

M카운터로 가서 일행을 만났다. 우선 10명이 모였다. 안내인
은 부산에서 오는 일행이 10명 더 있다고 말했다. 비행기표를 받

고 아침을 먹었다. 소라는 전복죽 나는 된장찌개를 시켰다. 공항의 음식이 다 그렇듯이 별로 맛이 없었다.

탑승 시간은 10시 15분이었다. 소라가 화장품을 사러 가서 오지 않아 기다렸다. 시간이 다 되어서 그녀가 왔다. 그래서 커피도 못 마셨다. 화가 조금 났다. 그래도 그녀를 위한 여행이니 꾹 참았다.

비행기는 아시아나항공이었다. 탑승 전에 스마트폰 로밍을 하고 마일리지도 챙겼다. 이런 일은 소라가 잘한다. 내 좌석표는 20A, 소라의 좌석표는 20B이었다. 날개 위일 거라는 추측이 맞았다. 비행기가 이륙하는 시간은 11시 10분이었다.

여자 승무원에게 히말라야산맥 위로 가는가? 물었더니 모른단다. 알아봐 달랬더니, 알아봐 준다고 대답하고는, 조금 있다 와서는 하는 말이 여행정보지를 보라고 말했다. 신입 스튜어디스로서 난감한 문제인가 생각하며 알았다고 대답했다.

터키의 이스탄불까지 12시간이 소요된단다. 인천공항에서 미국의 LA까지 13시간이 걸리니까 멀고 먼 길이다. 비행기를 타면 좁은 좌석에 꼼짝없이 앉아 있는 고통을 여행해 본 사람은 다 안다.

점심 도시락이 배달되었다. 소라는 쌈밥을 시켰고 나는 소고기 덮밥을 시켰다. 서로 다른 요리라 조금씩 나누어 먹었다. 포도주를 한 컵씩 주문해서 마셨다. 커피도 주문해서 마셨다. 고기를 먹었더니 배에 가스가 생겼는지 조금 불편했다.

어제저녁에는 오리 요리를 먹었다. 신장개업한 '감나무집'에서였다. 화장실에 갔다. 전립선 비대 관계인지 소변이 시원하게 나오지 않았다. 그 후에도 화장실에 2번이나 갔다. 신장이 나빠진 것 같다. 노쇠의 현상일 것이다. 나이를 먹으면 누구나 변비와 전립선 비대로 고생한다. 먹고 싼다는 것은 중요한 생리현상이다.

비행기는 북서쪽으로 항로를 잡은 것 같았다. 북경 상공을 거쳐 몽골의 고비사막을 날고 타림분지를 경유, 카스피해와 흑해를 날아 이스탄불에 도착하는 것 같았다. 이것은 순전히 내 추측이다. 영화를 한 편 보았다. 영화의 제목이 〈카인 호의 폭동〉이었다. 흘러간 이름있는 영화였다.

드디어 약 8,628㎞를 날아 이스탄불에 도착했다. 우리나라 시간으로 밤 9시경이고 이스탄불의 시간으론 4시 30분이었다.

입국심사를 마치고 짐을 찾고 화장실에 갔다. 내가 먼저 가고 다음에 소라가 화장실에 갔다. 아무리 기다려도 소라가 오지 않는 것이었다. 똑똑한 소라가 여행에서 가끔 이렇게 문제를 일으키는 것은 이해할 수가 없다. 밖으로 나오라는 소라의 전화를 받고 가까스로 나가 일행과 만날 수 있었다. 안내인은 40대의 남자였는데 첫인상이 별로였다. 잔소리가 많고 어투가 명령조였다. 우리는 버스를 타고 시장으로 갔다.

이스탄불Istanbul의 처음 이름은 비잔티움Byzantium 그 후 콘스탄티노플Constantinople, 지금은 이스탄불이라는 이름을 가진 이 도시는 인구가 1,360만이다. 유럽과 아시아 두 대륙에 걸쳐 있는 세계에서 유일한 도시이다.

이스탄불의 한가한 전경

거리는 깨끗했다. 날씨도 청명했다. 히잡을 한 여인들이 풀밭에 앉아 뭔가를 하고 있고 그녀들 옆에는 꽃이 만개했다. 높은 고성이 도시를 에워싸고 있었다. 그 점이 이스탄불을 역사 도시로 인식하게 했다.

단층집이 많았다. 아파트는 별로 없었다. 도로는 넓은 편이었으나 차가 많이 막혔다. 결국 시장 구경을 포기하고 저녁을 하러 갔다. 닭고기 케밥이었다. 케밥은 구운 요리란다. 터키는 중국, 프랑스와 같이 세계 3대 미식의 나라라고 하여 기대가 되었다.

저녁 식사를 마치고 호텔에 자러 갔다. 도로가 막히고 소라가 머리가 아프다고 해서, 준비해 간 약을 주었다. 여행에서 가장 중요한 것은 건강이다. 호텔에 도착한 것은 9시가 넘어서였다. 무척 피곤했다. 샤워도 못 하고 쓰러져 잤다. 소라는 1시에 일어나 이것저것 했다. 조금은 회복된 것 같았다. 무사히 여행을 마쳐야 하는데 걱정이 되었다. 잠을 충분히 자두어야 한다. 나는 시를 한 편 썼다.

02551 항공로선

인천국제공항 이륙 후
서해 5도를 지나!
북경으로
고비사막을 지나 타림분지로 불모의 땅
칭기즈칸이 가던 길을
비행기는 간다.

알타를 멀리 보면서 카스피해, 흑해를 지나
유럽 쪽의 이스탄불에 안착했다.

비행기는 역풍으로 심하게 요동쳤다

섭씨 영하 60도를 넘나드는
외부의 날씨지만
석양의 강렬한 햇빛 때문에
창문을 전부 내리고
어둠 속에서 항해했다.
8,000㎞의 길을
8,628㎞를 여행했다
〈카인 호의 폭동〉을 보면서
지루함을 달랬다

2013년 4월 26일 금 터키 맑음

새벽잠이 없어 호텔에서 일찍 일어났다. 새벽 산책하러 나가자고 소라가 말해서 밖에 나갔다. 청보리밭이 너무 아름다웠다. 해돋이를 몇 컷 찍었다. 청보리밭 너머 노란색 밭이 보였다. 무슨 밭일까? 시기적으로 유채가 필 때는 아닌데 하는 생각이었다. 유채 말고 무슨 밭이 이렇단 말인가?

부산에서 온 부부팀도 밖에 나왔다. 호텔 건물에 국기가 다섯이 있었는데 그중 하나가 태극기였다. 한국 관광객이 많다는 것을 말해 주는 것이었다. 안에 들어와서 식당에 가 아침 식사를 했다. 그저 그런 호텔식 뷔페였다. 우리는 대구팀과 같이 식사했다.

8시에 여행을 출발했다. 노란 밭은 유채밭이었다. 한국에서 보지 못한 어마어마한 넓이였다. 오늘은 다르다넬스해협을 건너 서쪽으로 여행한다고 했다.

이스탄불 거리는 깨끗했고 백색 튤립이 많이 피었다. 유럽 가로수로 유명한 마로니에가 꽃을 피우고 있었다. 마르마라해에는 낚시하는 사람들이 많았다. 마르마라는 대리석이 많이 난다고 해서 붙여진 이름이란다.

　맨 먼저 트로이에 간단다. 솔직히 말해서 트로이가 터키에 있는 줄도 몰랐다. 아니, 그리스와 터키가 그렇게 가까이에 있는 나라인 것도 몰랐다. 한국과 일본보다 더 가까운 이웃이었다. 이스탄불의 수로가 볼만했다. 트로이도 아시아 땅이다. 이스탄불은 유럽 땅이 3%이고 아시아 땅은 97%이다. 터키 주위에서 알아둘 사항은 다음과 같다.

　　에게해 - 신화의 바다
　　라크 - 터키의 특주, 포도주 증류 아니스향도 첨가
　　바퀴는 메소포타미아 문명에서 시작
　　남미는 바퀴가 없었다. 다르다넬스해협

　터키는 우리가 알다시피 아시아와 유럽에 걸쳐 있다. 북은 흑해,

트로이의 목마

서는 에게해, 남은 지중해로 삼면이 바다다. 흑해와 마르마라해는 보스포루스해협, 마르마라해와 에게해는 다르다넬스해협으로 연결되어 있다.

육지는 어떤가? 북쪽에는 러시아, 우크라이나가 있다. 동쪽에는 시리아, 이라크, 이란, 아르메니아, 구지아가 있고 서쪽에는 그리스, 불가리아가 있다.

터키의 기후는? 지중해와 에게해 해안은 지중해성 기후, 흑해 연안은 해양성 기후이며, 아나톨리아 고원과 북동부 산악지대는 대륙성 기후이다. 연평균 강우량은 400㎜이다.

정치는 공화국 시대 케말 파샤는 1920년 4월 임시정부를 수립하고 1920~22년간 그리스와 해방전쟁으로 그리스군을 이즈미르 트레이스반도에서 축출한 후 1922년 11월 군주제를 폐지하고 1923년 터키 공화국을 선포, 1950년 한국전에 참전했고 1952년 나토 회원국이 되었으며, 한국과는 1957년 국교를 수립했다.

바다를 건너기 전에 부두 식당에서 식사했다. 고등어구이 점심이었다. 부산 부부 옆에서 식사했다. 그들이 복분자 술을 조금 따라주어 마셨다. 맛이 그만이었다. 이렇게 하면서 서로가 친해질 수 있었다. 부산팀들은 아마도 개인 사업을 하는 사람들 같았다.

부두에 오기 전에 벼농사 논지대를 지나쳤다. 소라의 눈이 빛을 발하기 시작했다. 수요가 있어야 공급이 있다는 경제 초보 논리에 따라서 벼농사는 일본인들과 중국인들이 터키에 오고부터란다. 그 시기가 언제인지는 자료를 찾아봐야겠다.

다르다넬스해협은 깊이가 70~80m이라는데 물이 바닷빛이었다. 배로 건너는 동안은 추웠다.

이윽고 트로이전쟁의 유적지에 도착했다. 도시국가 트로이의 유적은 독일의 실업가 하인리히 슐리안에 의해서 발굴되었는데 결론이 나지 않았단다. 아무 것도 발견하지 못했기 때문이란다.

슐리안이 죽은 후 그의 젊은 아내가 다시 도전했는데 9개의 다른 민족의 흔적을 발견할 수 있었다는 것이었다. 안내인의 설명이었다. 아카시아꽃이 핀 것을 볼 수 있었다. 고목의 올리브나무도 보았다.

날씨가 너무 더웠다. 우리는 너나 없이 두꺼운 옷을 입고 있었다. 내일은 좀 가벼운 옷으로 바꿔입어야겠다.

트로이전쟁이 실제 일어난 전쟁인지 아닌지에 대한 논란이 많은데 그 이유는 결정적인 증거가 없다는 것이다. 안내인도 그렇게 설명했다. 나는 일리아스와 오디세이가 그 증거라고 했더니 호머는 트로이전쟁이 일어난 후 500년 후의 인물이란다. 그러므로 그것은 증거로는 불충분하다는 것이었다. 이점에 관해서도 연구가 진행 중이란다.

그래도 나는 유일한 증거는 호머의 작품이라고 생각했다. 그 전쟁이 문학작품으로 과장될 수는 있어도 사실 그 자체를 날조한 걸로는 보지 않는다.

황산벌에 대한 싸움은 산직리산성의 주민들이 사랑방에서 사랑방으로 이어져 와서 어제 일처럼 기억하는 것을 경험했다. 중국의 삼국지도 마찬가지이다. 정사의 기록과 문학작품의 차이는 있지만 모든 것이 창작된 것은 아니었다. 역사소설은 그런 운명을 띠고 있다.

트로이의 목마는 영화에서 본 것과 똑같았다. 실물은 오히려 작아서 그 안에 그렇게 많은 병사가 들어갈 수 없게 생겼었다. 목마는 다만 상징성을 띤다고 생각했다.

우리는 트로이 유적지를 탐사하면서 주변이 말할 수 없이 비옥한 평야임을 알 수 있었다. 그렇다면 도시국가 시대에서 땅은 곧 국가의 부와 연결됨으로 강자들의 침략 야욕을 끝없이 드러냈을 것이다. 강자들의 침략 야욕을 불태우기에, 충분한 곳이라는 생각이 들었다.

비참하게 죽은 헥토르는 로마 장군의 표상이 되었다고 한다.

트로이의 목마도 불가능한 것이지만 아마도 기만과 거짓이 판치는 전쟁에서 상징물로 기록되었을 것이다. 우리는 비디오도 보았다. 그 기발한 착상이 그럴듯하지 않은가! 트로이에 대한 비디오는 잘 구성되었다고 생각했다. 시중에서 비디오를 구할 수 있는지 물었더니 알아보란다.

사람의 마음은 간사한 것이다. 이 트로이의 유적 하나만으로도 이번 여행은 보람이 있는 것 같았다. 숙소로 가는 도중에 끝없는 올리브 과수원을 볼 수가 있었다. 이곳이 지중해라는 실감이 났다. 터키는 풍요의 땅이었다. 또한 삼면이 바다이므로 해상교통의 국가이다. 그리스에 가 보지 못했지만, 그리스엔 이런 풍요로운 평야는 없을 것이다.

터키에 대해서 아무 것도 모르고 있었다. 수도는 앙카라이고 국토의 넓이는 78만㎢로 한반도의 3.5배이고 인구는 8천 5백만 명으로 세계 17위이다. GDP는 약 7,945억 3천만 달러로 세계 20위이다. 중동과 가까운 나라이면서 평화를 유지하며 이렇게 국가를 유지하는 것은 터키 국민이 위대하기 때문이 아닐까.

트로이의 목마

나무로 만든 거대한 목마
거짓과 기만의 은유
역시 상징의 일환으로 서있다
스스로 성벽을 허문
이 기막힌 속임수는
호머의 위대한 창작이며

만고에 빛을 발한다

선조들이 저지른 전쟁의 공포와 무모함을
실랄하게 비판하고 있다
실제로 호머의 창작이든 아니든
문제가 아니다
패자는 패함으로 망하고
승자는 승자의 오만으로 망한다

딸을 제물로 바친 것에 대한 앙심을 품은 아가멤논은 아내에게
암살당한다. 500년간의 암흑기에 이르고, 그 후 르네상스가 등장
한다.

2013년 4월 27일 토 터키 맑음

우리는 마테호텔에서 5시 30분에 아침 식사를 하고 6시 30분
에 에게해의 최대 유적지인 에베소로 이동했다. 버스는 부산팀들
이 앞자리를 전부 차지해서 우리는 뒷좌석에 앉았다. 강렬한 햇
살이 종일 비쳤다. 끝없이 전개되는 올리브 과수원들이 산과 들
을 뒤덮었다. 어느 도시에 도착하기 전에 호수가 나타났다. 멀리
풍력발전단지도 나타났다. 풍력발전단지가 평야에 있는 것도 있
었다. 바다도 나타났다. 대규모의 정유 탱크와 화력발전소도 나타
났다. 큰 강이 없는 터키 서부는 화력이 전력의 대부분일지도 모
른다. 3시간 30분은 달려 에베소에 도착했다. 에베소에 우리나라
삼성이 만들어 세워 놓은 안내판이 있었다.

에베소의 역사

고대 도시 에베소는 현재 이즈미르주의 셀축 지역에 위치하고 있으며, 기원은 BC 6000년경 신석기시대까지 거슬러 올라간다. 근대의 연구조사와 발굴 작업을 통하여, 에베소와 현재 성이 있는 아야슬룩 언덕 주변의 고분 지역이 청동기 시대와 히타이트 시대의 거주지였음이 밝혀졌으며, 히타이트 시대에 이 도시는 '아파시스'로 불렸다. BC 1050년경 그리스의 이주민들이 고대 항구 도시 에베소에 정착하기 시작했으며, BC 560년경 에베소의 중심지는 아르테미스 신전 주위로 옮겨졌다. 현재 위치의 에베소는 BC 300년경 알렉산더 대왕 휘하의 장군인 리시마코스에 의해 최초로 건립되었다. 헬레니즘 시대와 로마 시대에 최고의 황금기를 누린 에베소는 소아시아주의 수도이자 최대의 항구 도시로서 당시에 20만 명이 거주했다. 비잔틴 시대에 에베소의 중심지는 최초의 위치인 아야슬룩 언덕으로 다시 한 번 옮겨졌다.

날씨가 무척 무더웠다. 양산을 쓰고 구경하는 사람들도 있었다. 관광객들이 연이어 들어왔다. 경내는 혼잡했다.

에베소의 아르테미스 신전. 아마도 기둥이 많은 것은 큰 건물의 흔적인 듯하다.

가이드는 여러 가지로 이야기했으나 나는 사진을 찍느라고 들을 수가 없었다. 부서진 돌기둥들과 성벽들이 참 많았다. 불불산 Bulbldag과 피나이르산Panayirdag 양옆으로 산이 있고, 유적은 골짜기에 있었다. 고대 7대 불가사의 중 하나라는 아르테미스 신전 Artemision은 3번 건축하였다는데 형태도 구분할 수 없을 정도로 돌무더기만 남았다. 안내인은 아르테미스 신전은 축구장 정도의 크기였다고 했다. 그 다음으로 도서관과 목욕탕, 원형극장을 설명했다. 원형극장에서는 그리스와 로마형 연극과 문화예술뿐만 아니라 검투사와 맹수의 결투가 벌어졌다고 한다. 원형극장은 한번에 지어진 것이 아니고 관객의 수를 늘리기 위해서 위로 좌석을 넓혀가는 방식이었단다.

그리스 식민지였던 에베소는 알렉산더 대왕 휘하의 장수 리시마코스가 세운 도시라는데 로마보다 더 로마답고 그리스보다 더 그리스다운 곳이라고 한다. 하드리아누스 신전은 에베소에 남아있는 신전 중 가장 아름다운 모습을 간직한 신전으로 AD 138년 로마 황제 하드리아누스에게 바쳐진 신전이다. 신전 입구에 4개의 기둥이 남아 있고 가운데 2개는 아치형 처마가 훌륭했다. 안쪽

원형극장

문에는 두 팔을 벌린 메두사가 조각되어 있다.

켈수스 도서관 옆에 사창가가 있고 또 시장이 있었다고 했다. 공동화장실도 볼만했다.

에베소 관광을 마치고 크레테스트로 지나 버스를 타고 점심을 하러 갔다. 점심은 한식 비빔밥이었다.

다시 차를 타고 목화의 성Cotten Castle 파묵칼레로 이동했다. 가로수가 뽕나무인 것이 특이했다. 내륙으로 들어가면서 과수원이 바뀌었다. 아마 귤 농장 같은데 흰 꽃이 많이 피었다. 그리고 가로수로는 마로니에 같은 데 정말 마로니에인지 확인하지 못했다. 안내인들도 그런 것은 대부분 모른다.

에베소의 켈수스 도서관으로 가는 길. 끝에 도서관이 보인다.

천사 조각   고대 문자

오른쪽으로 설산이 보였다. 아마 타우루스산맥 같았다. 이 근처에는 이 산맥 이외에는 산맥다운 산맥이 없다. 하얀 눈을 이고 있는 설산은 안데스산맥을 회상하게 했다. 현지인에게 물어 보았더니 죽음 Death산이라고 했다. 이런 산 이름도 다 있을까? 의심이 갔다.

파묵칼레에 도착했다. 온천수에 의해서 이루어진 기묘한 자연 현상은 감탄을 자아냈다. 안내인의 말로는 석회봉이라고 했다. 석회수가 만든 것이라는 뜻이다.

타우루스산맥

파묵칼레의 기묘한 형상

우리는 나이가 많다고 여관 1층에 배당되었다. 온천욕을 하고 야외 수영장에도 갔다. 소라는 수영을 했지만 나는 수영장에 들어가지 않았다. 산중이라 그런지 밤에는 추웠다. 이불을 덮지 않고는 잘 수 없었다. 터키는 지역에 따라 차이가 크게 나는 것 같다. 터키의 기후는 '내륙지방은 대륙성 기후이며 해안지방은 해양성 기후'라는 글귀가 생각났다.

2013년 4월 28일 맑음

호텔 식사를 하러 내려갔다. 일찍 서둘렀다. 어제 점심에 밥을 사 온 사람들도 있었다. 우리는 그런 점에는 서툴다. 오리알처럼 크고 하얀 알을 하나 얻어먹었다. 일행들이 참 친절했다. 물론 우리가 가장 고령이다. 관광버스 자리를 햇빛이 없는 쪽을 차지한다는 것이 계산 착오로 온종일 강렬한 지중해 햇빛에 녹아났다.

아침 이른 시간부터 매장에 갔다. 패키지여행의 필수코스이다. 여자들은 충동구매를 시작했다. 나도 겨울 잠바를 하나 샀다. 소라에게 사 달라고 했다. 그랬더니 그녀가 앞으로 2년간은 생일선물이 없다고 말했다. 내가 칠순 기념 여행을 시켜 주니까 답례로 잠바를 사 달랐더니 그렇게 말해서 웃었다. 소라는 자기 코트도 샀다. 다른 여자들도 많이 샀다. 대구 부부는 손자 손녀의 선물과 사위의 선물도 샀다. 대구 부부는 일행 중 유일하게 언뜻 보기에도 인텔리 같았다. 자연히 그들과 친해졌다. 남자는 키가 크고 선했고 여자는 서양형 미인형 얼굴이었다. 조용하게 경상도 말씨를 쓰는 것도 매력적이었다.

소라는 가게에서 젊은 모델 남자와 쌍을 이루어 광고 연기를 연출했다. 남자 쪽에서도 질 수 없다는 듯이 부산 남자 한 사람이 가게의 미인 모델과 짝을 지어 연기를 했다. 모두 이런 돌발적인 행동에 탄성을 질렀다.

가게를 나와 험준한 산맥을 넘어 지중해로 가는 것이었다. 그 산맥은 2,000~3,000m의 거봉이 있는 산맥이라니, 이 산맥으로 인하여 남쪽인 지중해 쪽과 북쪽 지방의 기온차가 매우 다르다고 한다. 높은 산맥을 넘기 위해서 많은 거리를 우회하는 것 같았다. 높은 산맥의 작은 분지들이 연이어 나타났다. 오렌지 과수원과 포도원들이 눈에 띄었다. 우리나라 같으면 이 산맥의 굴을 뚫을 터인데 터키는 그런 기술이 아직 부족한 것 같았다. 이 나라는 빨리빨리가 아닌 천천히 우회하고 있었다.

1,110m의 고개를 넘었다. 이제 고개를 내려간다. 대관령과 지리산의 노고단고개를 연상하면 될 것 같았다. 그보다 조금 높기는 하지만. 멀리 지중해가 보였다. 블루그린이었다. 호수같이 잔잔한 바다, 꼬불꼬불한 해안길을 달려 식당에 가서 점심을 먹었다. 우리 4명은 떨어져서 앉았다. 앞에 앉은 부부들도 열심히 먹었다.

나는 늘 소식이다. 그래도 배가 고프지 않다. 음식으로 말하면 영양식이다. 터키인들은 내가 보기에는 너무 살이 많이 쪘다. 점심 후 케코바로 떠났다. 작은 여객선을 탔다. 1시간 반의 뱃놀이였다. 지중해에서의 뱃놀이. 카뮈의 이방인은 햇빛 때문에 살인했다. 릴케는 지중해를 바라보며 〈두이노의 비가〉를 탄생시켰다. 나는 시 한 편이라도 써야겠다.

소라는 노래를 유도했다. 여자들이 호응해서 쉽게 어울릴 수 있었다. 그녀는 조수미가 부른 〈기차는 8시에 떠나고〉를 불렀다.

기차는 8시에 떠나고

카테리니행 기차는 8시에 떠나가네.
11월은 내게 영원히 기억 속에 남으리.

내 기억 속에 남으리.
카테리니행 기차는 영원히 내게 남으리.
함께 나눈 시간들은 밀물처럼 멀어지고
이제는 밤이 되어도 당신은 오지 못하리.
당신은 오지 못하리.
비밀을 품은 당신은 영원히 오지 못하리.
기차는 멀리 떠나고 당신 역에 홀로 남았네.
가슴속에 이 아픔을 남긴 채 앉아만 있네.
남긴 채 앉아만 있네.
가슴속에 이 아픔을 남긴 채 앉아만 있네.

대구 부부 부인이 〈돌아오라 소렌토로〉를 불렀다. 이탈리아 민
요이다.

돌아오라 소렌토로

아름다운 저 바다와
그리운 그 빛난 햇빛
내 맘속에 잠시라도
떠날 때가 없도다

향기로운 꽃 만발한
아름다운 동산에서
내게 준 그 귀한 언약
어이하여 잊을까?

멀리 떠나간 그대

나는 홀로 사모하여
잊지 못할 이곳에서
기다리고 있노라.

돌아오라
이곳을 잊지 말고
돌아오라 소렌토로
돌아오라

부산팀들은 조용필의 〈돌아와요 부산항에〉를 합창했다. 부산팀들이 준비해 가지고 온 소주를 마셨다. 그들은 여행을 많이 한 것 같았다. 신나게 놀았다.

목적지에 도착했다. 케코바는 지진으로 물속으로 가라앉은 도시라고 안내인은 설명했다. 물속에 도시가 있다는데 잘 보이지 않았다. 배에 있는 유리창을 통해서 보는데 깨어진 도자기 조각들만 보았다.

돌아올 때는 조용히 왔다. 현지 안내인이 영어로 설명했다. 소라가 알아듣고 영어로 말을 하자 일행이 놀라는 것 같았다. 하선한 후 버스로 지중해 최고의 휴양도시 안탈리아로 떠났다.

2016년 기준 터키 도시 인구 순위
1위 이스탄불 14,657,434명 2위 앙카라 5,270,575명 3위 이즈미르 4,168,415명 4위 부르사 2,842,547명 5위 안탈리아 2,288,456명이다.

안탈리아는 남부 지중해 해안 항구로 터키에서 인구가 5번째로 많다. 기원전 7세기부터 2~3세기까지 발달한 도시로 엄청난 페르게 유적과 아스펜도스 로마극장, 시데의 신전 등이 유명하다. 이곳은 에베소에 비하여 건물의 기둥들이 잘 보존된 편이었다.

안탈리아는 연중 300일 이상 청명한 기후와 흰 백사장, 기묘한 바위 해안과 토로스산맥, 많은 유적지로 관광객이 많은 곳이다. 어느 계절이나 관광객이 북적인다는 데 안내인은 별 관심이 없는 것 같았다.

안탈리아에 대한 설명은 다음과 같다.

아름다운 안탈리아 도시 풍경

시데의 아폴론과 아테나 신전 기둥

기원전 2세기경 건설된 것으로 알려진 안탈리아는 도시 전체가 문화재로 가득 찬 유적지이자 휴양지다. 고대 그리스와 로마, 비잔틴 건축물에 이어 오스만 투르크 시절에 들어선 이슬람 사원까지 한꺼번에 만날 수 있다. 신기하게도 오랜 시간을 거치며 온갖 종교와 민족이 이 땅을 거쳐가며 전쟁을 치렀는데도 유물 보존 상태가 양호하다.

아스펜도스 유적의 로마극장

페르게 유적

2013년 4월 29일 월 맑음

호텔에서 아침 식사를 했다. 어제 안탈리아 시내 관광을 했기 때문에 토로스산맥을 넘어 코냐를 거쳐 카파도키아로 이동한단 다. 버스는 출발했다. 기사와 사진을 찍었다. 터키인인데 영어를 못하는 것 같았다. 고학력이면 관광버스 운전은 하지 않을 것이 다. 키도 크고 잘생긴 인물이었다. 말이 없는 점잖은 사람 같았다. 남쪽에서 북쪽으로 가는데 운전석 쪽에 햇빛이 들어온다. 이상해 서 가이드에게 물었더니 지금은 동쪽으로 가기 때문이란다. 조금 있으면 북쪽으로 간단다.

아나톨리아고원을 넘기 때문인지 높은 고개를 서너 개나 넘었 다. 3,000m에 가까운 산인데 아직 산에 나무가 있다. 사하라사막 의 뜨거운 기운과 지중해의 강렬한 태양광선이 만들어낸 수증기 가 옮겨온 기후의 영향이리라. 식물한계선은 조건에 의해서 변하 는 것 같았다. 고개를 오르기 시작했다. 험한 고개는 아니었다. 끝 없이 전개되는 고원에 감탄사가 절로 나왔다. 터키는 무시할 수 없는 나라다.

이제 스노우캡을 쓰고 있는 산이 보였다. 회색의 거대한 바위 들, 바위 틈새에 뿌리를 박고 사는 수많은 소나무를 보니 한국의 명산 능선의 소나무가 생각났다. 그러다가 침엽수림지대로 바뀌 었다. 젓나무숲 같았다.

그런 곳에도 사람은 살고 교회를 지었다. 아마도 양을 키우는 사람들 같았다. 곳곳에 돌담으로 구분한 목초지가 보였다.

남미에도 이런 곳은 있었다. 6,000m에 가까운 산기슭에 그런 사람들이 살고 있었다. 남미의 유명한 고원 안티플라노고원이었 다. 그곳은 주로 여자들이 목동이었다. 설산이 있는 곳에 휴게소 가 있었다. 관광객이 참 많았다.

드디어 티나르테테에 도착했다. 그곳에서 화장실에 들렀고 우리는 다시 아나톨리아고원을 달리기 시작했다. 이 고원에 지평선이 나타났다. 볼리비아의 안티플라노고원에서 본 것과 비슷했다.

얼마를 달린 후에 코냐에 도착했다.

터키에서 7번째 큰 도시란다. 광산과 대리석, 모슬렘으로 유명한 곳이라고 안내인은 설명했다. 그리고는 점심을 먹었다. 이곳의 식당은 모두 한국식 반찬, 고추장, 김치, 깻잎 등이 허용되지 않는단다. 술은 말할 것도 없고. 일행은 불만을 토로했으나 소용이 없었다. 이 도시의 모든 음식점이 똑같기 때문이라는 것이다. 터키는 국민의 98%가 이슬람교도이며 그밖에 기독교, 유대교, 그리스정교 등이 있다.

코냐의 모슬렘 교회

코냐의 모슬렘 교회 내부

코냐는 터키 중부 도시로 11세기 말에 셀주크 터키 왕조의 수도이기도 했다. 현재는 터키의 일곱 번째로 큰 도시로 이슬람 교회가 많았다. 터키는 수니파가 91% 시아파가 1%인데 수니파는 머리에만 보자기를 쓰고 시아파는 몸 전체를 다 가린단다.

점심을 먹자마자 다시 출발했다. 코냐 관광은 생략이다. 서울 팀이 코냐에 오기 전에 노래를 불렀다. 솜씨가 제법이었다. 노래는 오래 지속되지 않았다. 소라는 노래를 다시 부르도록 하고 싶었으나 되지 않았다. 점심 후라 모두 식곤증에 빠져 졸고 있었다. 여간해서 졸지 않는 나도 졸렸다. 고원을 지났는지 밭과 목초지

바위 집

지하 집

가 나타났다. 밭과 목초지에는 스프링클러가 설치되어 물을 주고 있었다.

버스는 돌고 돌아 지하의 도시 카이막흐르를 구경했다. 기독교 인들이 로마와 이슬람의 박해를 피해 땅속에 숨어 살던 곳이란 다. 지하 20층까지 내려간다는데 나는 8층까지만 내려갔다 올라 왔다. 8층까지만 허용된단다. 영락없는 개미집이었다. 약 1,000년 에 걸쳐 이만 명이 살았단다. 잠시 구경한 후 오늘의 목적지 카파 도키아를 향했다. 가는 도중 카펫 제조공장에 들렀다. 이슬람 여 성들의 생활을 엿볼 수 있었다. 안내인의 이야기로는 기혼 여성 들의 자살률이 높다는데, 집안의 명예를 위해서 타살하는지도 모 른다는 것이었다. 카펫을 사는 사람은 아무도 없었다.

드디어 카파도키아에 도착했다. 자연경관이 참 특이했다. 세계 어느 곳에서도 구경하지 못한 자연 현상이었다. 바위 굴에서 사 람이 살았단다.

저녁 식사 후 수피춤을 구경하러 갔다. 대구 부부팀과 우리 부 부팀뿐이었다. 수피춤, 결혼식춤, 바라춤인데 구경꾼들이 많았다. 보람이 있는 하루였다.

2013년 4월 30일 화

4시에 기상, 4시 30분에 열기구를 타러 갔다. 간이 식당에서 컵 라면을 먹고 빵을 조금 들고 열기구 타는 곳에 갔다. 사실 열기구 는 위험해서 타지 않으려고 했으나 안내인의 설득도 있고 특히 대구 부부팀이 안 타면 후회할 거라며 자기들도 타니까, 같이 타 자고 해서 타게 되었다. 아마 이곳은 바람이 없고 자연경관이 특 이해서 이 사업을 시작한 것 같다.

시간이 되자 일제히 열기구가 오르기 시작했다. 우리 열기구는

우리가 탑승한 열기구

터키 여행 일행

30명 정도 탄 것 같다. 비행기보다 더 안전하게 이륙하고 착륙하는 것 같았다. 높이 1,500m까지 올라갔다 내려왔다. 계곡에 가서 사진도 찍고 재미가 있었다. 안 탔으면 후회할 뻔했다. 추억에 남는 경험이었다.

아침 식사 후 터키석 판매업소에 갔으나 별로 사는 사람이 없었다. 그래도 서울팀 몇 사람이 보석을 샀다.

우츠히사르 요새는 히타이트인들, 페르시아인, 마케도니아인, 비잔틴인에 의해서 더욱 발전했다. 땅속 수백m까지 굴을 파 지하수를 퍼올릴 수 있었다. 거대한 바위 성체가 중심이다. 괴레메 야외박물관은 4세기부터 그리스도교 수사들이 신앙생활을 하며 프레스코화를 남겼다. 그리스도 상, 최후의 만찬 등이 유명하다고 했다.

젤베 계곡은 버섯계곡으로 유명하다. 자연의 절묘함을 느낄 수 있는 곳이다. 거대한 바위기둥 위에 모자 같은 바위가 얹혀 있어 버섯 같은 인상을 준다.

중식은 '동국식당'에 가서 한국식 음식을 들었다. 우리는 주로 밥과 된장국, 김치를 먹었다. 중식 후 피곤한지 전부 잠에 빠졌다. 나도 좀 자고 일어났다. 그 유명한 소금호수에 도착 잠시 쉬었다. 안내인도 〈트로이〉 영화를 틀어준 후 자고 있었다.

다시 출발 오후 늦게 앙카라에 도착, 초대 대통령의 묘소를 보았다. 터키의 초대 대통령 무스타파 케말 아타튀르크는 굉장한 인물로 오스만 제국 치하의 그리스 테살로니키에서 출생했다. 아버지는 군인 장교이며, 크리미아전쟁에서 아버지와 형들이 전사한 후 이스탄불의 외가로 이사를 간 후 그곳에서 자랐다. 옆집 장교가 너무 잘 생겨서 군인이 되라고 권해 엄마에게 물어 보았다. 엄마의 "아빠는 슈퍼맨으로 나라를 지킨 훌륭한 군인이었다."라는 말을 듣고 아버지에 대한 글짓기했다. 군사고등학교 턱걸이로 붙었다. 이후 여동생의 죽음, 소위로 임관, 독립운동에 뛰어들었다. 그는 결혼도 하지 않고 오로지 터키를 위해 최선을 다했다. 박정희 대통령이 롤모델로 삼은 인물이란다. 이번 여행에서 얻은 것은 터키를 알았다는 것이고 특히 초대 대통령 무스타파를 안 것이다. 어느 여행가의 글 한 토막을 소개한다.

> 터키에는 한 사람이 이순신 장군의 전쟁 승리, 세종대왕의 언어 창제, 그리고 박정희 대통령의 경제부흥을 모두 수행했다는 말인 데 그쯤 되면 건국기념일에 그의 사진이 이렇게 크게 걸릴만 하지 않은가? 그는 1938년 11월 10일 9시 5분에 서거했다. 그가 거주했던 이스탄불 돌마바흐체 궁전에 가면 모든 시계 바늘이 9시 5분에 멈춰져 있다._ 어느 여행가의 여행기에서

한국 공원은 잠시 내려 보고 호텔에 도착 저녁을 먹었다.
소라가 아이스크림을 사 달래서 한 개 사 주었다. 여자들이 이 것저것 챙겨 주었다.

초대 대통령 무스타파 동상

2013년 5월 1일 수 맑음

이스탄불로 향했다. 시계 반대 방향으로 한 바퀴 돈 셈이다. 오늘이 노동절이라 이스탄불의 노동자들이 데모로 길이 막힐 것을 걱정해서 서둘렀다. 도로가 막히면 비행기 시간에 맞추기가 어려워진다. 이스탄불로 이동하는 데 약 6시간 걸렸다. 소금호수에 도착해서 잠시 쉬었다. 다시 출발했다. 산림이 우거진 곳이 나타나고 공장지대가 연결되었다. 아직은 아시아다.

이스탄불에 도착해서 한국식당에 가서 점심을 먹고 한국교포가 운영하는 상점에 가서 필요한 물건, 선물을 사고 공항으로 향했다.

여행을 무사히 마친 것은 즐거운 일이었다. 현지 안내인과 작별을 고하고 인천공항행 비행기에 탑승했다.

부산팀, 서울팀들과 헤어졌다. 대구 부부팀은 인천공항 식당에서 식사하고 있는데 우리를 기다리다가 우리가 식사를 마치고 나오니까 헤어지는 인사를 하는 것이었다. 하도 미안해서 얼굴을 들 수 없었다. 남자는 공무원으로 정년퇴직을 했다는 데 황우석 교수와 같이 연구한 연구원이라는 것을 헤어질 때 비로소 알았다. 그분들의 주소와 이름을 알아둘 걸 정말 잘못했다.

여행을 갔다 온 지 10년 만에 이 여행기를 정리하려니 기억이 가물가물하다. 다만 그 당시 메모를 한 수첩이 있고 사진이 있어 많은 도움이 되었다.

산도기

일본 후쿠사키에서 '산도기'山桃忌 축제 세미나를 하는 데 가야 한다고 소라가 말했다. 민속학의 원로 최 교수가 같이 가잔단다. 이번엔 부부 동반으로 참가해야 한단다. 몇 분이나 가느냐니까 여섯 커플 12명이란다. 이야기를 들어보니 4쌍은 남편은 물론이고 부인까지도 일본에 유학했거나 일본 대학에서 강의하며 생활한 사람들이었다. 그러니까 일어는 물론 일본 문화까지도 잘 아는 분들이었다.

한 부부팀만 우리처럼 일본말을 모른단다. 그렇지만 그 교수도 민속학계에서 내로라하는 분이란다. 참 난감했다. 나만 이방인이다. 사실 이런 곳에 아내를 따라가고 싶은 남자는 별로 없을 것이다. 나 역시 그랬다.

나는 그동안 소라가 외국 학회에 부부 동반으로 가자는 것을 여러 번 거절했었다. 그곳에 가서 교수 사이에서 자존심이 강한 내가 허수아비 노릇을 한다는 것은 죽기보다 싫은 일이었다.

그런데 이번에는 꼭 가야 한다. 이번 일을 주관하는 최 교수는 한 번 만난 일이 있고, 그분이 유독 같이 오라고 한단다. 최 교수는 소라가 월산학술상을 탔을 때 만난 일이 있다. 그분이 그 상을 주관하신 분이다.

나는 그만 그 일을 승낙했다. 그동안 소라가 혼자 살면서 얼마나 외로웠으면 그럴까? 하는 측은한 생각도 들어서였다. 세미나는 2박 3일인데 일본에 간 김에 돗토리에 가서 천문대도 보고, 스토리텔링하는 것도 보고 신사와 사구도 본단다. 혹시 좋은 사진 촬영을 할 수 있지 않을까 해서 사진기는 물론 삼각대까지 준비했다. 짐을 줄인다고 했는데 많았다.

김포공항에 도착해 보니 일행이 다 와서 기다리고 있었다. 가벼운 인사를 나누었다. 나보다 나이가 많은 교수 부부가 세 쌍, 70대 부부가 두 팀이었다.

우리가 클 때는 일본어를 배운다는 것, 일본 유학을 한다는 것은 생각지도 못했다. 그렇게 하는 것은 친일이라고 생각했다. 그런데 이분들은 어떻게 일본에 유학할 생각을 했을까? 민속학은 사실 소외된 학문이다. 어쨌든 앞서가는 사람들 같았다.

오사카 간사이공항에 도착하니 주최 측에서 차를 가지고 나왔다. 우리는 곧바로 탑승했고, 공항을 떠나 후쿠사키초 에르데홀로 향했다. 10여 년 만에 일본에 다시 왔는데 변한 것이 별로 없었다. 일본은 아파트가 거의 없다. 지진의 영향이겠지. 사치스럽지 않은 고만고만한 집들이 도시나 농촌이 똑같다. 오히려 농촌의 집이 더 크고 좋아 보였다. 오사카에는 매머드형 큰 공장은 별로 보이지 않았다. 가내공업같은 고만고만한 공장들이 눈에 띄었다. 이런 소규모 공장들은 귀족 노조는 없을 것이고 분위기가 가족 같을 것이다.

13시 10분부터 오후 행사가 있다며 차에서 점심 도시락을 나누어주어 먹었다. 시간과 경비를 아끼는 치밀함을 읽을 수 있었다. 버스에서 내려 식장으로 들어가니 홀에 청중이 꽉 찼다.

전면에 "民俗學の 父 柳田國南生誕の 地 第 37回 山桃忌" 라고 큰 글씨의 현수막이 걸려있고, 양쪽 끝에 야나기타 구니오柳田國南, 1875~1962의 사진이 걸려 있었다. 두 사진이 다른 사람인가 했는데 같은 사람이었다. 야나기타 구니오는 이 지방 출신이고 일본 민속학의 창시자란다. 식은 제1부 산도기와 요괴, 기조연설, 기념강연, 심포지엄으로 진행되었다.

일본 학자들은 물론 한국에서 간 최 교수도 일본말로 강연하니 알아들을 수가 없었다. 다만 짐작컨대 민가에 널리 퍼진 여러 가지

요괴이야기를 학문화한 야나기타 구니오의 업적을 추모하며 한국에서 여러 민속학자가 오신 것을 환영하며 민속학은 동양 3국이 공조해서 연구하는 것이 필요하다는 내용의 이야기 같았다.

이튿날 오전은 필드 워크로, 히메지성과 효고현립 역사박물관 견학을 했다. 히메지성은 목조 건축물로 일본의 세계문화 유산에 두 번째로 등록된 귀중한 문화재란다. 성 자체가 하얀색이라 '백로성'이라는 닉네임이 붙어 있다. 효고현립 역사박물관에는 온갖 요괴 사진과 모형들을 다 전시하고 있었다. 어머니들이 어린애들을 데리고 와서 구경하고 있었다. 우리나라 어머니들이 이런 박물관에 자녀를 데리고 갈까 하는 의문이 생겼다. 이런 요괴들을 어릴 때 보면 상상력이 활발해질 것이다. 바로 옆 전시실에는 일본 최고 만화가들의 초상과 그들의 대표 만화 캐릭터를 전시했다.

일본이 왜 만화 왕국인지 짐작할 수 있었다. 이런 요괴의 사진과 모형을 통해서 어린애들의 상상력을 키워주는 교육 매체로 사용함을 알 수 있었다.

오후에는 산도기 제2부 '가구라神樂 속의 요괴들' 강연과 2회에 걸쳐 공연이 있었는데, 공연 둘 다 일본의 사무라이가 등장했다.

기념 촬영

하나는 사무라이가 여덟 마리의 용을 죽여 처녀를 구하는 연극이었다. 우리나라에도 비슷한 옛이야기가 있는 걸로 알고 있다. 그런데 일본은 은근히 사무라이의 부활을 강조하는 것 같았다.

이어서 야나기타 구니오 기념관을 방문했다. 기념관은 산기슭에 있었는데 관광 명소였다. 야나기타 구니오가 얼마나 훌륭한 사람인지 잘 모르지만 참 잘 꾸며져 있었다. 너무 신격화한 것 같아 한 마디 했더니 이것이 일본 문화란다.

필드 워크를 하면서 안 사실인데 우리 일행 말고 젊은 학자들이 민속학을 배우러 일본에 많이 와 있다는 사실을 알았다. 일본은 한 사람 한 사람은 좋은 것 같은데 국가는 참 미운 짓을 많이 하는 나라 아니냐고 했더니, 그 중 한 젊은이가 일본에도 사람 사는 곳은 똑같아, 좋은 사람도 많고 나쁜 사람도 많다고 했다. 옆에 있던 젊은이는 한국 사람과 후손들이 푸대접을 많이 받는다고도 말했다.

우리나라는 왜 야나기타 구니오 같은 대학자가 없는 것일까? 왜 노벨상을 타는 학자는 안 나오는 것일까? 부모들의 교육열로 따지자면 세계에서 둘째가라면 서운한 이 나라에 말이다. 축구와 야구만 이기려고 하지 말고 학문과 예술 분야에서 일본을 이겨봤으면 좋겠다.

3일째 되는 날은 참가 학자들의 논문 발표와 토론이 있었다. 한국 측 4명, 일본 측 4명이었다. 사회는 주로 일본 학자들이 맡았다. 15시 10분에 세미나는 끝났다. 공식 일정을 끝내고 히메지역에서 주최 측 인사들과 헤어졌다. 그곳까지 따라와서 인사를 하는 그들, 주최 측의 교육장이 손수 3일간 모든 일을 다 하는 것을 보고 감동하였다.

특급열차를 타고 돗토리로 행했다. 일본열도를 횡단하는 것이다. 돗토리시는 동해 쪽에 있다. 산간지대를 통과하기 때문에 터널이 참 많았다. 짙은 숲과 골짜기마다 맑은 물이 넘쳐 흘렀다. 촌락들도 깨끗했고 논에는 벼가 무럭무럭 자라고 있었다. 일본은 농업 선진국이다. 어느 분이 일본 농업을 시찰하고 쓴 칼럼에서 "일본을 농업 선진국으로 만든 것은 기술이 아니라 정신이었다." 라는 글을 읽은 기억이 났다. 우리 농촌처럼 빈집은 없었다. 일본에서 오래 생활한 한 교수 부인은 농촌이 더 부자라고 말했다.

다음 날은 비가 내렸다. 천문대에 가는데 비가 내렸다. 오전에는 천문대를 먼저 보고 사지타니마을의 민담을 듣는단다. 천문대는 마을 뒷산에 있었다.

돗토리시 동부에 있는 사지佐治는 일본에서도 밤하늘의 별이 아름답기로 유명한 곳으로, 깨끗한 공기와 아름답고 풍부한 자연환경이 자랑이다. 이러한 별이 총총 빛나는 밤하늘의 마을, 사지가 자랑하는 일본 유수의 공개천문대 '돗토리시 사지 아스트로파크'! 6.5m의 돔 스크린을 통하여 우주의 신비를 여유 있고 편안한 공간 속에서 체험할 수 있고 일본 내 제8위 크기 103㎝의 반사망원경을 이용한 천체 관찰은 관광객들을 신비한 별나라로 인도한다.

사지 천문대

이 문구가 사지 아스트로파크의 선전문이다. 천문대는 내 상식으로는 사막지대 근처에 있다. 건조하고 구름이 끼지 않는 기후조건이 필수다. 그래서 세계 5대 천문대는 전부 칠레의 아타카마 사막에 있다. 미국에서 제일 큰 키트피크 천문대도 애리조나주의 남쪽 사막에 있다.

　최 교수에게 "왜 이곳에 천문대를 지었는가?" 물어봐 달랬더니, 관장의 대답은 사진기로 별을 찍어 보니까, 일본에서 가장 깨끗한 사진이 나온 지역이 이곳이란다.

　사지타니마을에 갔다. 전형적인 일본 마을이었다. 갈대로 두껍게 지붕을 한 전통적인 일본 가옥으로 들어갔다.

　안방에는 주전자를 매달아 놓은 이로리囲炉裏가 설치되어 있고 아래는 화로처럼 불을 때게 되어 있었다. 나무를 때면 연기가 연통을 타고 올라가 소독해서 갈대 지붕을 보전하는 역할을 하여, 한 번 이은 지붕은 50년간 유지된다고 하였다. 윗방에는 화로와 바둑판이 있었다.

　부엌에는 농기구들이 있었는데 어쩌면 한국 농기구와 그렇게 같을 수가 있을까. 감탄사가 절로 났다.

스토리텔링 회원들

남녀 10여 명의 회원들이 우리를 기다리고 있었다. 사지타니마을 민담회는 동호인의 모임이며 회원들이 15명 된단다. 정부의 보조를 받는 것도 아닌 비영리단체란다. 그러나 교육청과 연결되어 있어 교육 일부를 담당하고 있었다. 근처에 있는 학교의 학생들은 사지타니 민담 한 개는 할 줄 알아야 졸업할 수 있단다. 사지타니의 민담佐治谷の民話은 78개인데 그날은 '당고'だんご, '게와 훈도시'かにのふんどし, '꿩과 까마귀'キジとカラス, '고래고기와 두붓국' 등 바보들의 이야기가 주로였다.

우리나라 구연동화와 같이 이야기가 전개되는 차례로 그림을 보여 주는 방법이었다. 우리 할머니들이 손자 손녀에게 해주던 옛이야기를 이분들이 대신해 주는 것이다.

이야기는 소설의 근간이 된다. 이런 이야기들은 일본문학은 말할 것도 없고 모든 예술의 기초가 될 것이다. 비록 농촌에 사는 농부와 아낙네들이지만 국가를 위해서 일한다는 자부심이 있는 것 같았다.

음식점이 먼 것도 있지만 점심은 그곳에서 먹고 음식값을 지불했다.

오후에는 신사와 사구에 갔다. 일본에 전해지는 신화가 기록된 '고지기'古事記에도 등장하는 설화 '이나바의 흰토끼'의 무대가 하쿠토白兎 해안 앞에 있다. 좋은 인연을 맺어준다는 것으로 유명한 신사이란다. 일본에는 신들이 많아 재미있었다.

사구는 들어갈 수가 없어 전망대에서 보고 바로 옆에 있는 모래 박물관을 보았다. 남미의 문화재를 모래로 만들었는데 기가 막히게 잘 만들었다. 리오의 코르코바두 정상에 있는 예수 상의 얼굴, 마추픽추, 쿠스코시, 오얀타이탐보 등 남미의 문화재를 모래로 재현해 놓았다. 일본은 모든 것을 다 문화재로 둔갑시켜서 돈을 번다. 일본은 참 무서운 나라다.

진안 마이산 여행

소라의 여고 동창 몇 사람이 대전에 온다고 해서 고심 끝에 마이산과 구천동 여행을 계획해서 통보해 주고 좋다는 승낙을 받았다.

마이산 도립공원에 있는 모텔에서 1박 하기로 했다.

참가 예정자는 12명인데 미국과 캐나다에서 온 사람이 6명이고 한국에서 사는 사람은 우리 둘을 포함 6명이다. 5쌍의 부부 모임인데 캐나다에서 온 춘방과 뉴욕에서 온 경순은 외짝이다. 의외로 마이산을 가 보지 않은 사람이 많았다.

소라는 경기여고 50회 출신이다. 그러니 여자들 전부는 경기여고 출신이다. 그 당시 경기여고는 자타가 인정하는 대한민국 최고의 학교이다. 남편들도 나만 빼고, 내놓으라 하는 분들이다. 목사가 두 분인데 한 분은 대학교수에다 교목이었다. 또 다른 부부는 대학교수 부부였다. 시애틀에 사는 고 선생은 서울고, 서울공대를 나온 엘리트 엔지니어다.

서울에서 KTX를 타고 오는 손님들을 마중하러 11시에 대전역에 나갔다. 시애틀의 고 선생이 오지 않았다. 이 여행은 사실 그를 위해 계획한 것인데 참 서운했다. 그는 술을 좋아하는 호남형이다. 나와 잘 통한다. 고 선생은 우리가 피닉스에 있을 때 처음 뵈었다. 고 선생은 시애틀의 남주 씨의 남편이다. 소라가 피닉스의 애리조나주립대학의 교환교수로 있을 때 많은 도움을 받았다. 고 선생은 내가 그의 집을 방문했을 때 시인이 온다고 소주를 한 상자 사 놓고 기다리고 있었다. 정말 고마워서 나는 감기로 기침을 많이 했으나 사양하지 않고 마셨다. 노래도 부르고 춤도 추어서 금방 친해졌다. 그 후 고 선생 부부가 한국에 올 때마다 대전을 방문해서 여러 곳을 다니며 친해져서 형 아우 하는 사이이다. 고 선생이 나보다 2살 위이다. 고 선생은 인물이 출중하고 실력이 있어서 한국에 있었으면 한자리했을 분이다. 서운한 마음을 안고 열한 사람이 우리가 사는 수통골의 '더함뜰'에 모여 점심을 먹고 목적지로 떠났다. 차 3대에 분승했다.

우리가 알다시피 마이산은 독특하다. 우리나라에서는 말할 것 없고 세계적으로도 유일한 곳이 아닌가 싶다. 대전에 사는 김 교수 부부는 이곳에 여러 번 왔음으로 그들만 빼고 모두 감탄했다.

우리는 모텔에 여장을 풀고 남문 쪽의 탑사를 보러 갔다. 계단을 올라가서 고개를 넘어야 한단다. 여관에서 30분의 거리라는데 만만치 않았다. 모두가 70대 노인들이라 무릎 관절이 안 좋은 분들이 있었다. 고개 위에는 분수계가 있었다. 금강과 섬진강의 분수계이다. 나도 처음 보았다.

고개를 내려가 은수사에 이르러 보살로부터 전설로 전해 내려오는 사적을 듣고 아래로 내려갔다.

진안 마이산

탑사와 탑을 보고 고개를 넘는 것은 쉬운 일이 아니다. 김 교수와 김 목사가 차를 몰고 오겠다고 해서 남문주차장까지 걷기로 했다. 6시가 넘어 통제가 해제되었는지 바로 차 두 대가 안쪽까지 올라와, 편하게 북문에 있는 숙소에 와서 저녁을 먹었다. 러시아에 학술 출장을 자주 다녀오는 김 교수가 보드카를 한 병 가져와서 술을 들었다. 진안 막걸리도 마셨다.

저녁을 먹고 VIP방에 모여 각자 지내온 삶을 이야기를 했다. 좋은 학교를 나왔다고 해서 인생도 순탄한 것은 아니었다.

처음 차례는 가장 특이한 삶을 산 뉴욕에서 온 순의 이야기였다. 그녀는 결혼하고 미국에 가서 결혼 5년 차에 이혼했단다. 물론 자녀는 없었고. 자기가 원해서 한 이혼인데 전남편이 다른 여자와 재혼했다는 이야기를 듣는 순간 이상한 충격을 받았단다. 그래서 그런 관념을 없애기 위해서 인도에 가서 17년을 수도하고 왔단다. 그리고 지금은 뉴욕에 살고 있단다.

다음은 캐나다의 방의 이야기이다. 방은 평범하게 산 것 같았다. 그러나 이민의 애환을 꾸밈없이 풀어 냈다.

다음은 가평의 연의 이야기이다. 연의 이야기는 제일 관심사였다. 연은 33살에 사별하고 혼자 살았는데 우리의 만남을 보고 주위 친구들이 권해서 재혼했기 때문이었다. 연은 외관으로 보아서도 무척 감성적인 사람 같았다. 그런 사람은 까다로운 것이 일반적인 성향이다. 그런데 김 목사는 참 선하고 순해 보였다. 참 잘 결합한 부부 같았다. 연은 나와는 두 번째 만남인데 지난번에는 이번처럼 발랄한 점을 찾지 못한 것 같았다. 그녀는 시와 수필을 쓰는 문인이다. 그런데 한 편의 작품도 보여 주지 않았다.

소라와 나는 막걸리를 사러 멀리 갔다 오느라고 자세한 이야기를 못 들었다. 막걸리를 15,000원 주고 온갖 고난을 겪고 사 왔는데 아무도 마시지 않아 유감이었다. 고 선생이 왔으면 이런 수모를 겪지는 않았을 터인데. 숙씨 부부는 동갑내기 캠퍼스 커플이다. 사진작가이신 옥 씨의 사연은 못 들어 유감이다. 남편되시는 김 교수이며 목사는 진실한 분이다. 옥 씨의 말을 들어보면 대단한 효자 같았다. 천수를 다한 선친을 돌아가시기 2년 동안 지극정성으로 모셨단다.

손님들이 떠난 후 소라와 막걸리를 마시다가 잤다.

어제도 더할 수 없는 날이었지만 오늘도 구름 한 점 없었다. 새벽 일찍 호수에 비친 마이산 반영을 사진에 담으려고 출발했다. 사진작가 영옥 씨 부부, 남주 씨와 춘방 씨 우리 둘이다. 소라는 남주 씨가 어제 돌탑을 못 보았다고 그것을 구경시켜 주기 위해서 같이 가자고 했단다. 일과 시간이 시작되지 않아 탑사 근처까지 차로 갈 수 있었다. 남주 씨는 구경을 잘했다고 소라를 칭찬했다.

아침은 간편하게 먹었다. 식사가 끝난 후 가위 박물관에 갔다. 시골에 있는 특수한 박물관이라 이름만 박물관이 아닌가 했는데 그게 아니었다.

마이산, 덕유산 야유회 일행

가위 박물관에는 여러 가지 종류의 가위가 있고 가장 오래된 가위도 있었는데 이름을 적어 놓지 않아 잊어 먹었다. 나이 탓인지 기억력이 문제이다. 서양에서 양털을 깎던 가위가 아닌가?

인사동의 칼 박물관과 대조가 되었다. 가위는 사실 칼보다 덜 보편적인 것이다.

가위 박물관을 보고 구천동 무주리조트로 떠났다. 그곳 음식점에서 점심을 먹고 곤돌라를 타러 갔다. 손님이 별로 없어서 바로 탈 수 있었고 전부 70대라 할인이 되어 쌌다. 고봉에는 무척 추울 것 같아 겨울옷을 입고 갔는데 예상이 완전히 빗나갔다. 날씨는 너무 좋았다. 다만 향적봉 가는 길이 봉쇄되어 등산은 접어야 했다. 대전 김 교수 부부는 가정 사정으로 먼저 하산해서 헤어져야 했다.

나는 구상나무 사진을 찍고 싶어 어느 것이 구상나무인지 그곳 근무자에게 물었으나 중봉 쪽에 많다고만 말해서 찍지 못해서 아쉬웠다. 이곳 정상 부근은 구상나무와 주목이 주로인데 주목이 대부분이라 구분이 어려웠다. 우리는 자유 시간을 갖다가 매점

덕유산 정상 오르는 길

옆 오픈된 곳, 의자에 앉자 농담을 하고 웃다가 노래를 시작했다.

학창 시절로 돌아가 그 시절에 배운 유명한 민요를 기억을 되살려 불렀다. 스와니강, 보리수, 켄터키 옛집에, 가고파, 누나야 강변 살자, 해 저문 바닷가에 등. 가평 김 목사가 주도했다. 그는 아직도 동심에 사는 것 같았다. 소라는 신이 났다. 나는 소라를 졸라 막걸리를 한 병 사 달래서 마셨다. 다른 이들은 남자들도 아이스크림을 먹고 나만 막걸리를 마셨다. 참으로 오랜만에 가져보는 분위기였다. 날씨와 호젓한 분위기와 음악이 어울려 잊을 수 없는 추억을 쌓고 있었다.

시간이 되어 이번 여행의 마지막 코스인 칠백의총에 갔다. 그곳 실질적인 책임자인 제자 김기춘의 설명을 들었다. 애국심이 메말라가는 시절에 무슨 필요가 있을까마는 모두 진지하게 들었다.

대전에 와서 육개장, 냉면 등으로 간단히 식사하고 서울 손님들을 대전역에서 태워주고 손을 흔들며 헤어졌다. 방금 헤어졌는데 또 그런 여행이 기다려졌다.

북중남미 여행일기를 내며

명색이 시인에다 수필가이다. 등단한 걸로만 해도 문단 생활 30년이 지났다. 책 욕심이 없을 수가 없다. 그런데 내가 쓴 책이 너무 초라하다. 시집 6권, 산문집 6권이 고작이다.

다산 정약용은 500권의 책을 냈고 남송 시인 육유는 일만 수 이상의 시를 남겼다고 한다. 시집 한 권당 80편씩 수록한다고 하면 125권이다. 다른 문집을 합한다면 200여 권은 될 것 같다. 북송의 문인 구양수는 시, 정부 문서, 편지, 기타 소품을 포함 150권이 넘는 저서를 남겼다고 한다.

물론 책 권수가 문인을 평가하는 절댓값은 아니다. 한두 권의 저서만 남겼어도, 훌륭한 시인도 있다. 대표적인 인물이 보들레르와 랭보일 것이다. 상징주의의 아버지 샤를 보들레르는 처녀시집 《악의 꽃》 이외에는 이렇다 할 책이 없다.

천재 시인 랭보는 《지옥에서 보낸 한 철》*Ne Saison en enfer*, 1873년과 착색 판화집 《일루미나 시옹》*Illuminations*, 1874년을 냈는데, 브리테니커 백과사전에서는 "랭보보다 더 열렬한 연구대상이 되거나 근대 시에 지대한 영향을 미친 시인도 드물다."라고 썼다.

정년을 하고 여행을 좀 했다. 여행이라야 일본, 중국이 고작이고 좀 더 멀리는 방콕을 여행한 것이 전부이었다. 여행 운도 지지리 없는 사람이다. 정년퇴직을 한 후 동료 교장들이 외국 여행을 많이 했는데, 그 여행이 부부 동반이라 낄 수가 없었다. 그런데 우연히 소라를 만나 미국 11개월 중남미 5개월의 장기 여행을 갔다 왔다.

갔다 와서는 여행기를 써야겠다고 마음먹었다. 이렇게 시작한 것이 《피닉스》, 《그라운드 제로》, 《마야와 잉카》, 《메일과 수필》 4권이다. 여행하면서 일기를 썼기 때문에 여행기 쓰는 것은 식은 죽 먹기인 줄 알았다. 그러나 세상에는 쉬운 일은 하나도 없다.

혹자는 인터넷에 다 나와 있는 지식을 꿰맞추면 되지 않나. 이렇게 말할 수도 있다. 물론 그렇게 해도 한 권의 책이 될 것이다. 그러나 그것은 여행안내서 수준일 것이다. 그런 책보다는 수준 높은 책을 쓰고 싶었다. 이왕에 쓴다면.

경험해 본 사람은 다 안다. 한 편의 여행 시나 여행 수필이 보기보다 쓰기가 그렇게 쉽지 않다는 것을. 그러니 여행기도 쓰기가 쉬운 것이 아니다.

여행기에도 작가의 사상이나 지식이 묻어나기 마련이다. 남이 본 것만 봐서는 안 된다. 남보다 한 차원 높게 보고 느껴야 한다. 깊이 있는 지식을 캐내야 한다. 그런데 아는 만큼 보인다고 했던가? 한순간에 그렇게 날카롭게 본다는 것은 보통 사람으로는 불가능에 가깝다. 때때로 장기 여행이라 피로가 쌓이고 싫증을 느끼고 인내의 한계에 도달하게 된다.

실제로 경험해 보니 여행기를 쓰려면 다방면의 지식과 품격을 갖추어야 한다. 역사 유적지나 박물관은 우선 요구되는 것이 세계사 지식이고 인류학이나 고고학에 대한 소양이 필요하다. 미술관은 미술 작품에 대한 감상력과 지식이 필요하다. 음악도 마찬가지이다. 문화와 문명에 대한 흥미와 지식이 있어야 한다. 관광 대상 국가의 정치와 경제에 대해서도 알만큼은 알아야 한다.

모든 책이 다 그렇지만 문장력이 있어야 한다.

외국어 실력이 있어야 한다. 욕심 같아서는 5개 국어를 알면 좋을 것 같다. 남미는 스페인어가 주종이다. 케추아어도 알아야 한다. 아직 살아 있는 유명인의 이름은 사전에 없다. 그들의 이름을 한글로 표기하기도 어렵다. 여행기에는 사진이 필수이다. 그러니 사진 기술도 필요하다.

이번 여행기를 쓰면서 잘 안 써지니까 왜 이 여행기를 쓰는가

하는 물음을 자꾸 하게 되었다. 팔기 위해서인가? 돈을 벌려는 욕심에서인가? 이 책은 팔릴 책이 아니다. 팔 생각이라면 투자해야 한다. 사진도 천연색으로 해야 하고 서울에 있는 내로라하는 출판사에서 내야 한다. 그렇게 해도 잘 팔릴 리가 없다. 저자의 지명도가 안 되기 때문이다.

그러면 여행 동료인 소라를 위해서인가? 글쎄 조금은 이유가 될 것 같다. 이 여행기의 주인공은 어차피 소라와 나니까.

아무도 읽어주지 않아도 혹시 내 손자와 손녀는 읽어줄까. 이렇게 생각하니 마음이 편하고 쓸 의욕이 생겼다.

삼백여 페이지가 넘는 여행기를 내려면 비용이 많이 든다. 걱정했더니 소라가 책을 많이 낸, 아는 출판사를 소개해 주어 정했더니 하필이면 베테랑 사원이 그만두고 신출내기 새 사원이 두 번이나 바뀌어 교정을 여러 번 보게 되었다. 정말로 힘들었다.

4권의 책의 원고를 넘기는데 만 6년 반이 걸렸다. 지난해 4월에 원고를 출판사에 넘기고 유럽 여행을 떠났고, 약 3개월 후에 돌아와서 4번이나 수정하고 교정을 보았다. 그 후에도 3번은 더 보고 소라가 한 번 봤으니 8번 본 셈이다.

여행기를 쓰면서 가장 큰 난관은 다시 가서 보기가 쉽지 않다는 점이었다. 너무 멀리 떨어져 있어서 확인하기가 어려웠다.

책이 나오자 가장 기뻐한 것은 소라였다. 그 책에는 소라와 싸운 일, 흉본 일도 있는데 말이다. 그녀가 출판기념회를 해주겠다고 말했다.

1987년에 첫 시집을 내고 출판기념회를 한 것이 회상되었다. 그때 고생을 참 많이도 했다. 그 당시 대전에 아는 문인이 별로 없었다. 변재열 시인이 참 많이 도와주었다. 너무 어려워서 이제 다시는 출판기념회 같은 것은 하지 않겠다고 맹세했는데 소라가 해준다니까 마음이 자꾸 흔들린다.

북중남미 여행일기 4권 출판기념회

2015년 4월 24일 북중남미 여행일기 4권을 출판했다. 2008년에 여행하면서 일기를 쓰기 시작했으니까 만 6년 8개월이 걸린 셈이다.

  1권《피닉스》288페이지
  2권《그라운드 제로》298페이지
  3권《마야와 잉카》403페이지
  4권《메일과 수필》202페이지
  1,191페이지

소라가 출판기념회를 열어주었다. 어떻게 보면 4권의 주인공은 소라이다. 이 여행기는 우리 둘의 연애 기록이라고 할 수도 있다. 연애도 참 특이하게 한 연애이다.

소라가 출판기념회를 하자고 했을 때 나는 사실 하기 싫었다. 왜냐하면 첫 시집《길잡이》를 내고 출판기념회를 했을 때 너무 고생해서이다. 그리고 4권을 자비로 출판하려니 흑백으로 해도 비용이 너무 많이 들었다. 그 이야기를 했더니 소라가 염려 말라면서 자기가 해주겠다는 것이었다. 그래서 슬그머니 승낙하게 되었다. 그동안 문인들로부터 얻어먹기만 하고 베풀지 못했기 때문이었다.

그냥 중국집에서 조촐하게 할 줄 알았는데 소라는 이왕에 하는 것이니까 지금은 없어진 유성에 있는 리베라호텔에서 하자고 했다. 리베라호텔은 대전에서는 최고로 좋은 호텔이다. 꽃다발, 화분, 축하금은 일체 사절한다고 말했다. 그 점에 대해서는 나도 동의했다.

그때 확실한 기억은 없지만 칠팔십 명을 초청했다. 소라의 친구가 이삼십 명, 내 쪽 문인이 40여 명 되었다.

임강빈 선생에게 축하 말씀을 부탁드렸더니 아파서 참석할 수 없다고 해서 최원규 선생님께 어려운 부탁을 했다. 그리고 쾌히 승낙해 주셨다.

지금 생각하면 가족을 초대하지 않았는데 그 점이 아주 잘 못한 것이었다. 아이들에게 이런 것을 보여 주어야 했는데 말이다. 특히 손자, 손녀에게는 보여 주어야 하는데…… 형제들도 부르지 못했다. 소라에게 부담감을 덜어준다는 생각이었는데 그것도 잘 못이었다.

우선 계획을 세웠다. 둘이 초대장을 만들었다. 인쇄는 애드파워에 부탁했다.

초대합니다

* 축하금, 화분, 꽃다발 사절(편안한 마음으로 오셔요.)

일시: 2015년 4. 24(금요일) 오후 6시 30분

장소: 유성 리베라 호텔 랑데부 홀(Tel: 042-828-4071~3)

(주소: 유성구 온천서로 7(봉명동 444-5)

지하철 유성역에서 3분 거리

초대하는 사람: 배인환·이소라

뒷면

저자 약력

1940년 충남 금산 출생

1984년 〈현대시학〉으로 데뷔

시집 《길잡이》 외 5권

시선집 《Poems of IN-Hwan Bae》

수필집 《하늘에서 숲에 비를 뿌리듯》 외 2권

김구용 평전 《완화초당의 그리움》

2008~2010 북중남미 16개월 장기 여행

2014년 82일간 유럽 장기 여행

외부인의 평

배인환 시인의 《북·중남미 여행일기》_ 양태의

1권: 피닉스 / 배인환 289쪽. 15,000원. 2015. 4. 24 발행 도서출판 애드파워 03800

2권: 그라운드 제로 / 배인환 298쪽. 15,000원. 2015. 4. 24 발행 도서출판 애드파워 03800

3권: 마야와 잉카 / 배인환 403쪽. 20,000원. 2015. 4. 24 발행 도서출판 애드파워 03800

4권: 메일과 수필 / 배인환 202쪽. 10,000원. 2015. 4. 24 발행 도서출판 애드파워 03800

1984년 〈현대시학〉으로 등단한 배인환 시인이 《북·중남미 여행일기》 네 권을 냈다. 출판을 기념하는 자리에서 최원규 원로 시인께서는 "한국 문단사의 대사건"이라고 말씀하셨다.

나는 여기에 "사랑이 낳은 기적"이라는 말을 덧붙이고 싶다.

그렇다. 지극히 사랑하는 이와의 동행이 아니었다면 희수를 바라보는 생의 마루턱에서 이렇게 긴 여행을 감행할 수 있었을까? 그리고 이렇게 장쾌한 성과를 거둘 수 있었을까?

2008년 늦여름에 출발한 2년간의 아메리카 여행은 시시콜콜, 우여곡절과 산전수전을 겪는다. 난관에 부딪힐 때마다 초인적인 힘을 발휘한 두 분이 존경스럽기까지 했다. 그러면서 문학과 미술과 음악과 민속학과 지리학을 넘나드는 지은이의 해박함과 끈질긴 탐구욕과 도전 의식이 나를 깜짝 깜짝 놀라게 했다.

화려한 치장이나 날카로운 비판을 벗어난 담백한 문체는 범속을 초월한 경지였다.

《피닉스》, 《그라운드 제로》는 미국에서, 《마야와 잉카》는 중남미에서 쓴 일기이다. 합하여 990쪽에 이르며 실린 사진만도 500장을 육박한다.

2009년 2월부터 7개월간의 귀국 중에는 일기 대신 전자편지로 숙제 아닌 과제를 충실히(?) 이행한다. 이렇게 고지식한 사랑이라니. 200여 통의 전자편지 중 보관된 154통(1통은 동반자의 답신)을 공개하는 뱃심은 또 무엇인가? 늦게 만난 사랑에 대한 보상인가?

애틋한 보답이라 하자. 용감한 고백이라 치자. 그러나 쑥스러워하지는 마시라.

사막의 강 일곱을 합한 열 개의 강과 미국 3대 트레일 코스와 아

메리카 대륙의 3대 산맥과 "지상화地上畵 이야기" 세 편과 "내가
본 사막" 세 편 등의 수필 앞에 전자편지를 담은《메일과 수필》이
202쪽이니까, 네 권을 합하여 1,192쪽에 달하는 방대한 분량이다.
이 책들을 읽는데, 열흘이 걸렸지만 질리지 않았다.

기념비적이랄까.

실로 한국문단사적인 사건(?)은 2008년 8월 7일 목요일, 공교롭게
도 입추 겹친 맑은 칠석날에 시작하여 2010년 7월 9일 금요일, 쾌
청한 때를 맞춰 마무리되었다.

뉘엿뉘엿 두근거리는 이 사랑학 실천의 기록은 3년이 넘는 정리
와 1년을 넘기는 편집 과정을 거쳐 꽃피는 2015년 4월 24일, 대전

의 애드파워에서 펴냈다.

동반자인 이소라 민족음악연구소장은 이 여행의 산물인《북미 인디언 민요를 찾아서》라는 학술보고서(190×260mm, 421쪽)를 2013년 7월에 낸 바 있다.

_〈대전 예술〉

식은 성황리에 거행되었다. 초대의 말씀은 소라가 했다.

이렇듯 성황을 이루어주셔서 감사합니다.

배 선생님과 제가 처음 만난 것은 2005년도 여기 참석하신 정상순 시인의 출판기념회였습니다. 한 테이블에 앉게 되어 인사를 나누었고 그 후로는 보내주시는 책을 통해서 혼자가 되신 것, 착한 인품 등을 접하였습니다.

저는 2004년도에 정년퇴직하기까지 집필하느라 늘 바쁘고 심심할 틈이 없는 생활이었습니다. 정년하고부터는 지금까지의 생활과 좀 다르게 살고 싶었습니다. 바닷가에 앉아 있고 싶어도 여자 혼자로는 어렵고 숲속 바위 위에 누워 하늘을 보고 싶어도 혼자서는 멋쩍고 위험한 일이지요.

그럼, 저희의 연애담을 짧게 말씀드리겠습니다.

미국 유학에는 별 매력을 못 느끼다가 인디언 민요 연구라면 한번 나가도 좋겠다는 생각이 들어 2007년 2월에 교환교수로 애리조나주립대학에 가게 되었습니다. 아시다시피 애리조나는 여러 인디언 종족이 살고 더운 지역이죠.

저의 여고 친구가 애리조나에 겨울 별장을 가지고 있었는데, 5월 말에 워싱턴주에 있는 본가로 돌아가면서 함께 여행하자고 제안했어요. 그 친구는 세 번 결혼하였는데 집이 퍽 아름다운 호숫가였습니다. 친구의 남편이 미끼를 물려준 낚싯대를 잡고 앉아서 앞으로의 저의 생활을 바꾸자는 생각을 절실하게 가졌습니다. 교회에 가면 제 배필을 만날 수 있기를 기도했었고, 저의 주변에서 혼자인 대상들을 눈여겨보게 되었습니다.

그러다가 이미 약속한 민요집 출간 일로 2008년 1월에 임시 귀국을 하였습니다. 출간 일도 끝나고, 8월에 다시 학교로 가면 되었던 고로 대전에서 문인들 모임인 '전원에서'에 나가 배 선생님을 두 번째로 만났습니다. 그때부터 교제가 시작되었습니다.

미국에 있으면서 그랜드캐니언을 관광하였는데, 그 판매점에서 그랜드캐니언 원주민의 민요가 담긴 DVD를 한 개 샀습니다. 들어보니 제가 찾고 있는 원주민 소리꾼이 틀림없어요. 이분이 만약 아직 살아계신다면 가사의 의미를 여쭙고 싶었습니다.

그래서 배 선생님께 그 이야기를 하니까 함께 그 원주민을 만나러 가 주시겠대요. 그리하여 배 시인의 북중남미 여행이 시작되었던 겁니다.

남미 여행이 끝날 즈음에 페루의 장거리 버스 대기실에서 여행자료가 담긴 컴퓨터를 도난당하였습니다. 그래서 배 선생님이 이번 집필에 많은 고생을 하셨습니다.

저와 함께 한 여행이었고, 또 저의 칠순 때는 터키 여행과 만찬을 베풀어주셨기 때문에 저도 조금 보답하고 싶어 오늘 이 자리를 마련하였습니다.

여기 모인 여러분들께선 모두 저희 이상으로 행복한 나날들 보내시길 바랍니다. 축하해 주셔서 다시 한번 감사드립니다.

이소라 드림

다음은 최원규 박사의 축사였다. 최 박사는 문단에 둘도 없는 사건이라고 말씀하셨다. 칭찬의 일변도이셨다. 낯이 뜨거워 들을 수 없을 정도였다.

다음은 내 인사 차례였다.

오신 분 중 대표급들 몇 분만 소개하고 인사를 했다. 이 점도 잘 못한 점이었다. 전부 소개하는 것이 상례인데 말이다. 나는 이렇게 모자라는 점이 많은 사람이다.

2002년에 상처하고 외롭던 차, 이 박사를 만났고 민요, 특히 농요 학자라는 점과 결혼을 하지 않은 미혼녀라는 것에 관심이 가서, 가끔 만나, 식사나 하면서 이야기를 할 수 있겠다고 생각했습니다. 그 당시 저는 서울에 살았습니다. 애들이 다 그쪽에 있어서요. 공간시낭독회 회원이었는데 매달 공간 소시집을 30권쯤 가져다가 제가 아는 지인들에게 우체국에 가서 붙이는 것이 취미이고 일이었습니다. 그 30명 중에 이소라 박사를 포함했습니다. 저쪽에서도 책을 보내주셨습니다. 소라는 이미 수필집을 한 권 냈고 글을 잘 쓰더라고요.

어느 날 미국에 교환교수로 가신다는 연락이 왔습니다. 우편물을 보내지 말라는 통보로 알고 그렇게 했고 잊어버렸습니다. 아시다시피 경기여고, 서울법대 출신이고 결혼하지 않은 분이 저 같은 사람을 대수롭지 않게 생각하지 않을 것은 뻔하지요.

그런데 2007년 11월인가, 12월인가 메일이 왔어요. 귀국하는데 우리 문학모임에 와 보고 싶다는 거예요. 반가운 일이지요. 회원들에게 이야기했더니 대환영입니다. 1월 모임에 오셨고 8월까지 임시회원으로 참가하고 싶다는 거예요.

이렇게 해서 소라와 교제가 본격적으로 시작되었습니다.

소라는 저의 친구이고 애인이고 아내이고 비서입니다. 제가 시인이라는 이 조건으로 그녀는 저에게 왔습니다. 이 귀한 인연이 분에 넘침을 고백합니다.

고맙습니다.

출판기념회를 했을 때 유동삼 선생님을 초대했더니 오셔서 축시를 써주셨다. 다음이 축시이다.

복고래

아리랑 아리랑 아라리요
   아리랑 고개로 넘어간다
나를 데리고 가시는 님은
   십리도 못가서 복받는다

태평양에 고래가 몇 쌍이 사는가
대서양에 고래가 몇 쌍이 사는가

   한국에 술 고래 하나도 없어라
   대전에 행복 고래 한 쌍이 있어라

   배인환 이소라 사랑 고래 이어라
   이소라 배인환 사랑 고래 이어라

다음은 어느 분이 말하기를 선생님은 출판기념회에 오셔서 아무 것도 못 잡수시고 가셨다고 해서, 챙겨드리지 못한 것이 너무 죄송해서 조그마한 선물을 보내드렸더니 써주신 시조이다.

   갑시다 갑시다 갈 길을 갑시다
   가고서 안 쉬면 갈 길을 가리다

   한 걸음 두 걸음 더딘 듯 하여도

이 걸음 걸음에 다다름 있도다

합시다 합시다 할 일을 합시다
　하고서 안 쉬면 할 일을 하리다

한 고비 두 고비 더딘 듯 하여도
　이 고비 고비에 되는 것 있도다

가는 이 발 아래 못 갈 길 없으며
　하는 이 손 아래 못 할 일 없나니

어려운 길 가는 우리들 일꾼아
　가기만 합시다 하기만 합시다

　나는 복 많게도 선생님에게 2편의 시조를 받았다. 참 고마운 일
이다. 이런 연고로 해서 선생님이 2021년에 돌아가시고 2022년
선생님을 기리는 글을 쓰고 있다.

1

노년의 로맨스

책 처분

　올해에 또 이사했다. 세어보니 평생 스물한 번째 이사이다. 뿌리 없는 현대인들의 생활이다. 이사할 때는 짐이 문제이다. 짐이 많다 보니까 이사비용이 많이 든다. 자질구레한 살림살이를 선뜻 버리지 못한다. 어린 시절 가난하게 보낸 사람들은 더욱 그렇다. 절약과 애착이 몸에 배어 있다.

　언젠가 읽은 수필이 생각났다. 새 아파트로 이사하면서 문제가 발생한다. 앉은뱅이책상을 어떻게 할 것인가? 수필가는 새 아파트에 가지고 가고 싶어 한다. 그의 아내는 버리자고 한다.

　학창 시절의 추억이 서린 책상인데다 중학교에 입학할 때 돌아가신 어머니가 사준 책상이기 때문에 더욱 그렇다. 그러나 그의 아내가 생각하기엔 아파트에 어울리지 않는 물건일 뿐이다. 아내는 대신 좋은 책상을 사준다고 의견을 제시한다. 수필가는 듣지 않고 가져간다. 그의 아내는 책상을 산다. 집안에 풍파가 일어난다.

넘쳐나는 책

흔히 일어날 수 있는 일이다.

내 경우는 책이 문제였다. 책을 좋아해서 버리지 못했기 때문이다. 이사를 하면서 책을 정리하다 보니까 어린이 동요집도 있고 중등학교 때 쓰던 참고서와 교과서도 있었다. 대학에서 배운 교양과목 책들도 있다. 평생을 교직 생활하면서 모아 놓은 졸업생들의 앨범도 가지고 있다. 아내가 평생 모아 놓은 월급봉투도 있다. 이제 그것들을 버려야겠다.

그동안 용돈을 쪼개어 산 책. 동료, 선후배 시인과 수필가가 보내준 책. 여러 종류의 잡지, 소설책과 문학 관련 서적. 외국 시인들의 시집, 영어문학 서적 등 버리기에 아까운 책들이다.

몇 년 전인가 TV에서 금아 선생의 서재를 본 일이 있다. 책이 아주 많을 줄 알았는데 앉은뱅이책상에다, 이층짜리 책꽂이에 이삼십 권 정도인 것을 보았다. 초등학생 책꽂이에도 그보다 많은 책이 있다. 평생 제자들에게 책을 주었단다.

지금은 구독하지 않지만, 문학청년 때 사 본 《현대문학》이 있다. 족히 400권은 된다. 버리기가 아까워 도서관에 희사하려고 전화를 걸었던 일이 있다. 한마디로 거절당했다. 그 도서관에는 현대문학지가 없는 것을 알고 있는데.

요즈음 세상에는 책이 너무 많다 보니까 천대받는다. 인터넷 책이 보급되면서 더욱더 그렇다. 또 이사가 잦다. 이사할 때마다 책은 버려지기 마련이다. 책뿐 아니라 무엇이 자손에게 남겨지겠는가.

나도 책을 좀 버리기로 했다. 우선 잡지부터 버리기로 했다.

버릴 책과 버리지 못할 책을 이분법으로 나누었다. 반 정도는 털어냈다. 그래도 너무 많다. 또 반을 버려야겠다. 아직도 많다.

서재에 책이 가득 찬 집이 부러울 때가 있었다. 그러나 이제는 아닌 것 같다.

몇 달 전에 '꿈에그린'이 내 짝의 이삿짐을 날라준 일이 있었다.

내가 이사하는 날 꿈에그린의 일꾼들이 내 짝의 책과 내 책을 합친다면 자기들이 본 집 중에서 책이 가장 많은 집이란다. 듣기에 좋은 말 같기도 하고 그렇지 못한 말 같기도 했다.

내가 죽은 후에 이 책들은 어떻게 될까. 귀중한 책 몇 권은 손자 손녀에게 물려주고 싶은데 그렇게 될지 모르겠다. 나머지 책들은 버려도 내 손으로 버리는 것이 좋지 않을까.

요즈음 일반 가정에 가 보면 책이 한 권도 없는 집이 더러 있다. 먼지 하나 티끌 하나 없는 집이다.

그런 집이 좋아 보이지 않는다. 꼰대의 사고방식이라 그런가?

소라의 탄생지 탐방

창원에 있는 내 짝 소라가 태어난 생가에 가기로 했다. 단풍이 곱게 물드는 11월 초순이었다.

부산에는 처형이 살고 서울에는 처제가 산다. 처형이 그 집을 떠난 것은 9살 때라 기억이 있으나 다섯 살 아래인 소라는 그 집에 대한 기억이 전혀 없다. 3살 아래인 처제는 더 말할 것도 없다. 처형이 올해 봄에 어찌어찌해서 그곳을 방문했고, 가을에 아우들을 데려온다고 약속해서 가는 것이었다. 처형이 마중을 나온다고 해서, 4시에 부산역에서 만나기로 하고 대전에서 KTX를 탔다. 가을걷이가 끝난 들판은 황량했다.

1시간 32분 만에 부산역에 도착했다. 과연 속도 시대이다. 처형은 내 동갑인데 아직도 소녀티가 난다. 가냘픈 몸매에 바바리코트를 입은 우아한 모습이었다. 수인사가 끝나고 우리는 용두산 공원에 가기로 했다. 운전은 처형의 둘째 아들인 용이가 했다. 처제는 아직 기차를 타지 않았단다. 동서가 트럼펫을 배우는 연고로 5시 35분의 KTX를 탄다고 했다. 전에 한 번 와 본 일이 있지만 까마득한 옛날 일이다. 주차장에 주차해 놓고 우리는 에스컬레이터를 타고 전망대에 이르렀다.

전망대에서 본 부산은 세계 3대 미항 중 하나인 리우데자네이루에 못지않은 아름다운 도시였다. 바로 앞에 있는 롯데백화점이 멋있었다. 우리는 다시 부산역에 가서 처제와 동서를 만나서 송도 해수욕장을 밤에 보고 광안리 해수욕장 근처에 가서 저녁으로 회를 시켰다. 싱싱한 회를 보았으니, 술을 잘하는 동서와 소주를 마셨다. 술맛이 그만이었다.

이튿날 우리는 창원으로 향했다. 마침 그날이 창원 7일장이 서는 날이었다. 창원 집에는 팔십 노인이 한 분 살고 있었다. 우리는 노인에게 줄 선물로 귤 한 상자를 샀다.

창원 집은 밖에서 보기에도 생각보다 좋은 집이었다. 우리는 집 안으로 들어갔다. 안노인이 나타났다. 인상이 퍽 좋았다. 기와 집인데 대문도 그대로이고 앞마당에는 우물도 있었다. 매일 잘 닦은 장독대가 빛났다. 집 관리를 아주 잘해 놓았다. 마루도 그대로이고 방문도 그대로이다. 서까래에 붙어 있는 전선도 붉은색의 그 전선이었다. 대들보에는 상량을 올릴 때 쓴 글자가 있었는데 정묘년 시월로 되어 있었다. 그러니까 1927년 가을 같다.

사진을 찍고 마루에 올라가서 앉았다. 처형이 우리 일행을 한 사람 한 사람 소개했다. 노인은 올해 82세인데, 18살에 시집와서 지금까지 64년을 그 집에서 살고 있다고 했다. 노인은 젊었을 때는 미인으로 소문이 났을 것 같았다. 계란형 얼굴에 인자한 눈과 입가에 흐르는 미소가 현숙한 조선의 여인상이었다.

그 집에서 태어난 아들딸들이 훌륭하게 자란 것을 보니까 집터가 좋은가 보다고 말했다. 노인은 훌륭한 손님들이 왔으니 아들 며느리를 부르겠다고 해서 전화를 걸었다. 아들과 며느리가 왔다. 아들은 그곳의 도의원까지 지낸 분이었다. 며느리는 음악을 전공한 사람이란다. 처형이 그들에게 노래를 부르라고 해서 노래를 불렀다. 그들은 선약이 있어서 이내 자리를 떴다.

이제 화살은 집주인에게 갔다. 노인은 조금 사양하다가 일본노래를 불렀다. 우리도 노래 한 가락씩 했고 소라는 마지막으로 우리 모두를 일으켜 세우더니 손에 손잡고 '아리랑'을 불렀다.

우리는 좋은 추억을 새기면서 그곳을 떠났다.

소라는 유복한 집에서 태어났음을 알 수 있었다. 그 당시 부산에도 대학이 있는데 딸네를 전부 서울로 보낼 정도이니, 보통 가정으로는 생각지도 못하는 일이었다. 장인어른이 대단한 분이다.

지하철의 경로석

미국 워싱턴 D.C.에서 2개월을 관광한 일이 있다. 우리는 워싱턴 교외에 있는 부엌이 달린 여관을 얻어 머물렀다. 워싱턴도 주차난이 심각해서 지하철을 많이 이용했다. 워싱턴의 지하철에는 경로석이 따로 없다. 의자가 우리나라 기차식으로 되어 많은 사람이 앉아갈 수 있다. 처음 이것을 보고 우리나라에 경로석이 있는 것을 자랑으로 생각하고는 어깨가 으쓱했다. 물론 워싱턴 시민들도 노인들이 서 있으면 자리를 잘 양보한다. 사람 마음은 동서가 똑같다.

그런데 며칠 전에 우리나라 지하철에 경로석을 만들어 놓은 것이 잘한 일인가 하는 생각이 들었다. 그것 때문에 국민 간에 위화감을 조성하거나 쓸데없는 오해를 하는 것이 아닐까 하는 생각 말이다. 하긴 경로석에는 노인만 앉는 게 아니고 장애인과 임산부도 앉는다.

나는 나이를 먹어 지하철이 공짜니까, 지하철을 주로 이용한다. 그러니 경로석 자리를 노릴 수밖에. 서울 지하철을 타면 경로석은 대부분 비어 있다. 그런데 충절의 고장이라는 대전 지하철은 경로석에 젊은이들이 앉아 있는 경우가 더러 있다. 그러면 앞에 가서 서 있기가 민망하다. 그 자체만으로도 일어나라는 무언의 시위가 되기에 말이다.

겨울철이 되면서 지하철 이용 인구가 부쩍 늘었다. 그날도 9시쯤에 사무실에 가려고 지하철을 탔다. 사람들이 붐비니까 자리가 있을 리가 없었다. 자연히 경로석에 눈이 갔다. 그곳에 이십 대의 아리따운 아가씨가 앉아 있었다. 눈이 마주쳐도 일어날 생각을 안 했다. 속으로 버릇없는 애라고 생각했다. 한편 생각해 보니까 임산부인지도 모른다는 생각이 들었다. 또한 시골서 왔는지도 모른다는 생각도 했다.

지하철을 내려야 할 곳에 왔을 때 그녀도 일어났다. 그런데 그녀는 오른손과 오른다리가 불편한 장애인이었다.

정말 미안한 생각이 들었다. 용서를 빌고 싶었다. 내 생각이 짧았던 것에 자책이 되었다. 그래, 어떤 제도라도 양면성이 있는 법이다. 나 자신의 마음을 달랬다.

오피스텔의 장독대

이런저런 이유로 해서 서대전역 앞에 있는 삼성아파트를 세놓고 살림을 오피스텔로 옮기게 되었다. 사실 삼성아파트는 2002년부터 오늘까지 비어 있는 집이었다. 2002년에 정년퇴직하고 얼마 안 되어 애들 엄마가 하늘로 간 후 나는 서울에서 살았다. 아이들이 자기들 옆으로 와야 한다고 우겨서였다.

대전 집은 대전에 가끔 내려와서 하루 이틀 자고 서울로 올라갔다. 서대전역이 바로 앞이라 참 편리했다. 아이들도 성묘하러 대전에 내려올 때 편리하게 이용했다. 그러다보니 근 10년을 전세를 놓지 않고 관리비를 물며 비워둔 셈이다.

이런 나를 주위 사람들은 삼성아파트를 전세 놓을 것을 종용하기도 했다. 그러나 나는 선뜻 그렇게 하지 않았다. 나름대로 이유가 있어서였다.

아파트에서 오피스텔로 이사하려니 버려야 할 물건들이 참 많았다. 짐을 정리했다. 이사할 때 또 곤혹스러운 것이 그릇이다. 여자들은 웬 그릇 욕심이 그렇게 많은가! 내 어머니와 아내도 그런 여자였던 모양이다.

우리 집도 대가족이었을 때가 있었다. 물론 부모님이 살아계셨을 때이다. 농업이 직업인 집안이니 아파트에는 어울리지 않은 살림살이가 참으로 많았다. 우리는 부모님의 살림살이를 다투어 버렸다. 이제 아버지와 어머니의 유품은 작은 궤짝 하나 정도만 남아 있다.

식구가 하나둘 줄면서 옷가지며 이불, 필요 없는 물건들은 많이 줄었지만, 마지막으로 남은 것이 그릇이다.

요새 젊은 사람들은 부모들이 쓰던 투박한 그릇은 안 쓰려고 한다. 내 며느리도 딸아이들도 마찬가지다. 그릇에 깃든 부모의 사랑을 읽을 줄 모른다.

문제는 바로 장독대였다. 금산의 한옥 장독대는 컸다. 3대가 한 집에서 살았고, 농삿집이었으니까. 맨드라미와 채송화, 국화가 장독대 주위에 계절 따라 피는 장독대였다. 그런 장독대는 대전으로 이사하면서 무너지기 시작했다. 장독대의 주인들은 이미 이 세상에 없다. 그래서 장독도 없어졌다.

이제 장독이라야 아파트 베란다에 놓았던 작은 독 두 개에다 항아리 4개가 전부이다. 독 1개, 항아리 1개는 금이 갔다. 경비실에 물어 보았더니 독이나 항아리는 깨어서 쓰레기봉투에 담아내야 한단다. 이사에는 쓰레기봉투가 필요할 것 같아서 큰 봉투로 서너 개 사 왔다.

버리는 것이 미덕인 세상, 버릴 때도 돈을 내야 하는 세상에 우리는 살고 있다. 장독대에 먼지가 뽀얗게 묻어 있다. 독과 항아리를 베란다에 가져다 놓고 한 번도 닦은 일이 없었다. 10여 년의 먼지가 쌓여 있다.

어머니와 아내의 손길이 배어 있는 옹기이다. 자세히 살펴보지도 않던 독을 행주로 깨끗하게 닦으면서 유심히 바라보았다.

아름다웠다. 고향이 눈에 선하다. 넓은 뒤뜰. 채송화 피는 장독대. 그런 장독대는 볼 수가 없다. 내 눈이 금세 흐려진다.

옹기가 그렇게 아름다운 물건인 줄 몰랐다. 장독대를 보면 그 가문을 안다고 했던가!

오피스텔과 장독대는 아무리 양보해서 생각해도 궁합이 맞지 않는다. 그래도 나는 작은 독 1개와 항아리 3개를 오피스텔에 가져다 놓았다. 가져다 놓고 보니 잘했다는 생각이 들었다. 청자나 백자만 훌륭한 것이 아니다. 옹기도 아름답다.

가끔 독과 항아리를 행주로 닦아주어야겠다.

바람꽃 출사

3월 중순이 되자 바람꽃 출사를 가잔다. 승용차 자리가 두 자리 비는데 우리 부부가 채우면 된다는 것이었다. 원고를 써야 하고 잇몸이 부어서 술을 마실 수 없어 가고 싶지 않았으나 소라가 가고 싶어 해서 따라 나섰다. 접사를 주로 해서 삼발이는 필요 없단다. 사진은 재작년부터 시작하였으나 아직 왕초보이다. 초점을 어떻게 맞추는지 노출시간은 어떻게 하는 줄도 모른다. 그러면서도 연사회에 흥미를 느끼는 것은 회원들이 마음에 들고 술을 즐기는 회원이 몇 분 있기 때문이다. 또한 다른 예술 분야 사람들과 사귀는 것도 흥미로운 일이었다.

출사 장소는 대둔산이란다. 그곳에 바람꽃이 많이 피어 있다고 한다. 솔직히 바람꽃이 어떻게 생겼는지 한 번도 본 일이 없다. 예전에 유안진 시인의 작품 〈바람꽃은 시들지 않는다〉라는 드라마를 시청한 일이 있다. 그런데도 모른다. 얽히고설킨 가족사를 다룬 작품이라 야생화라고 생각하지 않았다. 상상 속의 바람꽃은 마른 갈대에 서리가 내려 조성된 꽃이 아닌가? 하는 생각을 해본 일이 있다. 일종의 눈꽃.

출발 장소에 도착해 보니 연사회 전 회장, 삼천, 김 박사가 먼저 와서 기다리고 있었다. 서로 인사를 나누고 바로 출발했다. 대둔산 어디냐니까 삼천이 태고사 골짜기라고 말했다.

목적지에 도착해 보니 산은 아직 잠에서 깨어나지 않았다. 생강나무 꽃망울이 많이 부풀었다. 우리보다 먼저 온 그룹이 있었다. 개울가에 주차하고 물길을 따라 올라갔다. 또 한 떼의 사진사들이 도착했다. 현장에 가서야 바람꽃을 직접 보고 알았다. 산기슭과 골짜기에 드문드문 핀 6~7㎝ 정도의 야생화였다. 노루귀도 보았다. 둘 다 앙증맞은 작은 꽃이었다. 상상이 엄청나게 빗나갔다.

바람꽃은 흰 꽃이고 노루귀는 흰 꽃과 보라색 꽃이었다. 우리가 주로 본 바람꽃은 꽃잎이 여러 장인 꿩의 바람꽃이란다.

오랜만에 이른 봄에 핀 야생화를 보니 봄을 실감할 수 있었다. 바람꽃의 꽃말은 '덧없는 사랑', '비밀의 사랑', '사랑의 괴로움'이란다. 꽃말을 듣고 보니 유안진 시인이 왜 책 제목을 《바람꽃은 시들지 않는다》라고 정했는가가 이해되었다.

바람꽃 촬영은 꽃대에 나온 털을 잘 살려서 찍어야 한단다. 그러려면 근접 촬영이 필수조건이고 또 햇빛이 났을 때 역광으로 찍어야 한다고 말해 주었다. 땅에 붙어 있는 키 작은 꽃인 만큼 엎드려놔 자세로 찍는 사람들도 있었다. 소라의 바지도 엉망이 되었다.

사진 선배들이 카메라의 사용법과 원리에 대하여 하나하나 설명해 주었다. 교실에서 배울 때와는 매우 달랐다. 그래서 실전이 필요한 것이다. 모두가 서운하지 않을 정도로 사진을 찍었다. 서로의 예술사진을 기대하면서.

산에서 내려와 '차마실'에 들러 능이찌개에 동동주 한 잔에다 점심을 먹고 출사를 마쳤다.

집에 와서 식물도감을 뒤적여 바람꽃과 노루귀를 찾아보았다. 노루귀는 잎이 노루의 귀를 닮아 붙여진 이름이고 바람꽃 windflower의 영어 이름은 그리스어인 anemone에서 온 것으로 바람이 불면 꽃이 활짝 핀 것처럼 보여 붙여진 이름이란다. 바람꽃은 약 100종이나 있고 개화기는 대부분이 4~5월이며 7~8월에 피는 것도 있는 걸로 되어 있었다. 그러면 우리가 찍어온 꽃이 바람꽃이 맞는지 모르겠다.

카페에 올린 사진을 보니 뒷면은 어둡고 꽃만 도드라지게 촬영해 놓아 멋이 있었다. 아웃 포커스out focus 기법이란다. 나의 사진은 그렇지 못했다. 기술의 차이다. 약이 올라 다음 날은 김 박사와 3명이 대둔산에 다시 갔다. 조리개는 5.6으로 고정하고 노출보정표를 마이너스로 찍으면 된단다. 집에 와서 사진을 보니 소라 것은 잘 찍혔고 내 사진은 아직도 배경이 어둡다.

다음 날 소라와 단둘이 다시 갔다. 좀 좋아지긴 했으나 아직 멀었다. 사진술도 쉬운 게 아니다. 그러나 희망을 품기로 했다.

환화록

《계축일기》癸丑日記, 《인현왕후전》仁顯王后傳, 《한중록》閑中錄 등 3대 궁중소설에 조예가 깊은 민속원 홍원기 원장을 만난 것은 행운이었다. 홍 원장은 민속학계에서는 알아주는 학자이며 팔순의 시인이다.

그는 사라져가는 문화유산을 정리해 놓아야 하고, 틀린 것을 바로잡아야 한다고 역설했다. 우리가 해놓아야 할 일이란다. 조선의 마지막 선비 세대가 책을 만들어 놓아야 한단다. 맞는 말 같았다. 홍 원장은 서재에서 중국의 고전인 《환화록》幻花錄을 들고 나오셨다.

김만중의 《구운몽》이 환화록과 같은 내용이란다. 환화록을 번역한 것 같단다. 구운몽은 고전소설 창작의 진본이 아닌가. 뚱딴지같은 소리이다. 그러나 그럴 개연성은 다분히 있다.

그는 이규경의 《오주연문장전산고》五洲衍文長箋散稿에는 김만중이 어머니를 위로하기 위하여 귀양지에서 구운몽을 지었다고 하

김만중의 구운몽

고, 그가 중국 사신으로 다녀오던 중 중국소설을 사 오라는 어머니의 부탁을 잊고 와서 구운몽을 급히 지은 것이라는 이야기지만, 오류일 수도 있다는 것이다. 지금도 그렇지만 옛날 것은 틀리게 기록된 것이 더러 있다고 말했다.

환화록은 누구의 저서인가 물었더니 모른단다. 북경대학에 가서 알아봐야 한단다.

그럼 환화록을 어디서 구했느냐니까, 버클리대학에서 구한 거란다. 어떻게 그 책이 버클리대학에 있을 수 있느냐니까, 맥아더 덕분이란다. 총독부에 근무하던 일본인 아사미 린타로가 우리나라의 서책을 많이 모아갔는데 그 책들을 맥아더가 전쟁배상금으로 받아다가 버클리대학에 판 것 같다고 말했다.

아무래도 구운몽은 김만중의 창작품이 아니고 번역본같다는 것이었다.

홍 선생은 《계축일기》, 《인현왕후전》, 《한중록》을 가지고 있다고 말했다. 진본이냐고 물었더니, 그렇단다. 어떻게 구했느냐까, 집 안에 있던 것이란다. 혜경궁 홍씨가 윗대 할머니란다.

그 소리를 듣자 홍 선생은 숙명적으로 궁전문학을 할 팔자구나 하는 생각이 들었다. 홍 선생의 말대로 구운몽이 환화록의 번역본이라면 고전문학에 일대 파장이 일 것이다.

홍 선생이 하루빨리 북경대학에 다녀오기를 고대한다.

KTX 18호 차

KTX는 자주 타지 않는다. 대전에서 서울은 무궁화호로 2시간 거리이다. 자리가 없는 것도 아니다. 통로에는 사람이 거의 없다. 이래서 나는 무궁화호를 잘 탄다. 우리나라 꽃 무궁화의 무궁화호가 아니냐.

KTX라는 영어의 표기도 좋아하지 않는다. 새마을이라는 말이 무궁화를 앞장 질러가더니 이젠 또 KTX이라는 영어가 품격이 높아졌다. 이건 국격에 관한 문제이다. 내가 꼰대라 이런 생각을 하나? 그런데 의외로 무궁화호를 선호하는 사람들이 많이 있다. 여간 부지런하지 않으면 표를 끊기가 어렵다. 미리미리 끊어야 한다.

무궁화호는 KTX에 비해 시간이 배로 걸린다는 것과 분위기가 좀 우중충한 것만 빼면 나무랄 게 없다. 노인들에게는 값이 싸다는 것도 매력의 하나이다. 주말에도 경로우대를 해준다.

그러나 급한 볼일이 있을 때야 나도 편리한 KTX를 탄다. 주중에는 경로우대도 된다. 모처럼 KTX를 타기로 했다. 서울에 갔다가 내려오는 길이었다.

서울역에 갔더니 승객들이 많았다. 무궁화호나 새마을호는 매진이란다. KTX 일반석도 매진이란다. 자유석만 있단다. 하는 수 없이 KTX 자유석을 끊었다.

18호 차에 가서 자리를 잡으란다. 그렇지 않으면 서서 가야 한단다. 내 나이를 생각해서인지 사무원은 몇 번이나 당부했다. 4시 30분 열차도 탈 수 있단다. 표에는 5시 차로 되어 있다. 급히 6번 플랫폼으로 내려갔다. 18호 차는 맨 앞쪽에 있다. 헐레벌떡 뛰었다.

이미 자리는 없고 사람들은 통로까지 꽉 찼다. 한 시간이면 대전에 도착할 수 있다. 한 시간만 서 있으면 된다. 그러나 서서 가기는 좀 그랬다. 앞에 앉아 있는 젊은이에게 부담을 줄 수도 있다. 착한 젊은이라면 부담은 더욱더 클 것이다. 5시 차를 타기로 마음먹었다.

다시 플랫폼에 내려가서 기다렸다. 기차도 승객들도 오지 않는다. 이곳은 시발지인 서울역이다. 가만히 생각해 보니까 5시 차가 여기에서 출발할지 모르는 일이다. 역 밖으로 나가 확인하기로 했다. 확인하기를 잘했다. 5시 차는 9번 플랫폼에서 출발하고 이미 승객들이 탑승하고 있었다.

나는 맨 앞쪽에 있는 18호 차에 타기 위해서 이번에도 뛰었다. 그곳으로 급히 가는 사람도 많았다.

다행히도 자리가 있었다. 가족석 순방향 창 쪽으로 자리를 잡았다. 자리는 순식간에 동이 났다. 출발 시간이 되자 통로까지 승객들로 꽉 찼다. 화장실 있는 곳까지 빈틈이 없었다. 바로 옆에 있는 KTX 앞부분에 '세계에서 가장 안락한 열차 KTX'라는 문구가 눈에 거슬렸다.

앞좌석에 앉은 50대의 사내가 말했다. "같은 돈 내고, 이건 아닌데."

50년대 완행열차가 이랬다. 시간은 대전에서 서울까지 다섯 시간이 걸렸다. 힘들고 지루하긴 했지만, 불평은 없었다.

부산까지 가는 사람은 힘들겠다. 자유석 표를 너무 많이 판 것이 아닐까. 금요일 오후라 승객들이 폭발적으로 늘어났을 것이다. 이렇게라도 가는 것이 더 낫다. 통로에 서 있는 사람들은 말이 없다.

이런 상황을 해결할 방법이 전혀 없는 것은 아닐 터인데, 라는 생각이 들었다.

모처럼 KTX를 탔는데도 즐겁지 않았다.

아줌마의 팔뚝

여름철이 되어 전철을 탈 때 나는 앞좌석에 앉아 있는 아줌마들의 팔뚝 보기를 좋아한다. 젊은 여자들의 미끈한 다리가 아니고 아줌마들의 팔뚝이 그렇게 좋다. 내 팔뚝보다도 더 굵고 역도 선수 같은 팔뚝이다. 얼굴이 예쁜 여자들도 아니다. 팔뚝이 굵은 아줌마들은 얼굴은 주름이 많아 이미 초로를 말해 주지만, 미소가 한없이 자애롭다. 옷이 날개라고 하는데 아름다운 옷을 입은 것도 아니다. 한국 아줌마들의 몸에는 짙은 삶이 배어 있다. 아줌마의 팔뚝에는 진솔한 삶의 흔적이 가장 뚜렷하게 나타나 있다. 자녀를 낳아 기른 팔뚝이다. 역도 선수처럼 삶의 무게를 들어 올린 팔뚝이다.

늘씬한 처녀들의 연약한 팔뚝과는 확연히 다르다. 몸매를 다듬는 것을 최우선으로 하는 영화배우나 모델인 여성들의 팔뚝과도 다르다.

팔뚝은 머리와 손을 연결해 주는 부분이다. 손은 우리 몸에서 가장 중요한 부분이다. 물론 우리 몸에 중요하지 않은 것이 하나도 없지만 손은 많은 일을 한다.

물론 손을 보면 그 사람의 인생 역전을 잘 알 수 있다. 그러므로 나는 아줌마나 농부들의 손을 팔뚝만큼 보기를 좋아한다. 굵은 손마디며 팔뚝살은 그들의 삶이 얼마나 위대했는가를 말해 주기 때문이다. 가식과 허위로 가득한 사람들의 섬섬옥수와는 다르다.

평생을 농부로 사신 아버지의 손도 그랬다. 절약과 검소를 생활신조로 알았던 어머니의 손도 그랬다. 고인이 된 아내의 손도 그랬다. 어머니의 팔뚝도 굵고 억셌다. 그러나 어머니의 팔뚝은 늘 가려있었다. 아내의 팔뚝은 연약한 여자의 팔뚝이었다. 그 연약한 팔뚝으로 시부모를 평생 모셨다.

내 손과 팔뚝은 부끄럽다.

아줌마들의 손에 든 검정 비닐봉지에는 미나리라든지 상추 같은 채소가 들어 있다. 팔뚝이 굵은 아줌마들은 미소도 아름답다. 어린 색시의 등에 업힌 어린애를 보면 '깍꿍깍꿍'하면서 미소를 짓는다. 그런 미소를 볼 때는 머리가 깨끗해지고 가슴이 시원해진다.

처음 만난 옆자리의 또래끼리도 이야기를 잘한다. 소통의 삶을 산다. 그런데 할아버지들은 스마트폰도 보지 않고 허공만을 바라본다. 초점이 없는 시선. 왜 남자들의 삶은 이런가!

고독사는 1인당 GNP가 높아지면 더 늘어만 간다. 자살률도 높아간다. 무슨 이유 때문인가? 경제학자들은 빈부격차가 심해서 그렇단다.

나의 건강 비법 - 무 건강법이 곧 건강법

옛날 사람들에겐 환갑까지 살면 경사인 것이 분명했다. 근세까지 유럽 사람들도 마시는 물이 나빠서 그런지 평균 나이가 40세였다고 한다. 그런데 지금은 환갑잔치는 안 하는 것이 관례로 되어 있다. 그만큼 생명이 길어진 것이다.

나도 70이 넘었으니 많이 산 셈이다. 더구나 지금 나는 덤으로 살고 있다.

1998년 내 나이 60에 위암 수술을 받고 항암 주사를 6개월간 맞았다. 항암 주사는 맞아본 사람만 안다. 그것은 차라리 혹독한 고문이었다. 가족을 생각하지 않으면 참을 수 없는 고통이다. 수술 후 하루에 밥을 스무 번은 더 먹었을 것이다. 위가 워낙 작다 보니 스무 끼니를 먹었지만 먹은 것 같지 않았다. 그 어려움을 극복하고 나는 지금 살아 있다.

살아 있다는 희열! 수술 후 5년을 넘겼을 때 가장 강하게 느꼈다. 가슴 밑바닥에서 요동치는 생명력은 대단한 것이었다.

대학을 졸업하고 장교 시험을 보면서 발견된 고혈압은 지금도 여전하다. 언제부터인가 혈압약을 먹고 있다.

건강에 가장 나쁘다는 술을 좋아하는 편이다. 명색이 시인이다 보니까 술 마시는 친구들이 주위에 많다. 지금도 소주 한 병은 마신다. 역설적으로 술 덕에 위암 초기 발견이 이루어졌다. 그러니 나에게 술은 생명수이다.

1998년 8월 25일쯤에 술을 진탕 마시고 순대국밥을 한 그릇 비웠더니 암에 걸린 위벽이 터져 피를 한 바가지나 토했다. 119에 의해 그렇게 가기 싫은 병원에 실려 가서 위암 판정받고 수술해서 생명을 구한 것이다.

위암 수술 후에도 술을 마셨다. 아내를 저세상으로 먼저 보낸 후 육칠 년간 특히 술을 많이 마셨다. 평생 고생만 시키고 내 병간호에 지쳐 타계한 꼴이 되었기에 더욱 가슴 아팠다. 그 후 불면증에 시달리고 있다. 하루에 수면 시간이 고작 두세 시간이다. 그래도 낮엔 졸지 않는다. 잠 안 자는 늙은이가 되었다.

고혈압에 술은 자살행위라고 말한다. 다행히도 담배는 피워 본일이 없다.

상처의 아픔과 견딜 수 없는 고독에서 나를 붙잡아주는 사람이 나타났다. 그녀가 바로 소라다. 그리고 그녀와의 미국과 중남미의 긴 여행 그리고 글쓰기. 그제야 나는 일어설 수 있었다.

건강의 비법에는 운동과 자기 몸 관리가 중요한데, 약 먹기를 참 싫어한다. 운동도 정말 싫어한다. 운동은 걷는 것이 고작이다. 등산은 좋아하지만 갈 시간을 내지 못한다. 그러니 건강엔 무신경이다.

요즈음 나는 하루에 한 시간꼴은 걷는다. 서대전사거리에서 전철을 타고 정부청사역에서 내려 소라의 오피스텔까지 매일 걸어서 출퇴근하기 때문이다. 덕분에 혈압이 거의 정상이 되었다.

참 열심히 운동하는 친구들이 있다. 술은 입에도 안 댄다. 그래서 슬그머니 심통이 나서 뭘 그렇게 재미없는 세상 오래 살려고 그러느냐고 하면 그들은 십중팔구 오래 살려고 그러는 것이 아니고 건강하게 살려고 그런다고 말하면서 슬쩍 넘어간다. 누가 모를 줄 알고.

선천적으로 무병하게 태어나서 그런지 잔병은 없다.

덤으로 사는 인생! 감사하는 마음으로 살고 있다.

제6회 연사회 사진 전시회를 마치고

연사회는 퇴직공무원 중 사진 애호가들로 구성된 동우회이다. 대전에 거주하는 30명 정도의 회원으로 구성되어 있다. 평생을 사진 촬영에 몰두한 분도 있지만 대부분이 공무원 연금공단 사진반에서 교육받은 사람들이다. 역사는 길지 않지만, 의욕과 수준은 높은 편이다. 올해에 제6회 사진 전시회를 열었으니까. 조직된 지 6, 7년이 되는 셈이다.

내가 이 연사회에 소라와 같이 가입해서 활동한 것은 5년쯤 되었다.

금년도 전시 장소는 대전광역시청 제1전시실이었고 일시는 2월 2일(목)~2월 7일(화)이었고 참가 인원은 23명, 출품작품은 아래와 같다.

> 김동관 〈폭포〉, 김동진 〈표정〉, 김성규 〈꽃지 노을〉, 김영주 〈갯벌〉, 김정애 〈고요〉, 박천희 〈여유〉, 박해욱 〈아침 산책〉, 배인환 〈세상에서 가장 위험한 건물〉, 신옥균 〈흑두루미〉, 안병석 〈이기적 유전자〉, 임헌민 〈백두산 일출〉, 이관영 〈데크레센도〉, 이봉희 〈서양제(마이산)〉, 이소라 〈가시연 전〉, 이재활 〈노을〉., 이종석 〈오! 그대여〉, 정세기 〈남해대교〉, 전정하 〈정동진〉, 정홍식 〈행복한 미소〉, 조덕훈 〈기다림〉, 최길윤 〈무우공다리〉, 황인성 〈풍년〉.

회원 중에는 대학교수도 있고 초중등학교에서 제2세 국민을 가르친 분들도 있다. 또 철도공무원으로 국민의 발이 된 분들도 있다. 또 군경으로 국가 안보에 평생을 바친 분들, 시청과 도청에서 국민의 심부름꾼으로 일한 고급 공무원들도 있다.

회원들은 큰 욕심이 없다. 몇 사람은 프로 사진작가가 되었지만, 대부분은 아마추어로서 사진 예술을 즐기는 편이다. 국가에 평생을 바쳐 충성하고 이제 여생을 예술의 세계에 투신해서 생을 즐기는 멋진 삶을 살고 있다. 사진 예술이 체력을 요구하는 분야라 건강에 좋고, 퇴직하고 삼식이가 되지 않아 부인들에게 점수를 딴다. 낚시와 마찬가지로 사진에 빠지면 고스톱 칠 시간도 없다.

퇴직하고 하나의 취미를 갖는다는 것은 삶을 윤택하게 해준다. 사진 예술을 권하고 싶다. 가족사를 기록하기도 좋은 분야다.

밖에서 보고 나는 사진 예술을 시시하게 생각한 때도 있었다. 그런데 그 세계에 들어가 보니 생각보다 만만찮은 곳이다. 어느 분야나 마찬가지지만, 하나의 작품을 창작하기 위해서는 부지런히 움직여야 한다. 자정에 출사를 떠난 일도 있다. 새벽 2~3시에도 출사를 떠난다. 아침 식사는 대부분이 버스에서 김밥으로 하는 강행군이다.

회원들의 가입과 탈퇴는 자유롭다. 오는 사람 막지 않고 가는 사람 붙잡지 않는다. 왜냐하면 예술은 자유로워야 하니까. 그러나 회비납부와 시간과 약속은 철저히 지킨다.

출사는 한 달에 한 번이지만 고령의 회원들이 많아 출석을 강요하지는 않는다.

회원 중에는 열정이 넘쳐 외국 출사도 나가는 분들도 있다. 개인별로 하기도 하고 다른 단체에서 가기도 한다.

연사회의 역사를 더듬어 보면,

제1회 사진전은 2012년이고 참가 인원은 15명이었단다. 장소는 용문역 지하전시실이었다.
제2회는 2013년이고 참가 인원은 27명이었다. 장소는 대전시청

지하전시실이었다.

제3회는 2014년 11.20(목)~11.24(월)이고 참가 인원은 30명이었다. 장소는 대전시청 제1전시실이었다.

제4회는 2015년 11.23(월)~11.27(금)이고 참가 인원은 22명이었다. 장소는 대전 시청역 지하전시실이었다.

제5회는 2016년 8.25(목)~8.30(화)이고 참가 인원은 27명이었고 장소는 대전시청 제1전시실이었다.

제6회는 2017년 2월 2일(목)-2월 7일(화)이고 참가 인원은 23명, 장소는 대전시청 제1전시실이었다.

회원들의 사진 예술에 대한 안목이 높아져서 회를 거듭할수록 방문객이 증가하고 작품을 사고자 하는 애호가들도 늘고 있다.

사실 사진은 그림과 같이 언어의 장벽이 없으므로 국경을 뛰어넘는 세계적인 예술이다.

내년에는 소재를 '물'로 하겠다는 회장단의 이야기이다. 기대한다.

팔순을 바라보면서

팔순! 아무리 100세 시대라고 하지만 팔순은 많은 나이이다. 인간이니까 그렇지, 쇠로 만든 자동차도 20년이면 폐차하기 마련이다. 하물며 뼈와 살로 만들어진 인간에게 80~100년은 긴 시간이다.

사람의 일생은 바쁘다. 끊임없이 일해야 한다. 그러다 보면 고장이 나는 곳이 많다. 의술이 발달하고 식생활이 개선되어서 그렇지, 전에는 조기 사망이 많았다.

인간이 지금처럼 오래 산 것은 아니다. 근대 서양인의 수명은 대략 40년으로 기억한다.

통계가 없어 정확한 수치는 알 수 없지만, 조선 시대 사람의 수명은 35세, 고려시대는 39세로 추정된다. 옛날에 환갑은 오래 살아서 축하해 주는 잔치였다. 지금은 환갑잔치는 사라졌다.

자연 상태로 사는 짐승은 어떠한가? 소의 수명은 대략 20년, 개는 30년, 돼지는 10년에서 15년 정도라 한다. 생명이 길다는 두루미는 4~50년, 거북은 100년 이상 산다고 한다.

나는 내년이면 팔십이다. 그런데도 나이를 의식하지 않고 살아왔다. 모임에 가서도 술을 많이 마시고 떠들고 분위기 몰이꾼(?)으로 살아왔다. 그러니 자연스레 술을 권하고 받아 마시고 했다. 건강에는 치명적이라는 것을 알면서. 내 나이쯤 되는 사람들은 대부분 술을 끊거나 절주하고 있다. 그러니 나잇값도 못 한다, 철부지 같다는 비난도 받았지만 다른 한편으론 청년처럼 낭만적으로 산다는 칭찬 아닌 칭찬을 듣기도 했다.

내가 이렇게 죽음을 두려워하지 않고 돈키호테처럼 사는 이유가 있다. 나는 1998년에 위암 수술을 받았다. 그때는 암은 즉 죽음이라는 등식이 성립되는 시기이었다. 그러나 용케 살아서 오늘에 이르렀다. 나는 지금 덤으로 살아 있는 셈이다. 살아 있다는 것이 너무 기쁘다. 그리고 목숨은 하늘이 주는 것이란 생각을 은연 중 갖고 있다.

내가 술을 많이 마신 것은 조강지처와 사별한 후부터이다. 2002년에 아내는 폐암으로 저세상으로 갔다. 내 병간호와 부모를 모시느라고 심신이 지쳤고 양친으로부터의 간접흡연이 이유인 것 같았다.

노년에 조강지처를 잃은 남자는 처참하다. 매일 같이 술로 살다시피 했다. 그것이 불행하게도 습관이 된 것 같다.

고백하지만 지난해부터 나도 노쇠했다는 생각이 들기 시작했다. 지금까지 술을 마시고 갈 지 자 걸음을 걷는다거나 혀 꼬부라진 말을 하거나 필름이 끊겨 본 일이 단 한 번도 없었다. 그런데 지난해에 정말 필름이 끊긴 일이 두세 번 있었다.

이제 문학 모임에 가면 나이로는 서열 1위 또는 2~3위이다. 그리고 자꾸 건배사를 하라고 한다. 나서기 좋아하지 않는 성격이라 분위기를 망치는 일이 종종 있다.

글도 옛날처럼 써지지 않는다. 감정이 메말라서인지 모르겠다. 그래서 후배들의 글을 읽고 조언해 주고 싶었지만 이내 포기했다. 그 이유는, 건방지다는 이야기를 들을 것 같고 독서 속도가 느려 다른 사람의 글을 읽을 수가 없어서이다. 그보다 더 큰 이유는 후배들이 나보다 글을 더 잘 쓰는 것을 알았기 때문이었다.

노년에 해야 할 가장 중요한 일은 욕심을 버리는 것이란다. 오래 살고 싶은 욕심부터 버려야 할 것 같다. 그리고 정리할 것부터 정리해야겠다. 무엇보다도 써 놓은 시 나부랭이나 글을 정리해야겠다.

자갈 역사

우리가 사는 아파트에서 농막으로 가려면 두 길이 있다. 지하수를 받을 수 있는 수도에 가서 물을 받으려면, 아직 포장되지 않은 자갈길을 선택해야 한다. 그 길이 가깝기 때문이다.

전국의 산골길도 다 포장이 됐는데 대전광역시에 비포장길이 있다는 것은 이해되지 않지만 차가 한 대 갈 수 있는 길에 장마에 흙이 유실되지 않도록 자갈을 깔아 놓았다. 도시농부인 나는 농사철인 요즈음 하루에 한 번 이상 그 길을 걸어간다. 걷기에 불편하고 끌게를 끌고 가기가 여간 불편하지 않다.

그 길을 가다 보니 내가 어렸을 때 하던 자갈 역사 생각이 났다. 지금 사오륙십 대도 거의 기억할 수 없는 자갈 역사는 죽어도 하기 싫은 일 중 하나였다.

자갈 역사는 쉽게 이야기하면 도로에 자갈을 까는 일이다. 지금 젊은이들이 도로에 자갈을 까는 일을 상상할 수 있을까? 그것은 1953년 우리나라 GDP가 얼마인가를 상상하지 못하는 것과 같을 것이다. 통계에 의하면 2013년 우리나라 GDP가 1조 3천억 달러이다. 그런데 1953년 GDP는 13억 달러에 불과했다. 몇 분의 일인가?

내가 태어난 고향은 금산이다. 자갈 역사는 휴전 후의 일이다.

그 당시는 차가 다닐 수 있는 길을 '신작로'新作路라고 불렀다. 신작로는 일제강점기에 차가 다니도록 만든 새 길이었다. 물론 포장되지 않은 길이다. 그 당시는 시市 아니고는 포장된 도로가 없던 시절이었다. 금산도 포장된 도로가 한 곳도 없었다. 여름 장마가 시작되기 전이나, 후에 신작로의 흙 유실을 막고 비가 오면 질퍽거리는 것을 방지하기 위해서 자갈 역사를 했다. 아버지는 모를 심고 두벌매기가 끝나면 타지에 장사를 나가시기 때문에 소풀 베기와 자갈 역사는 어머니와 내 몫이었다.

자갈 역사는 내에 있는 어린아이 주먹만 한 자갈을 지게로 지어 도롯가에 밑변이 1m 높이가 1m 정도로 해서 길이가 10~15m 분량을 모아 놓았다가 읍사무소의 검사관에게 검사를 맡은 후 신작로에 펴는 일이었다. 그때는 손수레도 없던 시절이니까 자갈을 지게로 지어 날라야 했다. 자갈의 무게는 쇳덩이같이 무겁지, 힘은 부치지, 지게질이 뼈에 베지 않은 십 오륙 세 소년에게는 버거운 일이었다. 그 일을 하고 나면 심신은 지쳤고 어깨의 피부가 까져서 피가 났다. 그때만 해도 공무원들은 빼주고 동네 반장도 빼주고 장사하는 집도 빼주고 농사짓는 집만 자갈 역사가 배당되었다.

자갈을 깔아놓은 도로는 차가 달리거나 사람이 걷기에 이만저만 불편한 길이 아니다. 차는 덜컹거렸고 흔들렸다. 자갈밭을 걷는다는 것이 어렵다는 것은 상상하기에 쉬울 것이다.

우리나라가 살기 좋아지고 도로가 포장되면서 그 지겨운 자갈 역사가 없어졌다. 그 자갈 역사가 사라진 것은 까마득한 옛이야기가 됐다. 그런데 이 오솔길이 까마득한 추억을 되살려 준다.

미선나무 속앓이

　아침 방송에 '미선나무 축제'라는 뉴스가 나왔다. 장소는 청주 미동산수목원이다.

　봄비가 부슬부슬 내리는 날이었다. 일상으로부터 일탈과 비 오는 날임에도 사진을 찍으려고 우리 내외는 출발 준비를 했다. 우리는 몇 년 전에 시작한 사진 예술에 열을 올리고 있었다. 출발 준비라야 별것이 아니었다. 간편한 복장에 우산, 카드와 사진기만 있으면 된다.

　아직은 날씨가 추웠다. 이렇게 이른 봄에 꽃이 피었을까? 의심이 가기도 했다. 고속도로에 차들이 많았다. 나라 안팎이 시끄러워도 놀이 가는 사람들이 많은 것 같다.

　나는 미선나무를 아는데 도시 태생인 소라는 전혀 모른다. 우리나라에만 자라는 유일한 나무라는 점을 말하고 개나리꽃과 비슷한데 조금 작고 흰색이라고만 말해 주었다.

미선나무 축제의 미선나무 분재들

미동산수목원은 청주라고는 하지만 시내에서 상당히 떨어져 있었다. 주차하고 사무실로 들어갔다.

입장료를 물었더니 입장료가 없단다. 주차비도 받지 않는단다. 지자체에서 운영하는데 국민 복지 차원이란다.

사무실에는 미선나무 분재가 많았는데 하얀 꽃이 만개했다. 미선나무는 관목인데 200년도 넘는 미선나무가 거기 있단다. 놀라운 일이다. 사무실엔 미선나무 향기가 가득했다. 미선나무가 이런 향기를 내뿜는다는 것을 처음 알았다. 짙지는 않지만 은은한 향기가 한국적이라는 생각이 들었다. 그곳에 있는 미선나무는 상아 미선나무란다. 분홍색 꽃이 피는 미선나무도 있다는데 그런 나무는 귀하단다. 그 꽃을 보고 싶었는데 아쉬웠다.

안내 아가씨가 오후에 미선나무를 나누어 주니까 받아 가란다.

우리는 사무실을 나와 경내를 구경했다.

단풍으로 유명한 미동산은 한눈에 흙산으로 해발 557.5m로 골짜기가 깊은지 계곡물이 수월찮게 흐르고 있었다. 많은 종류의 나무를 심었고 산림연구원 등의 건물, 난대식물원 등이 다른 지역의 수목원과 똑같았다. 전국에 있는 수목원이 너무 같아 공장에서 찍어 내놓은 물건 같은 인상을 주었다. 소쇄원과 같이 자연 그대로를 살린 한국적인 독특한 수목원은 왜 없을까?

미선나무자생지 1㎞라는 팻말이 눈에 띄어 그곳에 가 보았다. 부채를 닮은 미선나무 열매를 단 군락지가 있었는데 땅이 보이지 않을 정도로 조밀하게 자라고 있었다. 아직 꽃은 피지 않았다. 그러니까 미선나무 축제는 실내의 미선나무 분재 축제인 터다.

우리는 근처에 있는 식당에서 점심으로 된장찌개를 먹고 미선나무를 얻어오기 위해서 2시에 분배하는 목재 문화 체험장을 찾아갔다. 비가 내리는 데도 많은 사람이 운집해 있었다. 미선나무는 한 사람에 한 본씩 나누어주었다. 조그마한 분도 주어 받은 사람이 심어서 가져가도록 했다.

집에 와서 아파트 거실에 두고 물을 주었더니 이튿날 꽃이 피었다. 참 신기했다. 향기는 별로 나지 않았다.

학명을 찾아보았더니 Abeliophyllum distichum Nakai이었다. 맨 끝에 '나카이'라는 일본 이름이 나온다. 우리나라 고유종의 미선나무에 일본학자의 이름이 붙어 있다는 것은 충격이다. 개나리, 할미꽃, 벌개미취, 개느삼, 각시투구꽃 등에도 그의 이름이 들어 있다.

우리나라 식물의 학명에는 유독 일본 식물학자 이름이 붙어 있는 것이 많다. 한 가지 예를 더 든다면 동양 3국에서 자라는 느티나무도 그렇다. 느티나무의 학명은 'Zelkova serrataThunberg Makino'이다. 끝부분의 Makino는 마키노 도미타로牧野富太郎, 1862~1957이다.

따져보면, 일제강점기의 피해인 셈이다. 씁쓸한 기분이다.

노년의 로맨스

내 노년의 로맨스를 기록해 놓기로 했다. 이것은 자랑하기 위해서 하는 것은 절대 아니다. 기록은 때로는 가치가 있기 때문이다.

소라를 처음 만난 것은 2005년 정상순 시인의 출판기념회에서이다. 정 시인은 좀 늦게 도착한 나를 소라가 앉아 있는 원탁에 앉혔다. 그 자리에는 나와 소라 이외에 도예가인 이종수 선생님 또 서울서 내려온 모모 여류 시인이 앉았다.

정상순 시인은 나를 소개한 후 소라를 소개하면서 유명한 민요 학자이며 경기여고, 서울법대를 나온 재원이며 아직 처녀라고 말했다. 경기여고, 서울법대라면 엘리트 코스를 밟은 데다 60은 되어 보이는 데 아직도 결혼하지 않고 혼자 사는 학자라면 괴팍하거나 날카로울 것 같은데 한복을 입은 모습이 첫눈에 수수해 보였다.

그녀는 사라져가는 농촌의 농요를 채집해서 기록하고 연구하는 일을 한단다. 법대를 졸업한 재원이 어째서 그런 일을 하는가 의아했는데 법대를 졸업한 후, 뜻한 바 있어 음대로 편입학해서 석사를 거쳐 철학 박사가 된 분이란다.

그 당시 나는 은사의 《구용평전》을 쓰는 중이었다. 구용의 시가 크게 보면 '아리랑'이라 아리랑에 관해서 물었더니 백과사전에 있는 내용과 아주 다른 이야기를 했다. 순간 당돌하다고 생각했다. 집에 와서 가만히 생각해 보니까 학자적인 견해라는 생각도 들었다.

당시 나는 조강지처와 사별하고 무척 외롭던 터였다. 나는 서울에 살면서 아내 생각이 나면 대전에 있는 비워둔 아파트에 가서 아내의 묘가 있는 선산에 가기도 하고 친구들도 만나곤 했었다.

서울에서는 공간시낭독회에 나가면서, 공간시낭독회의 소시집을 아는 이들 30여 명에게 부치는 것이 낙이었다. 대부분은 시인들이었는데 어느 순간 소라도 포함되었다. 그녀도 나에게 그녀가 출판한 책을 우송해주기도 했다.

솔직히 소라에 대해서는 경기여고, 서울법대 출신이라는 점에 관심은 있었으나 여자로서 그녀를 생각한 것은 아니었다. 그녀는 나에게는 쳐다볼 수 없는 높은 곳에 있었다.

그 당시만 해도 사별한 아내에 대한 연민과 속죄의 뜻이 강해 혼자 독신으로 살 각오였다. 세상을 살다 보니까 이런저런 인연으로 많은 모임이 있었는데 나가는 곳마다 재혼을 이야기해서 듣기가 싫어 그런 모임에 나가는 것을 탈퇴하기도 했다.

술 한 잔으로 고독과 회한을 달래고 오로지 작품 쓰는 데만 몰입했다. 한 2년 지난 후에 소라에게서 미국 애리조나주립대학에 교환교수로 간다는 연락이 왔다. 축하한다는 메일을 보내고 잊어버렸다. 그리고는 우편물도 보내지 않았다. 미국에 보내는 우편요금은 너무 비싸기 때문이었다.

내 생활은 아무런 변화가 없었다. 서울에는 공간시낭독회에 나가고 대전에서는 '전원에서'에 나가는 것이 전부였다. 그리고 서울의 거리를 거닐다가 미술관이 있으면 들리곤 했다.

2007년이 다 갈 무렵 소라에게 잠시 귀국한다는 연락을 받았다. 그리고는 우리 '전원에서'에 놀러 가고 싶은데 허락해 주겠느냐고 의사를 타진했다. 회원들에게 그 사실을 말했더니 대환영이었다.

우리 모임 분위기가 좋아서 그랬는지 소라는 8월에 다시 애리조나주립대학으로 가기 전까지 임시회원으로 참가하고 싶다는 의견을 피력했다. 회원들은 전부 환영했다. 소라는 사실 이미 수필집 한 권을 낸 바 있었다.

어느 날 소라는 나에게 영화 보러 가자는 파격적인 제안을 했다. 그녀가 과부도 아닌 처녀인데다 그런 제안을 하니 마음이 움직일 수밖에 없었다.

우리가 본 영화는 〈우리 생애 최고의 순간〉이었다.

영화를 본 후 그녀는 자신이 살아온 일, 공부한 일, 앞으로 어떻게 살까, 하는 일에 관해서 이야기했다. 나는 그녀에게 호기심이 발동했다. 그 후 자주 만나게 되고 교제가 시작되었다.

2

보고픈 사람들에게

가을 화가님 1

노란 은행잎 가로수와 한잎 두잎 떨어지는 낙엽의 동영상이 눈을 사로잡았습니다. 그리고 좋은 편지도요. 저의 보잘것없는 시와 글을 읽고 감동하였다니 감사할 뿐입니다.

올해 가을은 유난히도 단풍이 곱군요. Julia 님은 유독 가을을 탄다고 말씀하신 일이 있는 것 같군요. 올해가 더 고운 가을이겠네요.

'그리움'이라는 목련꽃 그림이 있는 작은 도록을 찾아봤습니다. 지난 8월 Julia 님의 개인전 도록입니다. 그림과 그림의 이름으로 봐서 저와는 다른 세계에서 사시는 것 같았습니다. 다른 세계란 고통과는 먼 세계라는 뜻이지요.

그런데 추신에 '자판도 겨우 치는 컴맹', '요즘 보기 드문 사람', '아이들 키우며 개인 지도하며', '남는 시간은 전부 작품하는데 몰입' 등으로 봐서 Julia 님도 고단한 삶을 사는 것이 아닌가 하는 생각이 들었습니다. 하긴 진정한 예술가치고 평탄한 삶을 산 사람은 별로 없습니다.

또한 다른 사람의 글을 보고 눈물짓는 사람은 감수성이 남다르거나, 깊은 슬픔을 경험한 사람이거든요.

저는 사실 그림에 문외한이라, 그러나 그림 공부가 시와 글을 쓰는 데 도움이 될 것 같아서, 또 시간이 많이 있으니까. 전시장을 돌아다니는 것뿐입니다. 잘 모릅니다.

Julia 님이 전공하는 수채화가 무엇인가 백과사전을 찾아보았더니 놀랍게도 세잔과 고흐도 수채화 화가였습니다.

Julia 님은 이미 글을 잘 쓰십니다. 진심이 담겨 있네요. 괜히 너무 겸손하지 마세요.

미술을 전공하신 분 중에는 글을 잘 쓰시는 분들이 많이 있습니다. 미술과 음악, 문학은 같은 뿌리이기 때문인 것 같습니다. 그런데 문학을 하는 분 중에는 미술을 깊이 있게 이해하는 분이 많지는 않은 것 같습니다. 저도 예외일 수가 없지요. 문학가들은 너무 욕심이 많아 여러 분야를 기웃거리기 때문일 것입니다.

22일에는 서울대공원 국립현대미술관에 가서 프랑스의 화가인 프로망제의 그림과 칠레 현대미술전을 감상하고 왔습니다. 프로망제의 그림은, 그림은 좋지만 아름다움보다는 사상과 사회문제에 너무 치우친 것이 아닌가 하는 인상을 받았고 칠레전은 지구가 아닌 다른 별나라의 그림처럼 환상적이고 이질적이라 좋았습니다. 공자 앞에서 풍월하는 건가요? 제가.

책을 두 권씩 더 보내드리겠습니다. 돌려보시게요. 정 화가님께 《네잎》을 보냈습니다. 지난번 경인에 갔을 때 정 화가님이 여러 가지 말씀을 해주셨습니다.

Julia 님이 제 글을 읽고 울었다는 이야기, 전철에서 그 책을 읽느라고 정거장을 지나쳐 내렸다는 이야기!

제 글을 읽어주는 분이 이 세상에 있다는 사실에 며칠째 즐겁습니다.

진실한 글 쓰도록 노력하겠습니다.

늘 건강하시고 좋은 그림 그리시고 가정이 행복하시길 기원합니다.

2005. 11. 24.
진악

가을 화가님 2

서울대공원 국립현대미술관에 갔다 왔습니다. 큐레이터의 설명을 들으러 갔습니다. 프로망제의 그림을 제가 이해하지 못하기 때문입니다. 오늘은 시간도 없고 2시까지 가야 해서 셔틀버스를 탔습니다. 그래서 국립현대미술관에 걸어서 가는 잔잔한 감동을 보류해 두어야 했습니다. 전철역에서 내려 지하도를 빠져나와 천천히 걸으면서 나무들과 하늘, 리프트를 타고 공중으로 지나가는 사람들 밑을 지나 호수를 바라보는 소중한 시간은 접어 두어야 했습니다.

산책의 즐거움 말입니다.

현대미술관 정문을 들어서자 야외공원의 조각 작품들을 설명하는 큐레이터가 있었습니다. 그곳을 빗겨 실내로 급히 들어갔습니다.

프로망제전도 대학생 같은 큐레이터가 설명을 하고 있었습니다. 대부분이 젊은이들이라 좀 창피했지만, 꾹 참고 들었습니다. 젊은이답지 않게 핵심만 간단하게 설명하는 것이 보통이 아니었습니다. 그녀의 설명을 들으니까 이해가 되었습니다. 그리고 프로망제의 주위에는 자크 프레베르, 장 폴 사르트르, 미셀 푸코 등 전시회의 서문을 써준 저술가들이 있었음을 알았습니다.

그런데 정작 30개의 스냅 사진snapshots은 작가가 이야기해 주지 않았다며 설명해 주지 않았습니다. 작가가 다 설명해 줄 리가 있나요. 설명하는 순간 신비가 다 깨어지게요.

유심히 보니까 8명의 사람과 8개의 선으로 되어 있는데 검정 계통이 농도를 달리해서 있고 반대로 붉은색 계통이 역시 농도를 달리해 있었고 흰색과 초록색이 있었습니다. 사람들의 자세는 제멋대로이며 선들도 제멋대로로 보였는데 30개가 전체적으로 기하학적인 배치가 되어 쉽게 해석할 수 없었습니다.

다만 큐레이터의 말은 역시 프로망제가 즐겨 다루는 '혁명에 관한 이야기'라고 하더군요. 권력과 부, 그에 맞서는 신지식의 투쟁이라는 이야기입니다. 그래서 내가 현대 인간이 처한 상황이 아니냐고 물었더니 마음대로 상상하라고 했습니다.

박경미 씨의 〈불친절한(?) 현대미술〉이라는 칼럼을 보고 현대미술은 나만 어려운 것이 아니구나 하고 생각했답니다.

> 현대미술은 그 룰이 꽤 복잡하고 다면적이며 그것을 이해하는 만큼 눈에 들어오고 느껴지는 감성의 폭이 매우 다르다._ 박경미

요전에 말한 것처럼 프로망제의 그림은 너무 사회문제를 강하게 제시함으로 목적 미술 쪽으로 기울었다는 것이 맹점이었습니다.

안녕히 계세요.

2005. 11. 28.
진악

맹숙영 시인

맹숙영 시인은 나와 대학 동기동창이다. 동기동창이라야 학교에 다닐 때는 말 한마디 나눈 일이 없었다. 어느 날 그녀가 시인이 돼서 공간시낭독회에 나타났다. 그녀가 시인이 되었으리라고는 꿈에도 생각하지 못했다. 왜냐하면 행문회성균관대학 출신 문인 모임에 한 번도 나타나지 않았기 때문이었다.

그러나 참 반가웠다. 얼마나 깊은 인연인가.

59학번에는 여학생이 서너 명이었던 것같다. 너무 세월이 흘러 이름이 전혀 생각나지 않는다. 하긴 남자 동창들 이름도 생각나지 않으니까.

이야기를 들어보니까 그녀는 성공한 삶을 살았다. 현모양처형이었다. 늦게 결혼했지만 자녀를 잘 키워서 성공시켰고, 남편도 출세시켰다.

문단에도 늦게 데뷔했지만 나보다 발이 넓고 활동적이다. 좋은 작품도 많이 쓰고 있다. 이러니 반갑지 않을 수가 없었다. 내가 그녀에게 도움을 많이 받는다.

이런 연고로 맹 시인을 우리 문학동인 '전원에서'에 모시게 되었다. 그 때 주신 작품이다.

멈추어선 시간의 자리
맹숙영

로마로 통하는 길 독일 로맨틱 가도
뮌헨에서 로텐부르크 까지
아우토반을 무한 질주해도

바람의 날개 부드럽고
햇살 너울 쓴 꽃구름도
환한 웃음 머금고 따라오네

끝없이 펼쳐진 초원 양떼들 한가로움
스쳐가는 푸른 숲 붉은 벽돌집
오 햇빛살 속에서 차 안으로
가득 쏟아져 내리는 성채
타임머신 타고 날아온 듯
로텐부르크 동화 속 환상의 마을이네

숲 속 붉은 집의 성벽 안 도시
중세의 시간에서 멈추어선 자리
고풍스럽고 우아한 세계문화유산이네
세월 피하고 문명의 발달 외면한
어느 곳이나 다 인증 샷 하고 싶은
아름다운 포토 존이네

아름다운 꽃

돌 성벽에 중세의 비밀 묻어 두고

골목길엔 따뜻한 불빛 익어가네

고즈넉한 숨결이 쉼을 얻네

그림 같이 서있는 쌍두마차 타고

고색 짙은 도시 한 바퀴 돈 후

최첨단 디지털 오프 라인 시공간으로

달려 나갈 시간 재촉하며 차에 오르네

열 번째 시집 《햇살월계관》을 내고 보내주신 책 표지에 있는 꽃 사진이다. 얼마나 아름다운가! 이 시집의 시 두 편을 인용한다.

손톱 속 유영遊泳

맹숙영

내 손톱 안엔 작은 우주가 있다

날마다 달이 뜬다

무음無音의 힐링열차 지나간 자리엔

빛바랜 하현달이 아스라하다

꿈꾸고 있는지 몽롱하다

만월을 꿈꾸는 저 달은

내 몸에 뿌리를 내리고

수줍게 이마만 내비친다

나는 별자리에 서서 행성으로 가는

별꽃 길을 바라본다

홀로 인증 샷 하고 돌아선 자리

머리에 꽂고 간 나비 핀 하나

날개 펴고 날아오른다

이어서 수많은 나비 들이 부화한다
푸른 하늘을 덮고 우주로의 도킹
블랙홀로 빨려가는 길이다
지구의 오염이 아직 다다르지 않은
은하수 밭 바람 재 너머엔
소금밭이 보석처럼 뿌려져 있다
꽃불 든 작은 들풀의 향연이다
오늘 밤도 달이 뜰 것이다

황홀 4
- 햇살 월계관

맹숙영

사자성어로 중추가절仲秋佳節
추석 명절 지난 지 한참이지만
아직 음력 팔월이다
외출하기 좋은 날이다
실내에서도 밖을 내다보면
눈이 부시다
햇살 월계관 쓰고
화려한 외출한다
큰아들 생일 선물인
명품백 어깨에 사뿐 걸치고
로마 명품 거리에서 사준
작은아들 생일 선물인 스카프
길게 목에 늘어뜨리고
외출한다, 혼자라서
더욱 화려한

좋은 시다. 사족을 달 필요없이 해설자의 글로 대신한다.

시지프스의 신화에서 시지프스는 무거운 바위를 산꼭대기까지 끊임없이 굴려 올린다. 산꼭대기로 올려놓은 바위가 산 아래로 굴러 떨어지면, 시지프스는 다시 바위를 산꼭대기로 올리는 되풀이 해야만 하는 참으로 고통스러운 형벌을 수행하게 된다. 이처럼 우리들도 시지프스처럼 끊임없이 굴러떨어지는 돌을 반복해서 산꼭대기로 올리고 있는 삶을 하고 있는지도 모른다. 문학이나 예술 활동 등 창작 행위를 하는 자체가 시지프스의 형벌을 스스로 인내하며 창작행위를 스스로 하는 것과 유사할 것이다.

맹숙영 시인이 또 10시집《햇살 월계관》을 발간했다. 시지프스가 바위를 산꼭대기에 굴려 올리는 것처럼 시를 쓰는 창작을 꾸준히 하여서 70여 편의 시를 묶었다. 산꼭대기에 올려놓은《햇살 월계관》의 눈부신 반짝거림을 바라본 소감을 이야기하고자 한다.

시집《햇살 월계관》은 시인이 쓴 영광스러운 월계관이다. 밝고 맑은 참 자유인의 자아성찰과 심미감을 표출한 집념의 결과물 이라고 할 수 있다. 긍정적으로 세상을 바라보고 살아가는 시인의 시세계를 장자의 소요유逍遙遊 사상과 견주어 볼 수 있다._ 김관식 해설 중에서

맹숙영 시인님

훌륭한 시집 《불꽃 축제》 받아 읽고 있습니다. 먼저 이런 훌륭한 시집 내심을 진심으로 축하드립니다.

이렇게 늦게 메일 보냄을 죄송하게 생각합니다.

70여 편의 주옥같은 시들이 심금을 울립니다. 해설도 참 잘 쓰셨네요.

맹 시인의 시를 처음 읽은 소감은 '서정적이다' 였습니다. 서울에서 태어나서 대도시에서 사신 분이 어쩜 이렇게 순수 서정시를 쓰실까? 근본이 순수하기 때문이라고 생각했습니다.

서정시인도 각자의 서정의 질과 향기가 다르지요.

맹 시인의 시는 10월 볏잎에 돋은 아침 이슬같은 그런 순수성에 강점이 있지 않을까 하는 생각을 했습니다. 잡티가 전혀 없는 순수성이지요. 마치 윤동주의 서정성이라고 할까 하는.

연꽃

시간과 공간을
초월한 듯

우주의 이치를
터득한 듯

그렇게
신비한
미소를 머금었다

참 좋습니다. 〈허브차 한 잔에〉도 연꽃과 비슷한 시가 아닐까요. 이런 시인과 차 한 잔 마시고 싶다. 이런 생각이 들었습니다.

물론 이 시집에는 이런 시만 있는 것은 아닙니다. 많은 색다른 시들도 있습니다.

서시인 〈손톱 속 유영〉은 보다 많은 생각들이 중첩된 사려 깊은 시인 것 같습니다. 〈알프스의 존엄〉도 서시와 같은 류의 시 같습니다.

세계의 구석구석을 여행하면서 얻은 지식과 경험들이 시에 은은한 시향으로 녹아 있습니다.

〈슈바빙〉 시에서는 저도 뮌헨에 갔을 때 전혜린 교수를 생각했습니다. 오랜 여독에 뮌헨에서 병이 나 독일 맥주도 못 마셨지만요.

문학청년이었을 때 전혜린 교수에 대한 추억은 지금도 생생하게 기억합니다.

어머니의 성경책

별 잠 깨울까
가만가만
새벽이 날개치기 전
먼저 문 밀고 나가신
어머니의 소리 없는 발걸음
언제였던가 가물거리지만

언제나 그 가방 속엔
어머니의 손길에
반들거리던 성경책

속장은 부풀어
꽃처럼 피어 흐드러졌지

때로 그 가방 들어볼 때
어머니 너무 무거워요
허리 아파요 하며
걱정하던 딸에게
말씀은 무거운 거야
말씀이 들어있으니까
하시며 미소짓던
보고 싶은 그 모습
우리 어머니 권사님

이 시를 읽을 때는 그 어머니에 그 딸이구나! 라는 생각이 들었습니다. 말씀을 무겁게 아시는 어머니의 딸이기 때문에 맹 시인이 시인이 되신 것 같아요. 이 시의 장점은 맹 시인이 독특한 스타일로 어머니를 형상화했다는 점입니다. 과장없이, 사치스런 단어도 없이, 구구한 설명도 없이 짙은 그리움과 사랑을 표현했습니다.

여하튼 시를 통해서 대학 동기동창을 한 달에 한 번이라도 뵙는 것은 커다란 행운이라고 생각합니다. 다시 한 번 시집 출간을 축하드리며 문운이 융성하시기를 기원합니다. 2일에 뵙겠습니다.

배인환 드림

K 형께 1

캐나다 교과서에 실린 시 〈한국마을 정원에서〉로 유명한 선배님을 안다는 것만으로도 영광인데 파키스탄 영사로 계실 때 쓰신 〈모헨조다로〉 영상을 보내주셔서 잘 보고 있습니다.

현대 시인치고 엘리엇을 모르는 사람은 없을 것입니다. 그리고 그가 쓴 〈프루프록의 연가〉, 〈황무지〉, 〈네 개의 사중주〉를 모르는 사람은 아마 없을 것입니다.

선배님은 석박사 학위를 받았을 때 논문이 엘리엇이라니, 그 이해의 깊이가 짐작됩니다.

선배님은 몇 년 전에, 엘리엇이 낭독한 〈네 개의 사중주〉 테이프를 매일 듣는다고 이야기하셔서 제가 관심을 보이자 테이프를 복사해서 보내주셔서, 매일 같이 듣다가 포기했습니다. 무어라도 오래 못하는 성격 탓이지요.

이번 공간시낭독회에서

시론 1
- T.S 엘리엇의 〈네 편의 사중주〉를 들으며

고창수

나이 들어 밤잠이 짧아진 요즘,
엘리엇 시인이 녹화한 시 낭송을 들으며
새벽 시간을 보낼 때가 있다.
몸을 뒤척이면서, 반은 졸면서 듣는 시.
나는 그의 시 틈새에
내 번뇌와 망상을 섞어 넣는다

그러다 보면, 새로운 시가 하나 태어난다.
시의 질서는 흩어지고
시의 가락은 깨어지지만
내 번뇌와 망상이 섞여
내겐 더 친숙한 시가 하나 태어난다.
내 귀는 시를 듣고
내 마음은 구천을 떠도는
둔주곡이 하나 태어난다.
지붕에 올라가 초혼을 하듯
동터오는 사바세계의 허공에
나는 둔주곡의 그물을 던진다.

시를 설명하시면서 〈네 개의 사중주〉는 단테의 신곡과 비견된다고 설명하셨습니다. 처음 들어보는 이야기라 충격을 주었습니다. 〈네 개의 사중주〉를 들으면 꼭 베토벤의 교향곡을 듣는 기분이라고 해서 다시 한번 놀랐습니다.

저는 선배님이 말씀하시면 무조건 믿기로 했습니다. 틀린 말씀을 하신 일이 한 번도 없었기 때문입니다.

저는 참 인덕이 있는 사람입니다. 제가 성균관대학에 들어가서 구용 시사를 만난 것부터 운명이라고 생각합니다. 그리고 선배님처럼 진정한 천재를 만난 것도 말입니다.

아무쪼록 코로나19가 두렵습니다. 부디 만사 조심하셔서 인사동에서 그림을 감상하면서 커피를 마시며 시를 이야기하게 되기를 기원합니다.

인환 올림

K 형께 2

모두 시골에 집필실을 갖는다기에 우매한 저도 낙향했습니다. 서울 생활 십 년 만입니다. 그렇다고 시를 짓고 훌륭한 글을 쓸만한 곳도 아니랍니다. 조그마한 오피스텔이 제 거처입니다.

팔층이라 창문 아래론 한밭수목원이라는 커다란 공원이 있습니다. 뉴욕의 센트럴파크만은 못해도 이삼백년 후에는 그 정도 되지 않겠습니까. 습지원도 있고 자그마한 호수도 있고 장미원, 향기원도 있습니다. 많은 새도 날아듭니다. 개똥지빠귀, 꼬마물떼새, 딱새, 오목눈이, 왜가리, 직박구리 등입니다. 공원 너머로는 계족산이 있습니다. 그리 유명한 산은 아닙니다. 또 큰 산도 아니지요. 그렇지만 이름은 있는 산이니까 바라볼 만은 합니다. 그 산 능선에는 삼국시대 산성인 계족산성도 있습니다. 아침에는 그 능선으로 해가 떠오릅니다. 도시의 일출인지라 유별나지는 않습니다마는 아파트로 떠오르는 태양은 또 다른 감흥을 주더군요.

돌이켜보면 형을 처음 뵌 것은 근 30년 전 행문회에서인 것 같습니다. 송추에 있는 월탄 선생 묘소에 가기 위해서 모교의 정문에서 모여 출발했는데, 동호 선배의 소개로 인사를 드린 것 같았습니다. 대사 시인으로 소개를 받은 것 같습니다. 귀공자 풍모의 대사 시인, 박사 시인이라 저는 촌놈인지라 접근하기가 퍽 어려웠습니다.

정년퇴직하고 서울에 머물면서 형과 술자리도 좀 하고 영화도 보고 학술회장도 기웃거리고 시립미술관과 국립미술관에 다니면서 형을 알았습니다. 형은 분단의 슬픔을 안고 계신 분이라 그런지 저를 대해 주시는 자세가 꼭 아우를 대하듯 했습니다. 자연히 저도 형님으로 대했습니다. 자상하시고 남을 깊이 배려하시고 항상 변함이 없으신 인격자임을 알았습니다. 말이 앞서지 않는 숨은 실력자임을 바로 알았습니다.

다음으로 놀라웠던 것은 형의 시와 외국어 실력이었습니다. T.S. 엘리엇의 장시 〈네 개의 사중주〉에 나타난 불교사상 연구로 박사학위를 받으셨지요. 〈네 개의 사중주〉가 어떤 작품입니까. 난해하다는 엘리엇의 시에서 가장 어렵다는 시가 아닌가요. 석박사 논문을 영어로 쓰셨다니 그 또한 놀라운 일입니다.

지금도 형께서는 〈네 개의 사중주〉의 원문을 엘리엇의 목소리로 하루에 한 번씩 듣는다니 더욱더 놀라운 일이 아닙니까. 저에게도 테이프를 복사해 주셔서 한동안 열심히 들었으나 삼 년을 넘기지 못했습니다.

형의 시 중 형을 빛나게 하신 작품이 바로 〈모헨조다로〉가 아닌가요. 파키스탄에서 쓰신 이 시로 파키스탄 정부로부터 훈장을 받으시고, 국제교류문학상까지 받으셨다니 대단한 일을 하셨습니다. 수상이 그 시의 일부를 암송했다니 그보다 더 영광스러운 일은 없을 것 같습니다.

사실 형은 한국에서보다 국제적으로 더 명성이 높습니다. 캐나다 고등학교 영어교재 'Viewpoint 11'에 〈한국마을 정원에서〉라는, 형이 영어로 쓴 시가 실린 거만 봐도 알 수 있지 않습니까. 그 교과서에는 엘리엇, 네루다의 시와 같이 실렸다니. 세계적인 일류시인과 어깨를 나란히 한 격이지요. 확실하게 국위를 선양하신 것이지요. 올림픽의 금메달보다 몇천 배 더한 가치가 아닐까요.

국내에서 여러 상을 받으셨지만, 루마니아의 국제시인축제에서 받으신 대상은 또 무엇을 말합니까. 형님은 그 상을 자랑으로 생각한다고 솔직히 말씀하셨지요. 그런데 잡지사에서 잘 모르는 편집자들이 그 경력은 대부분 지워 버린다고 어느 강의에서 웃으시면서 말씀하신 것을 저는 기억합니다.

근래는 단편영화 감독에다가 사진작가로 활동하시면서 2011년 사진 경연대회에 초청작가로 출품하셔서 호평받으셨습니다. 미술에도 조예가 깊으셔서 잘 설명해 주셨습니다.

형과 같이 서울대공원의 국립미술관과 덕수궁 돌담 옆에 있는 서울시립미술관, 인사동의 갤러리를 돌면서 미술작품을 감상하던 시절이 10년이 넘었습니다.

참으로 노익장이십니다.

형님은 공부를 할 수 있는 곳은 어디나 달려갑니다. 누구에게나 배웁니다. 배우는 데는 자존심을 내세우지 않으십니다. 그게 아무나 되는 쉬운 일인가요.

유달리 엘리엇과 네루다를 좋아하는 형의 시는 참 독창적입니다. 호흡이 길어 장시가 많습니다.

시골에 내려와 있다 보니 뵙고 싶어도 거리의 제한을 받아 서울 있을 때보다 못 뵙는 것이 괴롭습니다. 다행히도 공간시낭독회에 한 달에 한 번 뵙는 것이 위안이 되지요.

형님의 건강을 비옵니다.

인환 올림

이명환 수필가에게

안녕하세요.

성기완 시인께서 보내주신 성찬경 선생님의《밀핵시론》읽고 있습니다. 훌륭한 책 고맙습니다.

함께 보내주신《송운 솔소리 성찬경 선생과의 인연》도 잘 읽었습니다. 좋은 아름다운 추억을 음미하며 사시네요.

저도 뼈아픈 고독과 슬픔을 경험한 사람으로 이명환 작가님의 심정을 이해하고도 남습니다. 송운 선생이야말로 대시인이었지요. 제 마음속에도 항상 존경하는 시인으로 남아 있습니다.

2013년에 주신《나그네의 축제》를 꺼내 몇 편 다시 읽어보았습니다. 참 잘 쓰신다. 이렇게 생각했습니다.

청이 하나 있습니다.

우리 대전에 놀러 오세요.

공간시낭독회 사진. 뒷줄 왼쪽부터 이경희, 이무언, 김동호, 박희진, 배인환, 성찬경, 이무웅, 앞줄 설태수, 고영, 손현숙, 한 사람 건너 홍사안. 그 당시 회원들은 이보다 많았던 거 같다.

4월 14일(화) 10:30분에 대전문학관에서 '전원에서'라는 문학모임이 있습니다. 10명도 안 되는 작은 문학모임입니다. 맹숙영 시인을 이번 달에 초대했는데 두 분을 같이 초대하면 더욱 영광일 것 같습니다. 원고료는 소액이지만 작품집이 나온 후, 연말에 드립니다. 두 분의 시와 수필을 한두 편 싣고 감상합니다.

대전문학관이 괜찮습니다.

4월 4일까지 수필 한 편 보내주세요.

이메일 주소 ihb11@hanmail.net로 보내주십시오.

그럼 건강하시고 좋은 소식 기다리겠습니다.

배인환 드림

다음 작품은 '전원에서' 카페에 올려 놓았습니다. 작품들이 다 길어 가장 짧은 수필을 올렸습니다.

* 메일이 들어가지 않아 우편으로 보냅니다.

봄의 隨想

이명환

스키장의 하얀 대지 밑으로 은밀히 봄기운이 흐르고 있다.

2월도 지나고 어느덧 3월. 동물들이 겨울잠에서 깨어난다는 경칩 驚蟄이 바로 오늘이다. 겉보기엔 아직 겨울 산 그대로 온통 눈옷을 걸치고 있지만 총각애들 수염처럼 삐죽삐죽 돋아 있는, 능선꼭대기에 죽 늘어선 나목가지들이 어딘지 이팔청춘의 숫된 기운을 풍기고 있는 듯하다

새벽 6시에 서울을 출발하여 불과 두 시간 정도 달려왔는데 차장

밖으로 그림 같은 설경이 펼쳐진다. 천혜의 땅 강원도. 높은 산은 말할 것도 없고 산밑의 작은 농가도 논밭도 가로수도 온통 산뜻한 흰옷으로 치장하고 있다. 마악 퍼진 아침햇살 받아 침묵 중에 눈부신 보석밭이 된 세상을 달리노라니, 하얀빛으로 경계를 온통 허물어버린 대자연의 순수한 아름다움에 넋을 빼앗긴다. 봄눈에는 정적이 밝은 모습으로 스며있다. 인간의 내면에 깊은 사색의 실마리를 마련해주는 눈은 동토에 부드러운 이불노릇을 하여 만물이 소생하는데 한 몫을 한다.

강풍으로 곤도라 운행도 중단된 날, 눈 날리는 거센 바람 속에 얼굴을 온통 싸매고 스키장의 리프트를 오르내리는 와중에, 살아 있는 산과 숲에서 뿜어내는 생명력을 아주 가까이에서 본다. 지난해의 낙엽과 자양분을 물먹은 흙에 버무려 크고 작은 식물들을 건강하게 키워내는 산, 비바람에 시달리면서도 열심히 튼튼하게 자라 큰산을 보기 좋게 지켜주는 나무. 철 따라 각종 야생화로 멋을 내며 이곳에 깃들여 노래로 풍성한 잔치를 벌이는 산새들. 상부상조도 이쯤 되면 인간들의 사랑살이에 뒤지지 않아 보인다.

죽음 같은 혹독한 추위 끝에 곧바로 만물이 소생하는 봄이 오는 뜻을 알겠다. 고통을 잘 견디고 소화해내는 그만큼 눈부시게 경이로운 부활의 계절이 차례 옴을 우리는 이 세상살이에서 너무나 많이 경험해오고 있다.

얼음 밑으로 흐르는 물소리에서 면면히 이어지는 신비한 생명의 소리를 들으며, 경칩이 지나고 꽃샘 추위로 닦달 받은 후에 틀림없이 찾아올 清明節을 기다린다.

변 사백님

시를 잘 몰라서 감히 말씀드리기 어렵지만, 약속을 했으니 말을 해야지요. 사심 없이 독자의 관점에서 말씀드리겠습니다.

〈새와 노루〉, 〈아내의 바다. 2〉, 〈콩고지〉, 〈조약돌〉, 〈금강 스케치〉, 〈만리포 바람 소리. 5-봄비〉, 〈진홍빛 꽃잎-동백〉, 〈금강 적송〉, 〈진장리에 가다〉, 〈점등〉

10편 다 훌륭한 작품들입니다. 여러 번 읽었습니다. 시의 우열을 논한다는 것은 무의미한 것입니다. 글이라는 게 요상해서 기분에 따라, 때와 장소에 따라 여러 가지로 보이거든요. 그러나 모순되게 자세히 읽어보면 조금은 우열이 보입니다.

변 사백의 대표작으로 해도 손색이 없는 작품은 앞쪽의 세 작품이라고 생각했습니다. 〈조약돌〉부터의 작품은 앞의 작품들에 비해 무게가 가볍다고 생각했습니다. 앞 작품들이 주제와 소재가 뒤의 작품들보다 무게가 있다고 느꼈습니다. 뒤의 일곱 작품은 시적 표현이 더 훌륭했으나 대표작이라고 하기에는 저는 추천하기가 좀 그랬습니다.

〈조약돌〉, 〈금강 스케치〉, 〈만리포 바람 소리. 5-봄비〉, 〈진홍빛 꽃잎-동백〉, 〈금강 적송〉, 〈진장리에 가다〉, 〈점등〉은 수채화 같은 작품으로 훌륭하나 자연에 끝인 것 같은 느낌을 받았습니다. 거기에는 인간의 문제가 깊이 있게 내재하여 있지 않다고 판단했습니다.

제 O 구린 줄 모르고 남의 이야기는 말도 잘하지요. 미안합니다. 앞의 세 작품 중 〈새와 노루〉는 단순 구조로 되어 있어서 너무

속이 보이는 맑은 물이라고 생각했습니다. 이 말은 시의 가치가 떨어진다는 이야기가 아니고 흐릿함에서 얻을 수 있는 시적 신비감이 부족하다는 이야기입니다. 어떤 의미에서는 더 좋은 작품일 수도 있겠지요.

〈아내의 바다. 2〉, 〈콩고지〉는 수준은 거의 비슷하지만 저는 〈콩고지〉를 선정했습니다.

그 이유는 〈아내의 바다. 2〉는 추천 작품이고 이 작품만 떼어 놓으니까 아내는 없고 어머니만 있네요. 〈콩고지〉는 주제도 좋고 시적 표현이 아주 으뜸입니다.

> 비공을 타고 혈액 속에/ 잔잔히 녹아 흐르는/ 이 가을은/ 어머니의 계절/ 아궁이 활활/ 햇살처럼 번지는 장작불에/ 가마솥이 달아오르고/ 홍시처럼 익어가는/ 박쥐처럼 겨울밤을 잔다/
> 그다음 구절 전부
> 눈빛 고운 어머니의 자리엔/

절창입니다. 그리고 반전이 옵니다.

> 열풍건조기 돌아가는 소리가/ 세상을 흔들고 있다

어머니의 부재인 이 세상은 어디로 가고 있나요. 모든 사회적인 문제는 여기서 기인하는 것이지요. 이 시점에서 벼락을 맞은 기분이었습니다. 훌륭합니다.

조약돌은 풍경화 사진처럼 자연을 아름답게 그리셨네요. 소월의 시를 읽는 기분 같았습니다. 〈점등〉은 너무 짧은 시입니다. 짧은 시도 미당의 〈동천〉이라면 몰라도.

숙제가 됐는지 모르겠습니다. 죄송합니다.

3

미루나무의 추억

화가에게 영감을 준 한 편의 시

강경구-동양화가 김용익-모더니즘 화가 김준권-민중화가
김정헌-민중화가 박대성-한국화가 박영남-색면추상
오경환-우주화가 안종연-빛의 작가 안규철-오브제 작가
윤동천-개념미술작가, 정치인에 날리는 똥바가지
오순경-민화화가 이호신-동양화가, 지리산 화가
임옥상-민중화가 황주리-신구상주의 화가
황재현-사실주의 화가, 탄광촌 화가

　몇 년 전에 모 문예지에 〈화가에게 영감을 준 한 편의 시〉라는
특집을 꾸민 일이 있다. 이 잡지 말고도 다른 잡지에서도 이와 유
사한 특집을 꾸며 독자의 관심을 끌었을 것이다. 나에게는 이 잡
지가 배달됐고 책장 정리를 하다가 우연히 이 특집이 실린 문예
지를 발견하여 이렇게 글까지 쓰게 되었다. 우선 어떤 화가들을
선정했는가? 궁금했다. 미술에 문외한이라 이름만 보고는 알 수
가 없어서 인터넷에서 조사한 결과, 위와 같은 자료를 얻었다.
　민중화가 3명, 서양화가가 8인, 동양화가 2명, 한국화화가 1명,
민화화가 1명, 모두 15인이었다. 서양화가를 다시 세분해 보면
사실주의 화가 1명, 모더니즘 화가 1명, 색면추상 화가 1명, 우주
화가 1명, 빛의 작가 1명, 오브제 화가 1명, 개념미술 화가 1명, 신
구상주의 화가 1명 등이었다.
　다양한 그림을 그리는 화가를 선정한 것은 참 잘한 일이다.
　관심이 갈 수밖에 없었다. 화가와 시인은 가까운 사이이니까.
동양화에는 그림이 있으면 시가 있었다. 물론 주로 한시이지만.
　화가 15인이 선정한 시는 다양했다. 어느 화가가 어떤 시를 선

정했는지는 밝히지 않고 어떤 시들이 선정되었는가만 밝혀보고
자 한다. 화가들은 고급 독자이기 때문에 관심이 가지 않을 수가
없었다. 다음 시인들의 시가 선정되었다. 가장 완벽한 선택이라고
할 수 없지만, 이 문예지에는 이렇게 선택되었다.

박인환의 〈목마와 숙녀〉

김영랑의 〈모란이 피기까지는〉

김광균의 〈희미한 옛사랑의 그림자〉

김수영의 〈거대한 뿌리〉

신동엽의 〈금강〉

이생진의 〈풀〉

천상병의 〈간 봄〉

정현종의 〈시간의 그늘〉

정희성의 〈그리운 나무〉

도종환의 〈흔들리며 피는 꽃〉

혜초의 〈여수〉旅愁

유언사의 〈장문원〉長門怨

최치원의 〈제가야산독서당〉題伽倻山讀書堂

짐 브로디의 〈조앤 미첼〉

아담 자가예프스키의 〈시를 쓴다는 것〉

사족을 달고 싶지는 않지만 그래도 글쓰기를 시작했으니 부언
하면, 민중화가들은 민중화가답게 김수영의 〈거대한 뿌리〉, 신동
엽의 〈금강〉, 또 김광균의 〈희미한 옛사랑의 그림자〉를 선택했다.
이 시들은 시대를 초월한 시들이니 코드가 맞는 선택 같았다. 여
기에 토를 달고 싶은 마음은 추호도 없다.

그리고 다른 두 명은 서정시의 고전에 속하는 박인환의 〈목마

와 숙녀〉, 김영랑의 〈모란이 피기까지는〉를 선택했다. 우리가 익히 알다시피 노래로도 불렸고 교과서에도 소개된 시들이다.

다음은 역시 진보성향의 시인에 해당하는 시인들인 정현종의 〈시간의 그늘〉, 정희성의 〈그리운 나무〉, 도종환의 〈흔들리며 피는 꽃〉을 선택했다. 요즈음 많이 뜨는 시인들이다.

다음은 혜초의 〈여수〉 유언사의 〈장문원〉, 최치원의 〈제가야산독서당〉을 선택한 화가가 3명이었다. 아마 동양화와 한국화의 화가가 아닌가 했는데 그건 아닌 것 같다.

그리고 외국 시인의 시 짐 브로디의 〈조앤 미첼〉, 아담 자가예프스키의 〈시를 쓴다는 것〉을 선택한 화가가 있었다. 서양 시인을 선택한 것은 대단하다고 생각했다. 그만큼 폭넓게 시를 읽는다는 것을 의미하기 때문이다.

짐 브로디의 〈조앤 미첼〉은 색에 대한 시인데 화가와 관련성이 깊은 시이고 아담 자가예프스키의 〈시를 쓴다는 것〉은 시인에게 시사하는 바가 큰 시 같아서 감명 깊게 읽었다.

그리고 마지막으로 이생진의 〈풀〉, 천상병의 〈간 봄〉을 선택한 시인도 있었다. 이생진, 천상병 시인은 두 분 다 유명한 시인이지만 〈풀〉과 〈간 봄〉은 그렇게 많이 소개된 작품이 아니다.

이런 특집이 더 좀 많이 기획되어서 좋은 시가 꾸준히 발굴되었으면 좋겠다.

도강언과 카사 그란데 유적

유현덕의 촉나라 서울이었던 성도의 관광지를 눈여겨보다가 도강언都江堰을 발견했다. 즉시 그곳에 가 보았다.

도강언은 중국 쓰촨성 성도 서북쪽에 있는 BC 250년대에 만들기 시작하여 수 세기를 거치며 보완된 고대 수리시설의 유적이다. 2000년 유네스코에 의해 세계문화유산으로 지정되었다.

쓰촨성에는 양쯔강, 민장강, 퉈장강, 자링강 총 4개의 강이 흐른다. 예로부터 홍수로 인해 인명의 피해, 가옥의 파괴, 농경지와 농작물의 피해가 극심해서 황무지나 다름 없었다. 기록에 의하면 "이런 쓰촨성을 천부지국天府之國으로 바꾼 것은 바로 도강언이다."라고 한다.

개화가 덜된 시대에, 강에 나쁜 독룡이 살아 심술을 부려 매년 재난을 당한다는 미신에 의하여 해마다 처녀 두 명을 제물로 바쳤다고 한다.

높이가 사오천 미터의 민산산맥에서 발원한 민장강의 물이 특히 피해를 많이 주어 촉의 태수지방장관 이빙李冰과 그의 아들 이랑李郞이 도강언을 만들어서 사천 분지를 옥토로 만들었다. 이빙은 천문지리에 밝고 수맥에도 통달한 학자였다.

도강언은 어취魚嘴, 비사언飛沙堰, 보병구寶瓶口로 구성되어 있다. 이 세 시설은 별도의 시설 같으나 서로 밀접하게 작용하여 취수와 배수, 홍수 조절, 흙모래 배출 등을 하도록 설계되었다.

어취는 강 가운데에 만든 인공섬으로 물길을 나누는 역할을 한다. 비사언은 홍수 조절, 흙모래 배출을 하도록 되어 있다. 폭 20m의 보병구가 도강언의 중심부인데, 물을 끌어 들이고 흘러드는 물을 통제하는 역할을 한다.

물고기 주둥이를 닮은 어취에서 내강과 외강, 반으로 나뉜 강물은 내강에서 네 갈래, 여덟 갈래 식으로 총 5백여 갈래의 인공수로로 나누어진다. 이 수로에 의해서 물은 성도 대평원을 옥토로 만들었으며 내륙 수운용으로도 사용되었다. 이것이 바로 도강언의 골자다.

이와 비슷한 시설을 카사 그란데 유적Casa Grande Ruins에 가서도 보았다. 카사 그란데 유적은 미국의 애리조나주 쿨리지 가까이에 있다.

카사 그란데 유적은 소노란사막에 있다. 그런데 이 유적의 주변은 한 나라를 경영할만큼 넓고 비옥한 토지이다. 그러나 사막지대라 물이 없다. 이 점도 쓰촨성의 황무지와 유사한 면이 있다.

카사 그란데 유적은 어도비라는 흙벽돌집을 말하지만, 여기서는 인디언들이 수로를 만들어 힐라강의 물을 사막에 공급해서 농사를 지은 수리시설을 이야기한다.

강물을 다스리는 방법은 조금 다르지만, 원리는 도강원과 똑같다. 카사 그란데 유적은 두말할 것 없이 가뭄과 홍수 시의 관개시설이다.

운하의 취수는 카사 그란데로부터 16마일 떨어진 상류에서 하고 큰 수로 옆에 물이 솟아오르게 해서 취수하는 보조 수로가 있다. 물론 수로를 잘게 쪼개는 방법도 도강원과 똑같다. 쿨리지 근처에는 작은 힐라강이 갈라지는데, 자연 강이 아니고 도강언의 내강처럼 인공 강일 것이다.

인디언의 유적은 기록된 것이 전혀 없어 언제 조성되었는지 알길이 없다. 다만 고고학적인 방법을 동원해서 알아내려고 노력하고 있다.

선사 이전의 카사 그란데 주위의 농사를 연구한 프랭크 미드발Frank Midvale은 1965년에 파괴되거나 모래에 파묻혀 눈에 잘 띄지 않는 운하의 흔적을 발견했다. 현존하는 운하에 비하여 오래된 것으로 추측된다.

호호캄들은 옥수수, 콩, 호박, 목화, 담배를 재배했다. 이모작을 했는데 이른 봄과 늦은 여름에 파종했다.

고고학자들은 BC 300년경에 힐라강 유역에 인디언들이 처음 이주했다고 밝히고 있다. 그리고 AD 1200년까지 사막에서 농사를 지었다고 한다. 그 후에는 다른 지역의 인디언처럼 흔적도 없이 사라졌다.

이런 관개시설은 카사 그란데 뿐 아니라 힐라강 유역에 몇 군데 더 있다. 중국과 미국의 이런 수리시설은 공통점을 시사하는 것 같아 흥미롭다. 사람의 생각은 비슷하다. 남미의 박물관에서 절구통, 맷돌, 연자방아 등을 보고 놀란 일이 새삼스럽다.

새소리

계룡산 기슭에 있는 교육원에 근무할 때 새소리를 원 없이 들었다. 번식기인 봄철은 유독 더했다. 새의 종류도 다양했다. 참 새가 많은 곳이었다. 이런 곳에 집을 짓고 살았으면 좋겠다는 생각이 늘 들었다.

사람의 생각과 마음은 비슷한지 주변에 전원주택이 들어서기 시작했다. 그곳은 지형적으로 조그마한 분지이다.

올해 우연히 그곳을 지나치게 되었는데 전원주택에다 음식점, 가게가 생기면서 도시화되는 것을 보았다. 농촌이 피폐해지고 조그마한 면 소재지가 자꾸만 낙후되는 마당에 이런 곳도 있구나 하고 생각했다.

새가 유독 많은 곳이 또 있다. 우리 아파트다.

아파트 주민들은 새벽이면 산책을 한다. 나도 요즈음 새벽마다 산책을 한다. 산책이라야 우리 아파트 경내를 도는 정도이다. 큰 아파트 경내라고 하지만 한 바퀴 도는데 겨우 20분 정도 걸리는 곳이다. 두 번 돌면 40분이 걸리지만 한 번도 두 번 돈 일이 없다. 한 번 돌면 그 이상은 돌기가 싫어진다.

아파트 경내는 꽃들이 만개해서 기분이 참 좋다. 요즈음에는 이팝나무꽃과 칠엽수꽃도 많이 피었다. 칠엽수꽃 중에서 빨간색은 처음 보았다. 그 꽃을 보았을 때는 소중한 것을 얻은 것처럼 기뻤다. 공원의 나무같이 큰 나무들이 유독 많은 것이 우리 아파트의 특색이다. 아파트가 오래됐다는 증표이다. 그래서 그런지 새들이 많다. 산속이 아닌 도시 속의 아파트라 참새들이 유독 많다. 그리고 번식기라 무척 시끄러웠다. 어느 날 새벽 경내를 산책하다가 참새 소리가 유독 많이 들리는 곳을 지나갔다.

곧 이유를 알 수 있었다. 새들은 한 집의 지붕에 많이 모여 있었다. 그 집은 종교의 간판이 걸려있는 이층 집이었다. 새들이 종교를 믿는 것은 아니니까 종교와는 관계가 없을 것이다. 그 집에서 먹이를 주는 것도 아닐테고 말이다. 그럼 무엇 때문에 참새들이 그 집에 모일까. 그 집은 근처에서는 유일한 기와집이었다. 콘크리트로 처바른 집이 아니었다. 기와 밑에는 흙이 있을 것이다. 아, 그래서 새들이 그 집 지붕에 그렇게 많이 모였구나.

내 기억으로는 참새들은 초가를 제일 좋아한다. 처마 밑에 새집을 짓고 산다. 새끼도 그곳에 낳아 기른다. 우리가 어렸을 때 겨울 밤에 자주 새를 잡으러 다녔다. 초가의 처마 앞에 조그마한 손 그물을 치고, 처마를 막대기로 들썩거려 쫓아 새를 밖으로 날아가게 해서 그물에 걸리면 잡았다. 하루 밤에 열 마리도 더 잡을 때가 있었다. 어른들은 참새고기 한 점은 쇠고기 열 점하고도 안 바꾼다고 말했다. 쇠고기도 참 귀한 시절이었다.

지금은 초가도 기와집도 구경하기가 쉽지 않다. 도시의 집은 거의 전부가 아파트와 시멘트로 싸 바른 슬래브형태다. 그러니 참새가 집을 지을만한 곳은 어디에도 없다.

참새들이 번식을 위한 산실을 그곳에 마련하고자 다투느라고 시끄러웠나 보다.

그 기와집에서 듣던 새소리는 다른 곳에서 듣던 새소리와는 많이 달랐다. 그것은 노래가 아니었다. 데모의 함성 같았다.

미루나무의 추억

미루나무하면 신작로의 가로수, 고향 마을 미루나무의 까치집을 떠올리고 냇가에 심은 미루나무숲을 연상한다.

지금은 일제의 잔존인 신작로라는 말도 퇴색하여 쓰지 않고 미루나무 가로수 대신 다양한 수종의 가로수로 바뀌었으며, 까치들은 전봇대에 집을 짓고 미루나무숲은 시멘트 둑으로 바뀌었다.

북아메리카 원산인 이 나무가 언제 우리나라에 들어왔는지 모르지만, 미루나무는 나무가 물러서 건축용으로 쓸 수가 없고 느타리버섯 재배용 원목으로 사용하거나 나무젓가락, 도시락을 만드는 데 쓰고 성냥개비용으로 쓰였으나 그 시절도 다 지나고 경제림이 못 되어서인지 사라져 가고 있다.

근 이삼십 년 전에 북경에 갔을 때 사막화 방지용인지 버드나무를 척박한 땅에 많이 심은 것을 보았다.

작년 이탈리아의 북동부 해변을 여행했을 때 의외로 아름다운 미루나무를 많이 심어 놓아 단순히 방풍림으로 생각했으나 바람이 없는 농경지에도 심어 놓았고 가지가 땅에서부터여서 현지인에게 물어 보았더니, 버드나무는 신품종으로 약의 원료로 돈벌이가 된다는 것이었다.

2008년 미국 서부를 여행할 때 보았는데 인디언들은 축제할 때 백양나무 가지를 사용했다. 손에 손에 그 가지를 들고 행진하거나 달린다. 인디언들은 미루나무를 신성시한다. 그들도 미루나무의 약효를 알았던 것 같다. 그들은 가을에 물드는 미루나무 단풍을 참 좋아한다. 단풍이 노란색으로 물드는데 그 빛이 아침 햇살과 같기 때문이란다.

미루나무숲은 지상의 어느 숲보다 크고 오래됐다. 지금까지 보고된 가장 큰 것은 47,000그루의 나무가 들어찬 106에이커의 유타주에 있는 숲이란다. 버드나무는 개체로는 수명이 짧아 겨우 75년이지만 숲의 수명은 최후의 빙하기부터라니 이보다 더 오래된 숲은 없다. 이점이 바로 인디언들이 버드나무를 좋아하는 이유인 것 같다.

버드나무의 약효는 고대부터 알고 있어 민간요법으로 많이 사용했다고 한다. 동양인들과 많이 닮고 자연에서 모든 것을 구한 인디언들도 버드나무의 효능을 알았을 것이다. 서양에서는 의학의 아버지라고 부르고 있는 히포크라테스까지 거슬러 올라가는 것 같다. 선조들은 해열, 진통, 소염제로 버드나무를 사용했고 심지어 차를 끓여 마시기도 했다.

1899년 독일의 바이엘사 연구원이던 펠릭스 호프만이 버드나무로부터 '세기의 명약' 아스피린을 탄생시켰다. 미국 식품의약청 FDA는 1980년 아스피린을 '심혈관 질환 예방약'으로 승인했다.

아스피린은 판매량에도 압도적 우위를 점한다. 바이엘 헬스케어의 경우 지난해 총 아스피린 매출액 234억 원 중에서 '예방약'의 매출이 220억 원에 달했다고 한다.

이 세상에 소용없는 나무는 하나도 없다. 다만 소용을 찾아내지 못할 뿐이다.

어도비

6·25사변 직후 농촌이나 읍내에서는 흙벽돌집이 유행이었다. 전쟁 직후 말할 수 없이 가난한 시절이었다. 폭격이나 화재로 파괴된 집을 지으려면, 돈이 없으니 재목을 사기도 어려워, 주위에 흔한 흙에 짚을 썰어 넣고 물을 부어 이긴 후, 벽돌로 찍어 햇빛에 말려 담처럼 쌓아 집을 지었다. 물론 부자는 흙벽돌 말고 나무나 비싼 재료로 집을 지었다. 도시에는 판잣집이 유행하기도 했다. 판잣집은 도시의 빈민들이 널빤지로 지은 집이다.

흙벽돌집은 보기에는 조잡하지만, 시골의 초가처럼 여름에는 시원하고 겨울에는 따뜻했다. 그러나 흙벽돌집은 경제 사정이 좋아지면서 없어졌다. 고급 주택을 짓기에는 적합한 방법이 아니기 때문이다.

미국의 서남부 사막지대에서 인디언들이 흙벽돌집을 짓고 사는 것을 보았다. 이 흙벽돌집을 어도비Adobe라고 한다. 인디언들의 어도비는 우리의 흙벽돌집과 지붕이 다르다. 우리나라 흙벽돌집의 지붕은 서까래와 볏짚을 사용했으나 어도비는 지붕까지도 흙으로 만든다. 사막지대이기 때문에 비가 적어 그 점이 가능한 것 같다.

세계적인 예술의 도시로 일컫는 샌타페이Sante Fe는 시내의 집이 전부 어도비이다. 샌타페이는 인구 67,947명2010년 인구조사의 작은 도시이지만 예술의 도시이다.

1958년 이후에는 건축 규제법에 따라 전통적인 스페인-푸에블로 인디언식 건축물이 보호되고 있다. 스페인-푸에블로 인디언식 건축물은 거창하게 말해서 그렇지, 쉽게 이야기하면 어도비, 흙벽돌집이다.

세계적인 예술의 도시인 샌타페이는 이 방법을 고집해 성공을 거두었다. 샌타페이가 예술의 도시로 발달한 이유가 비단 어도비 뿐만 아니고 예술가들이 많이 모여든 것이겠지만 어도비가 이 도시를 특이하게 한 것은 사실이다.

미국에서 샌타페이는 뉴욕, LA와 같은 거대 도시와 더불어 미술의 3대 시장이다. 그만큼 미술가들이 많이 산다는 뜻이다. 미술가뿐 아니라 문인, 음악가도 많이 살고 있다. 건조하고 쾌적한 날씨 덕택에 여름 휴양지로도 인기가 있다.

예술의 도시답게 박물관과 갤러리가 도시를 메우고 있고 세계의 곳곳에서 온 관광객이 넘쳐난다. 2008년 북경 올림픽 때 티베트의 까까중라마승들이 끈질기게 "China, Go Home!"을 외쳤던 곳이다.

샌타페이에 미술가들이 많이 모인 이유는 2,134m의 고도에 있어, 사막에 있지만 기후가 서늘하고 햇빛과 황량한 풍치 때문이다. 누구나 가 보고 싶은 예술의 도시이기 때문인 것 같다.

위키백과에 의하면 샌타페이는 문화관광, 낭만적 관광, 박물관갤러리, 쇼핑/벼룩시장, 실내장식/디자인, 크리스마스 관광 등 모든 품목에서 미국 도시 중 5위권에 드는 유일한 도시이다.

충청북도 농요 채보

　소라와 살면서 내 생활에 많은 변화가 생겼다. 소라는 평생을 시골 노인당과 논두렁을 누비면서 농요를 채보해 왔다. 저술한 책이 70여 권이고 연구논문도 150여 편에 이른다.

　그녀는 지난 6월에 충북 쪽으로 가서 무형문화재 보유자를 만나 농요를 녹음해 와야 하는 데 같이 가자고 말했다. 이런 경우 나는 그녀의 비서가 된다. 그녀는 지독한 길치라 내가 같이 가야 한다. 모든 면에 탁월한 그녀가 지독한 길치인 것은 이해가 되지 않는다.

　처음 우리가 간 곳은 증평이었다. C 선생을 만난다는 것이었다. 독특한 분이라고 귀띔해 주었다. 전화를 걸고 C 선생의 집 근처에 가서 다시 전화했더니 작달막한 키의 노인이 나타났다. 시골에서 흔히 볼 수 있는 평범한 노인이었다. 인사를 드리고 그가 사는 이층에 있는 옥탑방으로 갔다.

노트를 살피는 C 선생

살림 도구라야 초라했다. 식구도 없이 혼자 사는 것 같았다. 나이가 84세이지만 생년월일은 3년이 늦었다고 말했다.

C 선생은 방송국과 대학교수들이 수시로 찾아온다고 말했다. 그는 초등학교를 졸업하고 농사일하면서 농요를 배웠다고 말했다. 농사일을 배우면서 보니까 의외로 농부 중에서도 지식이 있는 분들이 많더란다. 그래서 배워야 하겠다고 생각하고 열심히 공부했다는 것이었다.

소라는 녹음 준비를 하고는 모를 찔 때 부르는 소리와 논매는 소리인 두벌, 세벌 논매는 농요를 불러 달래서 녹음했다. 녹음이 끝난 후 그가 부른 농요를 정리한 노트를 2권 내놓았다. 나는 그 노트를 보고 깜짝 놀랐다. 초등학교만 나왔다는 그 노인의 필치가 명필이었다. 한문 실력도 보통이 아니었다. 아는 게 많아 자꾸 이야기하려는 것을 소라는 녹음에 방해가 된다면서 막았다. 학문의 깊이가 느껴지는 노인이었다. 그 모든 것이 독학으로 이룬 것이라니 놀라울 뿐이었다. 재주가 참 많은 분이었다.

C 선생은 아직 무형문화재 보유자가 못 되었단다. 이 세상에는 실력만 갖추고는 안 되는 일도 많다. 그래서 그런지 사회에 대한 불평을 많이 했고 적들도 많단다. 그는 점심을 먹을 때 술을 전혀 들지 않았다.

소라는 C 선생이 제대로 공부했으면 한자리했을 분이라며 재주가 아깝다고 말했다.

다음은 진천의 덕산에 가서 L 선생을 만났다. L 선생은 예능보유자이시다. 조금 있다가 K 씨도 왔다. K 씨는 선소리꾼의 뒤를 받아줄 사람인데 전수 조교의 직함이었다. L 선생은 올해에 76세인데 농요를 잘 불렀다. 2년 전엔가 한 번 만난 분이라 친근감이 있었다.

L 선생도 모내기 노래, 논매는 소리를 불렀다. 고사 소리, 요령

잽이 노래, 각설이 타령 등도 불러주었다. 노래의 레퍼토리가 훨씬 많은 것 같았다. 어떻게 그 많은 노랫말을 다 외우냐니까, 하다 보니까 그렇게 됐다는 것이었다. 그리스 음유시인의 존재를 인식하는 순간이었다.

L 선생의 특이한 것은 '논매는 아리랑 노래', '모찌는 아리랑 노래'이라고 아리랑을 제목에 붙이는 것이었다. 그는 우리 노래가 한의 노래인데 아리랑이란 말이 '아리고 쓰리다.'는 말에서 온 것 같다고 나름의 해석을 이야기하기도 했다. 그는 구약과 신약을 6년에 걸쳐 필사해서 책으로 묶어두었다고 자랑했다. 농사지으며 노래 가르치며 틈틈이 썼다고 말했다.

두 사람을 만나고 나서 민중의 힘을 느낄 수 있었다. L 선생 역시 정규교육을 받았더라면 한자리했을 것 같았다.

우리는 여관에서 자고 이튿날은 또 다른 L 선생을 만났다. 이번에 만난 L 선생도 무형문화재 기능보유자란다. 그는 키가 크고 미남형으로 생겼다. 젊었을 때는 여자깨나 홀렸을 것 같았다.

꽹과리를 치며 노래하는 진천의 L 선생

시대를 잘 만났으면 그 또한 가수로 출세했을지도 모른다고 생각했다. 키 큰 L 선생은 음성 농요를 불러주었다.

세 분의 노래는 지역을 달리해서 조금씩 달랐다. 그 다른 노래를 수집해서 채보하는 것이 소라의 일이다.

소라는 DNA가 나와는 판이하였다. 참 끈질겼다. 참고 유도하고 비위를 맞추고 하는 것을 보면서 소라의 학자적인 소양을 느꼈다.

다음에 간 곳은 보은이었다. 상주의 노래가 어떻게 충북 보은으로 올라왔는가. 그 지형적인 특성을 알기 위해서란다. 상주와 보은의 경계는 고개가 아닌 평지였다.

상주의 금돌산성과 보은의 삼년산성이 유기적으로 자리를 잡은 이유가 이해되었다.

음성의 L 선생

국기 게양

지난해 9월 30일 11시경에 헬리콥터 소리가 요란하게 들려 하늘을 쳐다보았다. 티 없이 맑은 가을 하늘에 헬리콥터가 낮게 떠가는데 비행체 아래로 대형 태극기를 게양(?)하고 날고 있는 이상한 광경이 눈에 들어왔다.

내일이 국군의 날이고 10월 3일은 개천절이다. 무슨 의도로 이런 광경을 연출했는지 정확히 알 수는 없지만 얼마나 국기 게양을 않으면 이랬을까 하는 생각이 문득 들었다.

주거가 아파트로 바뀌면서 국경일에도 국기를 게양하지 않는 집이 늘어났다.

2015년은 광복한 지 70년이 되는 해라고 해서 많은 행사를 하는 것 같았다. 지상파나 종편 방송에서는 며칠 전부터 국기 게양을 열심히 권했다.

14일 밤에는 전야제로 엑스포다리에서 불꽃놀이를 했는데 그곳까지 가서 구경했다. 밤 9시 반에 실시한다던 불꽃놀이는 10시를 훨씬 넘어서 시작했다.

어느 해보다도 화려한 불꽃의 향연이 펼쳐졌다. 허공에 피었다 사라지는 불꽃도 아름다웠지만, 수면 아래 반영된 불꽃은 입체적인 황홀감을 주었다. 아! 이래서 불꽃놀이는 강이나 호수에서 하는구나 하고 생각했다.

지금 대한민국 국민은 단군 이래 가장 부유한 나라에서 평화와 자유를 마음껏 누리고 있다. 얼마나 흐뭇한 광경인가!

그러나 우리는 북한에 있는 핵을 머리에 이고 살고 있다. 중국은 G2가 되었고 일본은 무장을 서두르고 있다.

광복절 새벽에 국기를 게양하고 TV를 켰다. 화면에 나부끼는 태극기들. 광화문광장 축제장의 태극기들. 가슴이 요동쳤다. 국가적인 대행사라 태극기가 참 많이 보였다. 그동안 겨울의 꽃송이처럼 보이지 않던 태극기들이다.

점심을 먹고 오후에 아파트 국기 게양 조사를 나갔다. 우리 아파트는 25층 고층이다. 한 동에 100세대가 산다.

201동 12곳/ 202동 9곳/ 203동 9곳/ 204동 30곳/ 205동 21곳/ 206동 15곳/ 207동 19곳/ 208동 13곳/ 209동 23곳/ 210동 25곳/ 211동 23곳/ 212동 27곳/ 213동 11곳

이웃에 있는 아파트로 발길을 돌렸다. 그 아파트도 우리 아파트와 비슷했다. 대대적인 홍보 효과가 조금 나타난 정도였다. 대충 30%의 가정이 국기를 게양한 것이다. 그래도 평소보다는 월등히 많은 숫자이다.

10월 3일 개천절이다. 나는 서울 아들 집에 있어서, 반포동 아파트를 조사했다. 대전 아파트는 아내에게 부탁했다.

서울 아파트는 정원의 가로등 아래 2기씩 국기가 걸려 있었다. 아마도 관리소에서 걸은 것 같았다. 다만 그 고급 아파트에는 각 가구의 창문밖에 국기 한 장 꽂아 놓지 않았다. 국기를 꽂는 장치가 아예 없는 것 같았다. 정원에 꽂는 걸로 대치한다는 이야기이다.

쓴웃음이 절로 나왔다. 참 편리한 방법이다. 국기 게양조차 관리소에 기대는 시대가 되었다.

아내의 말로는 대전의 우리 아파트도 광복절에 비해 숫자가 현격히 줄었다는 이야기였다. 이것은 편리함만을 추구하는 국민성의 발로이다. 애국심이 없어서가 아닐 것이다. 이렇게 나는 나를 합리화시키고 있었다.

지난해 12월에는 태극기에 대한 황당한 사건이 일어났다.

보훈처가 광화문광장에 태극기를 게양하자는 의견에 서울시는 다음과 같은 이유로 거부했다.

국민 정서에 맞지 않는다.

미관을 해친다.

국민 정서는 무엇이고 미관을 해친다는 이야기는 무엇인가? 태극기가 혐오물인가?

어쩌다가 우리나라 수도인 서울시청에 이런 사람들이 공무원으로 근무하는지, 서울시장은 도대체 무얼하는 사람이며 무얼 감독해야 하는지 이해되지 않았다.

블루 도그 카페

우리 아파트와 좀 떨어져서 '블루 도그 카페'Blue Dog Cafe라는 건물이 생겼다. 가정집은 아닌 거 같고 커피 전문점 같은데 주택과는 동떨어진 이런 곳에 커피점을 여는 것은 상술의 ABC도 모르는 사람일 거로 생각했다. 그리고는 잊어버렸다.

어느 날 오후 산책을 하고 돌아오다 보니 블루 도그 카페 주위에 승용차 30여 대가 주차해 있었다. 이곳 교외의 건물 주위에 승용차들이 이렇게 정차해 있는 경우가 더러 있다. 놀음판이라도 벌어졌나 하고 의심이 가지만 그런 일은 아닐 거고.

블루 도그 카페 방향으로 산책하러 갈 때마다 보면 그만그만한 승용차가 늘 정차해 있는 것을 보았다. 외제차가 주로였다. 그리고 그 카페 앞에는 연두색 페인트가 칠해진 철망으로 만든 투명 울타리가 쳐져 있는 마당이 있었는데 그곳에 개들과 주인들이 있는 것이 눈에 띄었다.

개 훈련장인가 보다 하고 생각했다. 그런데 개 훈련장치고는 너무 좁은 것 같았다. 그래서 그곳에 가까이 가 보았다. 100여 평 남짓한 운동장은 두 개로 나누어져 있었는데 한 곳은 비교적 큰 개들이고 다른 한 곳은 작은 개들이 모여 있었다.

말을 붙이기에 부담이 안 가는 처녀에게 이곳이 무엇하는 곳인가 물었더니, "개 카페"라고 서슴없이 대답했다. 그 소리를 듣고 깜짝 놀랐다. 블루 도그 카페가 단순한 상호인 줄 알았지 정말로 개가 놀러 오는 개 카페인 줄은 몰랐다.

이제 우리 늙은 세대가 이해하지 못하는 사회 현상이 주위에서 심심찮게 일어나고 있다. 나는 개 문화에 대해서 문외한임을 자인하지 않을 수 없었다.

비용이 얼마냐니까, 와서 차만 마시면 된단다. 차는 개가 마시느냐니까? 그 처녀는 어이가 없는지 웃으면서, 아니 개 주인이 마신다고 대답했다.

어디서 왔는지 물었더니, 시내에서 왔단다.

아마도 애견가들이 대부분이지 싶다. 대부분이 젊은이들이었다. 여자들이 70%는 되는 것 같았다.

1주에 몇 번이나 오는지 물었더니 시간 있을 때는 꼭 온다. 그녀가 가지고 있는 개는 앙증맞은 반려견 같았다. 나는 일 년에 카페에 몇 번이나 가나? 하고 스스로에게 물어 보았다. 한두 번 갈까 말까 할 정도이다. 그런데 개는 주에 한 번은 오는 것 같았다. 개 팔자가 내 팔자보다 훨씬 낫다는 생각이 들었다. 이제 개 유치원도 생기고 개 대학도 생길 것 같다. 씁쓸한 생각을 가지고 아파트로 돌아왔다.

4

천년송의 뿌리

천년송의 뿌리

바위 위의 소나무라면 천년송을 연상하게 될 것이다. 바위 위에서 소나무가 자란다. 땅이 없는 곳에 씨가 떨어져서 뿌리를 박고 산다는 것은 상식으로는 절대 불가능하다. 그런데 그런 소나무가 있다. 자연의 신비를 깨닫는 순간이다.

구천동 33경 중 11경인 파회巴洄에 가면 천년암 위의 작은 소나무를 구경할 수가 있다. 근년에 한쪽 가지가 죽은 소나무이다. 작지만 천년을 자란 소나무로 면면이 전해 내려오는 전설이 있다.

파회는 구한말의 우국지사인 연재淵齊 송병선宋秉璿이 무주구천동에 은둔하면서 중국의 무이구곡武夷九曲을 본떠 무계구곡武溪九曲으로 명명했는데, 파회는 물이 거슬러 올라가다 빙 돌아 흐른다는 뜻이다.

이 천년송은 신라 때 일지 대사가 흙이 조금도 없는 바위틈에 꽂아놓은 소나무 가지가 자라 천년을 이어온다는 믿기 어려운 전설이 서려 있다. 소나무는 전문가가 아니고는 옮기기가 매우 어려운 나무이다. 하물며 뿌리가 없는 가지를 바위 틈새에 꽂아두었는데 살았다는 비합리적인 이야기는 전설을 이야기할 때 자주 등장하는 이야기이다. 원래 전설은 황당무계한 것이다.

구천동 11경 파회 가까이에 12경인 수심대水心臺가 있는데 일지 대사가 이곳의 흐르는 맑은 물에 비치는 그림자를 보고 도를 깨우친 곳이라 하여 수심대라는 이름을 가지고 있으며, 물이 돌아 나가는 곳이라 하여 수회水洄라고 부르기도 한다.

신라의 고승이라는 일지 대사는 어떤 분인지 알지 못해 찾아보았다. 대사라는 이름으로 추측한 건데 꽤 유명한 분 같은데 흥국사의 신라 고승 10분 중에 들어 있지 않았다. 인터넷의 어느 곳에서도 일지 대사를 찾지 못했다.

11경의 파회, 12경의 수회. 두 곳 다 물이 돌아 나가는 곳이며 일지 대사와 관련이 있는 걸로 봐서 일지 대사는 구천동에 있던 절에서 도를 닦던 고승일 거라고 추측이 되어, 구천동 백련암에서 도를 닦던 분이 아닐까 생각해 사적지를 보고 부도를 찾아보았으나 비슷한 존함의 일선 선사의 부도가 있는데 일선 선사는 조선 중엽의 고승이다. 그러므로 동일인이 아니다.

국사대사전을 찾아봐도 일지 대사는 없다. 한문으로는 일지 대사를 어떻게 썼는가? 확인해 보았더니 한자로는 표기해 놓지 않았다. 그때 머리를 '탁'치는 생각이 떠올랐다. 소나무 한 가지와 일지 대사—枝 大師. 이 인물은 가공의 인물일 것이다. 그러므로 전설의 인물이 틀림없다.

또 다른 의문. 이 왜소한 소나무가 이 척박한 환경에서 어떻게 천년을 살았을까? 세상에서 가장 오래 산 생명체는 미국 캘리포니아의 모하베사막에 사는 브리스틀콘 소나무가 최장수의 생명체라고 한다. 1964년 죽은 브리스틀콘 소나무의 나이테를 확인한 결과 4,844개의 나이테가 확인됐으며, 확인되지 않은 나이테까지 포함한다면 5천 년 이상을 살았을 것으로 추정한다.

이런 사실을 감안해 볼 때 천년송도 충분히 가능할 것 같다.

악산인 계룡산이나 대둔산 정상을 가 보면 바위 위에서 뿌리를 박고 사는 소나무를 볼 수가 있다. 인터넷에 들어가 보면 구천동의 천년송 말고도 바위 위에서 자라는 유명한 소나무들이 많다.

소나무는 바늘잎을 가지고 있는 침엽수이며 상록수이다. 성장이 느려 척박한 능선에 많이 자란다. 그늘이 지는 골짜기에는 낙엽이 썩어 기름이 많은 비옥한 토지에서 활엽수가 자라 태양광선을 막기 때문에 소나무는 죽고 만다. 소나무는 침엽수라 태양광선이 많은 곳에서만 살 수 있다. 햇빛이 적으면 탄소동화작용을 원활하게 할 수 없어 죽고 만다. 또한 소나무는 뿌리의 끝에 산이 있어서 바위를 녹일 수 있다. 그것이 바위에 뿌리를 박고 살 수 있는 이유이다.

천년암 위의 천년송 주위에 풀이 자라고 있다. 풀이 자란다면 나무가 자랄 수 있는 최소한의 조건은 갖추고 있다는 이야기이다. 바위 위에 먼지가 쌓여 흙이 되어 얕은 화분 역할을 하지 않을까. 소나무는 잎이 크지 않아 증산작용이 약해 수분의 손실이 적다. 소나무를 화분에 키울 때 물을 많이 주면 죽는다.

물주기는 자연이 한다. 비, 안개와 이슬, 계곡물에 잠겨있는 바위의 밑 부분으로 올라오는 수분 같은 것으로 이 천년송은 겨우 살았을 것이다.

금돌산성

산성답사도 그럭저럭 10년이 지났다. 그렇게 되니까 대전 근교의 산성답사는 끝냈고 이제 시선을 밖으로 돌려야 되겠다고 생각했다.

백제권 밖의 산성으로 제일 먼저 답사의 대상으로 삼은 성은 백화산에 있는 금돌산성이었다. 금돌산성은 백화산성, 상주산성으로도 불리어진다. 백화산은 상주시 모동면과 모서면 사이에 있는 표고 933m의 산으로 산세가 험준하다. 대전에 있는 산성들은 대부분 백제의 성인 데 반하여 상주의 금돌성과 보은의 삼년산성은 대표적인 신라의 성이고 삼국통일과 깊은 관계가 있다. 상주는 통일신라 이전에는 넓은 곡창지대인데다가 백제와 접경한 전략적 요충지역으로, 경주 다음으로 중요한 지역이었다. 기록에 의하면 신라 공격군 5만이 이 금돌산성에서 출발했으며 무열왕이 이 성에서 한 달 동안이나 머물며 전황을 보고 받았다고 한다. 그러므로 다른 산성과 달리 이 성은 왕이 머물던 행궁터가 있고 험준한 산인데도 불구하고 외성과 내성으로 되어 있어 중요한 성임을 알 수 있다.

성은 복잡한 형태로 조성되어 있다. 지역 정보 포털에 의하면 내성의 둘레는 4,248m, 외성의 둘레는 2,213m, 내성과 외성을 가르는 성의 길이 988m, 외곽도 폭 1.8m, 차단성은 1,210m가량 된다. 외성을 따라 본 금돌성의 총 둘레는 5,473m이다. 1978년 80m를 복원했다.

삼년산성이 둘레가 1,680m라고 하니 약 3배가 아닌가.

1254년고종 41 10월 몽고군의 차라대車羅大가 이 성을 침공했으나 황령사 승려 홍지가 지휘하는 상주의 관민병에 의해 참패하고 물러갔다고 한다. 《조선왕조실록》, 세종 150지리.

백화산 아래에는 수봉리라는 마을이 있는데 나의 은사인 구용 선생이 태어난 곳이다. 수봉리는 마을 뒷산 헌수봉의 이름을 따서 지었다고 한다. 그리고 그 마을에는 청백리로 유명한 방촌 황희 정승의 영정을 봉안한 옥동서원이 있다. 그러니까 이번 산성 답사는 3가지 중요한 일을 겸하게 되었다.

대전 동부터미널에서 황간행 버스를 탔다. 버스는 고속도로를 50분 이상 달려 황간에 도착했다. 가까운 길이 아니었다. 버스 정거장에서 수봉리에 가는 차편을 물어 보았더니 한 시간 뒤에나 있다고 해서 택시를 탔다. 운전사는 그 지방 사람으로 옥동서원을 거쳐 백화산 금돌산성에 간다니까 자세히 설명해 주었다. 그리고 백화산부터 가는 것이 좋겠다는 말도 해주었다. 백화산이 제일 먼 곳에 있기 때문이었다.

때는 봄철이었다. 3가지 일을 추진하기 위해서는 낮이 길고 기온이 온난한 봄철이 가장 좋을 것 같아서였다. 산에는 모처럼 산벚꽃이 만개해서 눈이 내린 것처럼 산을 환하게 밝혔다.

백화산과 수봉리 사이의 석천은 수량이 비교적 많은 냇물이었다. 아마 봄비 때문인 것 같았다. 백화산 바로 밑에서 택시를 내려주어 체력을 비축할 수 있었다. 백화산의 커다란 산괴가 위압을 주었다. 안내판을 대충 보고 곧 출발했다. 나는 체력을 조절하며 쉬엄쉬엄 가기로 했다. 등산객이 별로 많지 않았다. 경사가 심한 산길은 나와 같이 야산만 다니던 등산객에게는 어려운 길이었다. 나는 큰 수술을 한 몸이라 30분 걷고 5분 쉬고를 반복하는 등산 기법을 실행했다. 그리고 음료수로 목을 축였다. 힘은 들어도 모처럼 산에 온 것은 퍽 기쁜 일이었다.

진달래꽃이 막 피기 시작했다. 다람쥐가 길을 인도했다. 가끔 꿩들이 푸드덕 날아 깜짝 놀랐다. 봄을 환영하는 새들의 합창이

등산의 어려움을 조금은 덜어주었다.

다시 또 산을 오르기 시작하였다. 길이 험했다. 이번 산성답사가 지금까지 다닌 산성답사 중 가장 난코스였다. 외성에 도착한 것은 11시경이었다. 지역적인 특성 때문인지 보존상태가 말이 아니었다. 내성은 외성에서 들어가서 보문계곡에 접어들면서 시작되었다. 내성은 좁은 계곡을 중앙에 두고 성을 쌓았다. 양쪽 비탈에 건물을 지었을 것이었다. 정상에 도착한 것은 1시가 지나서였다.

933m나 되는 정상은 전망이 좋았다. 특히 백제의 산성들이 있는 식장산과 계족산을 관찰하기가 좋았다. 신라가 이곳에 성을 쌓은 이유가 이해되었다.

이번 산성답사의 수확은 이제까지 백제의 산성만 보다가 신라의 산성을 본 것이다. 신라의 산성은 공격형 산성이며 포곡형이고 백제의 산성은 방어형이며 테뫼형이라고 한다. 포곡형 산성은 산기슭에서부터 능선을 따라 정상부까지 계곡을 하나 또는 여러 개 감싸서 축성한 산성으로 규모가 크다. 대표적인 산성이 금돌산성이다. 테뫼형 산성은 산 정상부를 중심으로 성벽을 쌓은 성이라 마치 사발을 엎어놓은 형태이다. 따라서 규모가 작다. 대전 주변에 있는 백제 산성들은 여기에 속한다.

상주의 백화산성은 동래의 금정산성, 서울의 북한산성, 남한산성과 같이 규모가 큰 산성이다.

이런 험준한 산정에 성을 쌓는다는 것은 얼마나 힘이 드는 일인가? 왜 인간은 전쟁을 하나? 금돌산성을 답사하면서 화두로 전쟁이란 낱말을 생각해 보았다.

전쟁의 기원은 아마 사냥감의 약탈에서 시작해서 재물과 땅을 빼앗고 사람을 강탈하여 노예로 부리기 시작하면서 시작되지 않았을까. 영토의 확장과 노동력의 착취가 국가의 융성에 관계되니까 이 문제를 해결하는 방법으로 전쟁을 시작했을 것이다. 문제는 전쟁은 전상자가 나오기 마련이다. 그리고 승자에게는 상처받은 영광일지 모르지만, 패자에게는 치명타가 된다. 또한 타인을 명령이라는 낱말과 대를 위한 희생이라는 사탕발림으로 사지로 몰아넣는다.

2001년 9월 11일 미국의 중심부에 있는 쌍둥이 건물인 무역센터를 자살특공대가 비행기로 공격함으로써 전선 없는 전쟁의 서막을 열었다. 그리고 이제 우리는 그런 공포 속에서 살아야 한다.

산성답사를 마치고 수봉리로 들어갔다. 수봉리는 동북향의 마을이었다. 마을 앞에는 큰 들이 펼쳐졌고 실개천이 흐르고 있었는데 물고기들이 많았다.

옥동서원의 안내판은 이렇게 설명하고 있었다.

> 이 서원은 선현인 황희1363~1452 선생의 영정을 봉안하여 존현하며 교학하던 사학기관으로 조선 중종 13년1518 백화서원으로 시작되었다. 그 후 숙종 41년1715에 경덕사와 강당을 짓고 정조 13년1789에 옥동서원으로 사액되었다.
> 누문인 청월루는 정면 5칸, 측면 3칸의 초익공식의 중측 팔작집이며 강당인 온취당은 정면 5칸, 측면 2칸의 초익공식의 단층 팔작집이다. 사당인 경덕사는 정면 3칸, 측면 2칸이며 초익공식의 단층 맞배집이다. 이상의 중요 건물 이외에 등재와 내삼문이 있다.

옥동서원은 1868년고종 5년 흥선대원군의 서원철폐 조치에도 훼철되지 않고 존속하였다고 한다. 아마 청백리인 황희 정승의 후덕이리라. 그래서 그런지 마을에는 장수 황씨들이 많이 살았다.

구용 선생은 이 옥동서원 옆집에서 태어나셨다. 아직 생가가 있는 것은 얼마나 다행한 일인가.

어쨌든 스승의 탄생지를 와 보아서 무엇보다도 큰 수확이었다.

삼년산성

　금돌산성의 답사를 마치고 여름이 가고 가을이 깊어갈 무렵 삼년산성의 답사를 서둘러야겠다는 생각이 들었다. 《삼국사기》에 의하면 이 산성은 470년자비왕 13년에 축성하였는데, 3년이 걸렸다고 하며, 보은읍 동쪽 2㎞ 지점인 오정산에 있으며 면적이 22만 6,000㎡이다. 참고삼아 비교해 보면, 아차산성은 10만 3,353㎡인데 비하여 2배가 넘는다.

　늦가을에 보은행 버스를 탔다. 보은은 속리산이 있어서 여러 번 가본 곳이었다. 그러나 이곳에 정2품 소나무만 있는 줄 알았지, 삼년산성같이 중요한 역사적 사료가 있는 줄은 몰랐다.

　생각해 보니까 산성답사의 팀 동료인 H가 성티산성을 갔다 오면서 다음번에는 삼년산성을 답사하자고 말한 지 10년이 훌쩍 넘

삼년산성 정상부에서

은 것 같다. H는 언제부터인가 연락이 잘 안 되었다. 그는 조용한 산골에 들어가서 글을 쓰며 전원생활을 한다는 이야기도 들리고 귀농했다는 이야기도 들렸다. 그러나 확실한 주소를 알 수 없었다. 따라서 이제 산성답사의 팀 동료가 없게 되었다.

삼년산성이 있는 325m의 오정산 아래 도착했다. 안내판을 보니까, 이 성의 위치는 충북 보은군 보은읍 어암리로 되어 있었다. 이 산은 평야 가운데 있다는 것이 특색이었다. 수통에 물을 넣고 산을 오르기 시작했다. 성벽은 주위의 능선을 따라 견고하고 웅대하게 구축하였는데 높이는 가장 높은 곳이 13m에 달하고 너비는 5~8m이며, 전장 1,680m에 이른다고 한다. 전체를 석축으로 견고하게 구축하였고 비교적 잘 보존되었다. 이 성은 신라가 고구려, 백제를 정벌하는데 전초기지로 이용했던 산성이다. 삼년산성의 산 위에서 사방을 바라보면 사통한 큰길과 평야가 한눈에 내려다보인다. 따라서 이 산성은 교통의 요지에 자리 잡은 산성임을 알 수 있다.

백제 방향인 서쪽으론 보은-옥천-공주로 통하는 옛길, 보은-회인-대전으로 가는 옛길이 있고 북쪽으론 보은, 청주 사이의 큰길, 보은-속리산 사이의 포장도로, 보은-관기-상주로 통하던 옛길이 있고 남쪽으론 보은-청산-영동으로 이어지는 옛길이 있다.

신라는 왜 백제와 고구려를 정벌하려고 했을까? 조그마한 나라가 왜 삼국통일을 하려고 했을까? 어떻게 이 어마어마한 도전에 국운을 걸었을까. 이민족인 당을 불러들여 이룬 삼국통일은 과연 의의 있는 것인가. 그것도 고구려 국토의 대부분을 당나라에 넘겨준 결과가 된 것은 아무리 긍정적으로 생각해도 점수를 줄 수가 없다. 고구려는 신라가 왜의 침입으로 휘청거릴 때 도와준 사실이 있다.

우리나라의 역사를 고찰해 보면 통일에 대한 열망은 3번 나타났다. 그 첫 번째가 신라의 삼국통일이요, 두 번째가 후삼국 고려의 통일이요, 세 번째가 지금 우리가 열망하는 남북통일인 것이다. 두 번의 통일은 전쟁에 의한 무력통일이었지만, 지금 우리가 염원하는 통일은 전쟁이 아닌 평화통일이다. 그렇게 돼야만 한다.

온달산성

사실 3국을 통해서 우리가 알고 있는 장군들은 몇 명밖에 안 된다. 그중에서 고구려가 제일 많다. 을지문덕, 연개소문, 양만춘, 온달 그리고 고선지 장군이고 신라는 김유신, 백제는 계백 정도이다. 고작해야 칠팔 명이다. 이 장군들은 온달 장군만 빼놓고는 전부 다 전쟁의 영웅들이다. 전해져 오는 이야기로는 인간적인 면이나 낭만과는 거리가 먼 장군들이다.

온달 장군은 평강 공주를 지어미로 삼은 로맨스의 주인공이고 국가를 위해서 전장에서 전사했다. 그가 전사한 곳도 온달산성이다 아단성이다 하고 논란이 많다. 나는 온달산성 쪽이다.

역사상 가장 멋있는 로맨스의 주인공인 온달 장군을 만나러 온달산성에 가기로 했다. 온달산성은 충북 단양군 영춘면 하리에 있어서 거리가 멀었다. 자연히 차편이 문제였다. 하루에 안 될 것 같아서 주말을 이용하기로 했다.

일단 단양행 버스를 탔다. 단양에서 고수대교를 건너 강을 끼고 거슬러 올라 군간교 건너서 오른쪽으로 가니까 영춘교가 있고 온달산성과 온달동굴이 강 건너에 보였다.

온달산성은 주위에 많은 관광자원이 있다. 얼마 떨어지지 않은 곳에 구인사가 있다. 소백산 국립공원과 월악산 국립공원이 있다. 그리고 그 유명한 단양팔경이 있다. 남한강의 깨끗한 물줄기가 있다. 산성 옆으로는 소백산 줄기에서 흘러내리는 남천이 흐르고 있다. 남한강의 비경을 간직한 남천은 참 아름다웠다.

강과 내가 에워싸고 있는 천혜의 요지인 472m의 성산에 온달산성이 있었다. 민간 설화에 의하면 온달은 늘 떨어진 옷과 해어진 신발을 신고 거리를 왕래해 걸식하며 홀어머니를 봉양한 효성이 지극한 청년이었다. 그래서 그를 바보 온달이라 불렀다고 한다. 일설에 의하면 어쩌면 그는 몰락한 귀족의 후예로 살아남으려고 일부러 이렇게 겉으론 바보 소리를 들으면서 호시탐탐 재기를 노린 문무를 겸한 청년 무사일 거라는 추측을 하는 사람도 있는 것 같다. 그렇지 않다면 평강 공주가 시집을 갈 리가 만무하기 때문이란다.

평강 공주와 온달 장군의 이야기는 설화로 이어져 온 이야기로 과장이나 편향된 점이 많을 것이다. 이 이야기는 민담 설화의 성격이 짙기 때문이다. 일국의 금지옥엽의 공주가 홀어머니를 모신 평민의 청년과 결혼을 한 것은 그럴만한 이유가 있기 때문일 것이다. 그리고 온달이 훌륭한 장군으로 성장한 것은 바탕이 어느 정도는 되어 있기 때문이라고 생각된다.

잃었던 고구려의 옛 땅인 죽령 이북의 땅을 찾지 못한다면 살아서 돌아오지 않겠다고 말한 온달 장군은 온달산성에서 신라군의 유시를 맞고 장군으로서의 거룩한 일생을 마친다.

사람은 아니, 국가는 왜 땅에 이렇게 집착을 하는 것일까? 그것은 땅이 곧 부이고 경제력이기 때문이다.

또한 사람은 흙에서 태어나 흙으로 돌아가는 운명이라 흙을 그렇게 좋아하나 보다.

온달산성은 규모가 작았다. 성의 길이가 683m로 소규모 산성이라 할 수 있다. 성산은 500m도 안 되는 작은 산이지만 강을 낀 험준한 산으로 한눈에도 요새지로 손색이 없었다.

온달 장군의 장례를 치를 때 관이 움직이지 않아, 그 소식을 들은 평강 공주가 가서 관을 어루만지니 그때야 비로소 관이 움직였다니 이 얼마나 아름다운 로맨스인가. 온달이 공주를 얼마나 사랑했으면 이러한 설화가 남아 있을까? 모름지기 뭇 사나이는 온달 같은 사랑을 해보고 싶을 것이다. 국가를 위해서 충성했고 지어미를 위해서 고고한 사랑을 한 온달이야말로 사나이 중의 사나이다.

온달성 주위에는 온달과 관련된 지명이 많다. 이것이 바로 그의 지고한 정신을 기리는 민초들의 따뜻한 감정이 아닐까 생각해 본다.

나는 조그마한 여관에 여장을 풀고 저녁 식사를 한 후 반딧불을 구경하러 밖으로 나갔다. 산중이라 차가운 기온이 서늘했다. 휘영청 밝은 달에 구절초 향기가 서늘한 바람에 묻어왔고 가을 풀벌레들이 구슬프게 울고 있었다.

온달이 장군이긴 하지만 이 살벌한 전쟁터에서 얼마나 외로웠을까? 30여 년 전 국토방위의 의무 때문에 나도 아내와 떨어져 있었다. 전방에서 아내를 얼마나 그리워했는지 모른다.

우포늪과 줄

　이삼 년 전에 부산에 갔다 오다가 창녕에 있는 우포늪으로 방향을 돌렸다. 사실 우포늪은 가 보고 싶었지만 한 번도 가 보지 못했다. 매스컴을 통해서 우리나라 최대의 자연 습지이며 다양한 생물의 보고임은 알고 있었다.

　시기적으로 그곳을 탐방하기에 좋은 계절이 아니지만 내친김에 가 보기로 했다. 우포늪의 명물인 가시연꽃이 칠팔월에 피는데 5월이었기 때문이었다.

　내비를 켰더니 우선 창원 마산으로 인도했다. 곧 대구 마산을 잇는 중부내륙국도로 달려 창녕나들목으로 나갔다. 구름이 잔뜩 낀 하늘에서 빗방울이 돋았다. 많은 양은 아니지만 비가 내리기 시작했다.

　억새로 유명한 창녕의 화왕산이 위용을 자랑했다.

가시연꽃

우포늪에 도착했을 때는 어둑어둑했다. 근처에 숙소와 식당이 있으리라 예상했지만 찾을 수 없어 창녕읍으로 나가 모텔에 투숙했다.

다음날 9시에 세진리 주차장으로 나갔다. 매표소에 관광객들이 제법 있었다. 설명서를 보니 우포늪은 1997년 환경부 자연생태보전지역이 됐고, 이듬해 3월에 람사르 협약이란의 람사르라는 도시에서 처음 개최되어 그 도시 이름을 따 람사르 협약이라 불렀다. 물새 서식지로서 특히 국제적으로 중요한 습지에 관한 협약이다.에 등록된 보존지역이었다.

람사르 협약에 등록된 우리나라의 보존지역은 대암산 용늪 이외에 십여 곳이 있다. 생성 시기는 1억 4천만 년 전에 만들어졌다는 설과 B.C 4000에 만들어졌다는 설이 있다. 명칭의 유래는 늪의 바로 옆에 있는 우항산에서 비롯했다고 한다.

총면적은 2.313k㎡ 약 700,000평이며 가장 큰 소벌인 우포, 모래벌인 사지포, 나무벌인 목포, 작은 종이라는 순우리말인 쪽지벌로 구성되어 있다. 물의 유입은 토평천에서 사지포 쪽으로 유입되어

인디언 야생벼

쪽지벌 쪽의 토평천으로 유출된다.

많은 사람이 자전거를 대여하여 부인이나 애인, 자녀를 태우고 페달을 밟는 모습이 다른 곳에서는 볼 수 없는 아름다운 광경이었다. 늪 주위의 산록에는 찔레꽃과 아카시아꽃 향기가 짙게 풍겼다. 자연 습지라 했으나 제방이 세 군데나 있었다. 대대제방, 사지포제방, 주매제방 등이다. 그 제방이 눈에 거슬리고 자연 습지임을 의심케 하는 요인이었다.

전망대에 올라갔다 내려오면서 우포늪 안내원을 만났다. 그녀의 말에 의하면 원래 우포늪은 대대제방 넘어 양파를 재배하는 논까지였는데, 일제강점기에 일본 사람들이 우리 농민들을 징발하여 늪 가운데에 제방을 막아 저쪽 부분은 논으로 개조하여 벼농사를 지어 일본으로 쌀을 가져갔다는 것이었다. 일본의 수탈이 이 지경에 이른 것이다. 그쪽 넓이가 보통이 아니었다.

내 생각으론 지금이라도 그 제방을 허물어 늪을 복원시켜야 할 것 같다. 그래야 국제적인 늪이 되지 않을까. 하긴 농민 이주대책

한국의 줄

과 농토의 보상이 해결해야 할 문제로 남는다.

그 안내원은 줄에 관한 이야기도 해주었는데, 벼 잎과 비슷한 그 풀이 물벼 혹은 인디언벼라고도 한다는데, 벼의 원조라는 것이었다.

몇 년 전에 오대호 근처의 한 호수에 가서 야생벼wild rice를 보고 왔다. 참 신기했다. 줄과 어떻게 다르고 같은지는 모르겠지만 북미의 인디언들은 야생벼로 밥을 지어 먹는다. 나도 먹어봤는데 밥맛이 좋았다. 다만 야생벼는 인공적으로 개량되지도 재배되지도 않는다는 이야기를 들었다. 안내원에게 이 줄의 벼도 밥을 해 먹느냐고 물었더니, 해 먹어 본 일은 없다고 대답했다.

집에 와서 참고서적을 찾아보았더니 북미의 인디언벼와 똑같았다. 줄은 중부 이남의 연못이나 냇가에 나는 다년초로 잎과 대가 벼와 거의 같다. 열매는 벼와 다르며 고미菰米라 하며 식용했다고 한다. 고미로 떡이나 밥을 지어 먹었단다. 옛 조상의 오반五飯의 하나였단다.

벼는 인도나 말레이시아가 원산이다. 줄과는 조금 다르다.

5

님들을 떠나보내며

구용의 뉴트로 무위이화

코로나19가 잠시 고개를 숙일 즈음 성균관대학 출신 문인모임인 행문회 회장인 전 시인에게서 연락이 왔다. 10월 5일 11시에 성균관대학 박물관에서 구용 탄생 100주년 기념 '구용의 뉴트로 Newtro 무위이화無爲而話' 기획전이 있으니까 꼭 오라는 것이었다. 성균관대학교 총장의 특별 초청이란다.

총장이 나를 알 리가 없으니까, 그럴 리는 없고 전 시인이 나를 꼭 오게 하려는 유혹 같았다. 어쨌든 구용은 은사이고 나를 시단에 이끌어주신 분이다. 그러니 꼭 가야 한다.

구용 선생님은 1922년생이니까 살아계시면 100살이 맞다. 돌아가신 것이 2001년 12월이니 참 세월이 많이 흘렀다.

사모님은 어떻게 지내실까? 건강하시긴 하신지? 궁금하기도 했다. 또 자제분들은 어떻게 사시는지? 올라가면 소식을 들을 수 있고 뵐 수도 있을 것 같았다.

서울에 올라가는 것을 뚝 끊고 지낸 것이 오래됐다. 코로나19가 시작되면서부터였으니까 근 3년이 다 된 것 같다. 이 전염병 때문이기도 하지만 그 무렵에 대상포진을 앓고 그 후유증인 신경통으로 4년째 앓고 있다. 그것이 더 큰 이유이다.

왼쪽 다리 무릎과 허벅지 안쪽이 아파서 긴 바지를 못 입을 정도이다. 그러니 내 옷차림이 이상할 수밖에 없다. 항상 반바지만 입어야 하고 추운 겨울철은 왼쪽 바지를 잘라내고 축구선수들같이 스타킹을 하고 다닌다.

대전에서 8시 35분 KTX를 타고 서울역에 도착. 지하철 4호선을 타고 혜화역에서 내려 셔틀버스를 타고 600주년 기념관 앞에서 내렸다.

전 시인이 현관에서 기다리고 있었다. 조금 후에 원로시인이신 김동호 교수, 소설가 조건상 교수도 왔다. 동양철학자이며 교수이신 이동준 시인도 왔다. 행문회 회장인 전 시인과 나만 빼놓고 모두가 성균관대학 교수를 역임했고 문인들이다. 오랫만에 모두를 뵈어서 반가웠다.

박물관이 있는 지하실로 내려갔다. 총장과 박물관장, 관계자들이 우리를 기다리고 있었다.

식이 진행되었다. 구용 시사의 서예 작품이 전시되어있었다. 서예 작품뿐 아니라 그림도 많이 그리신 것을 알았다. 친필 원고지, 친지에게 보내신 여러 편의 연하장, 제자에게 써주신 시집의 제자題字들. 그 많은 작품에 놀랐다.

아름다워라 내 故鄕 草亭이야 잊지를 못하겠네
東鶴 洞天에 나를 모를 돌 하나 있었던가 물소리야

특이한 필법의 이 두 작품이 맨 앞에 있었다. 작품은 2014년에 유족이 기증했다는 것이었다. 천여 점이 된다고 이야기했다. 뉴트로가 무슨 뜻인지 몰라 어리둥절했는데 도록에 다음과 같이 써 놓았다.

뉴트로란 새로움을 뜻하는 New와 복고를 의미하는 Retro를 합친 용어로 복고를 새롭게 즐기고 현대의 정신으로 재창조하는 것을 의미합니다._ 성균관대학 박물관장 조 환의 개최사

유물로는 벼루와 먹, 붓이 여러 개였고 선생님이 쓰시던 안경, 만년필도 9개나 되었다. 낙관도 여러 개였다.

한 학예사가 작품에 대하여 설명했는데 많이 알고 있었다. 그

림 작품은 어효선, 최남백과 그린 합작품이 많았다. 김세종의 글씨도 눈에 띄었다.

사진을 많이 찍었는데 도록을 공짜로 주어서 기뻤다. 도록을 보고 주최 측에서 나를 초대한 이유를 알 수 있었다. 2005년에 낸 김구용 평전 《완화초당의 그리움》의 저자이기 때문인 것 같았다.

1980년 중반에 선생님과 사모님을 모시고 안동에 갔던 일이 회상되었다. 김동호 교수와 인천대 이 진 교수도 함께 갔었다. 그때 참 술을 많이 마셨다. 40년 전의 일이니 까마득한 옛날 일이다.

사모님은 편찮으셔서 못 오시고 자녀들도 만날 수 없었다. 식이 끝난 후 혜화동 음식점에 가서 점심을 들며 담소하고 헤어졌다.

어쨌든 김구용 탄생 100주년 기념 서화전을 열어주신 성균관대학이 고마웠다.

논강 김영배 선생 추모 글

　논강 김영배 선생님이 돌아가셔서 특집을 꾸며야 하니 추모글을 써 달라는 부탁을 안데스산맥을 누비고 있을 때 받았다.

　말년에 식도암으로 고생하셨고, 수술하고 잘 치료하시는 줄 알았는데, 돌아가셨다니 슬픔을 금할 수가 없다.

　논강 선생은 대전·충남 수필문학의 큰 거목이셨으며 전국적으로도 알아주는 분임은 새삼 거론할 필요도 없을 것이다. 누구나 선생님을 만나면 다정다감하고 누구에게나 겸손하시며 진실로 문학을 사랑하는 문인이라는 인상을 받는다.

　선생님의 글은 언제나 읽어도 한국적이며 정감이 넘쳐난다. 화려하다기보다는 진실하고 표현이 정확하다고 할 수 있다. 나는 선생님의 〈찔레꽃〉 같은 수필을 참 좋아한다. 선생님의 글을 좋아하니 자연히 존경하고 따르게 되었다.

　이런 선생님과 인연을 맺은 것은 1987년에 첫 시집을 내고, 산문에 대한 애착을 버리지 못했기 때문이었다. 한때 나는 소설가가 되고 싶어 10년 이상이나 공부를 한 일이 있었다. 뭐 소설가가 시인보다 좋아서가 아니라, 선생이 하기 싫고, 전업 문인이 되려면 소설이 유리할 거로 생각했기 때문이었다.

　재주가 없어 포기하고 말았지만, 그래도 산문에 대한 막연한 동경은 늘 내 마음속에 있었다.

　그래서 수필이 쓰고 싶어 고 조일남 시조시인과 같이 선생님 댁을 찾아갔었다. 선생님은 그 당시 대전 동부에 사셨으며 사모님께서 많이 편찮으셨는데도 우리를 반겨주셨고 술집으로 데리고 가서 술대접을 해주셨다.

　선생님과 처음 악수했을 때 손을 보니 바로 재사才士의 손이었다. 손뼈가 가늘고 부드러웠으며 따뜻했다.

이것저것 문학 이야기를 하다가 수필을 쓰고 싶다고 말했더니 두말하지 않고 우리 둘을 '대전·충남수필문학회' 회원으로 추천해주셔서 지금까지 수필을 쓰고 있다. 그러니까 논강 선생은 내 수필문학의 은사이신 셈이다.

논강 선생은 시조도 잘 쓰신다. 논강 선생은 후배 문인들에게 술을 잘 사 주신다. 나도 여러 번 술을 얻어 마셨다. 술값을 내려면 극구 말리셨다. 병이 나시기 전, 주량이 약해지시자 주로 맥주를 드셨다.

한번은 선생님의 수필집이 발표되었을 때 그것을 보내주셔서 단번에 다 읽고 감동하여, 주제넘게도 서평을 써서 《대전문학》에 발표해 버렸다. 그 후에 읽어보았더니 낯을 들 수 없을 정도의 졸문이었다. 그래서 내 컴퓨터에서도 지워버려서 선생님의 어느 책에 대한 서평인지, 서평의 제목이 무엇인지도 기억조차 나지 않는다. 그 후 선생님을 뵈었는데 허허 웃으시기만 하고 혼을 내지

2008년 제28회 대전·충남수필문학회 정기총회에서 함께한 분들. 뒷줄 왼쪽부터 시계 방향으로 김지은, 김순자, 박영애, 강표성, 박종국, 문희봉, 육상구, 이근하, 안태승, 박권하, 은희순, 이상문, 고 김영배, 윤승원, 고 유동삼, 고 홍재헌, 배인환.

않으셨다.

내가 아내와 사별하고 혼자 사는 것을 아시고, 수필문학회에서 만나면 늘 재혼하라고 말씀을 해주셨다. 작년에도 그런 말씀을 해주셨다. 선생님도 혼자이시면서 말이다. 이렇게 마음을 써주시는 분은 그리 흔치 않다.

이제 선생님은 저세상으로 가셨다. 죽음은 누구도 피할 수 없는 것이다. 무거운 짐을 내려놓고 편히 쉬시기를 바란다.

삼가 멀리서나마 선생님의 명복을 빈다.

화날 때도 부처 같은 조일남 시인

"화날 때도 부처 같은 시인" 이 말은 우리 '전원에서' 한 동인이 조일남 시인을 두고 한 말이다. 그를 아는 사람은 누구나 수긍할 것이다. 그는 기뻐도 크게 웃지 않는 성품이다.

이렇게 사람 좋은 조일남 시인이 지난 6월에 별이 되어 별나라로 갔다. 하느님도 좋은 사람을 좋아하는 모양이다. 주위를 보면 아까운 사람들만 쏙쏙 뽑아간다. 가족은 물론 우리 '전원에서' 동인들도 슬픔에 잠겨 있다. 그의 빈 자리가 너무나 크다.

그는 평생을 바친 교육계에서, 문학에서, 가정에서 성공을 두루 거둔 보기 드문 사람이었다. 그가 이 세 분야에서 성공을 이룰 수 있었던 것은 물론 재능도 뛰어나지만, 인간성에 기인한다고 본다. 그는 성실의 대명사이다. 흔한 말로 '부처님 가운데 토막'이라는 말이 있는데 그가 그렇다. 그는 말보다는 실천이 먼저인 사람이다. 그는 정직한 사람이다. 그는 보기 드문 촌선비이다. 여기서 말하는 '촌'이라는 말은 순수의 표현이다.

조일남 시인이 이렇게 성공을 거둔 이면에는 자당님의 한결같은 보살핌과 부인의 지극한 내조의 공도 있다.

나는 마음의 벗인 그의 집에 딱 두 번 방문했다. 그는 우리 집에 단 한 번 왔다. 처음 간 것은 겨울 방학을 앞두고 학교에서 토끼사냥을 했는데, 그곳이 조 시인의 마을인 창평 근처의 야산이었다. 토끼사냥을 한 후 전 직원이 그의 집에 초대되어 저녁 대접을 받았다.

나는 그때 그가 소장하고 있는 책을 보고 깜짝 놀랐다. 그의 서재에는 어림짐작으로 수천 권의 책이 있었다. 그의 학구적인 면모가 바로 거기에 있음을 알았다. 그는 독서의 범위가 아주 넓고 깊어 모르는 것이 없을 정도로 박식했다.

두 번째 그의 집에 간 것은 조모의 초상 때 간 것 같다. 그의 서재에 김구용 선생이 쓰신 진악거進樂居가 표구되어 걸려 있었다. 김구용 선생이 금요회의 초청으로 금산을 처음 방문했을 때, 금산에 진악산이 있어서 서재명으로 진악거 두 폭을 나에게 써 주셨는데 한 폭을 그에게 준 것이다.

조일남 시인은 효자다. 교육청 중등교육과장의 그 막중한 일과에도 주말마다 시골에 계시는 자당님을 뵈러 갔다. 그는 가정적이고 가족이 참 화목하다. 독신으로 자란 그는 아들 둘, 딸 셋을 두었고 모두 성혼시켰다. 손자 손녀를 사랑하는 마음이 유별나다. 그의 시조에 손자 손녀의 재롱이 많이 나와 있다. 그의 시조집에는 화가인 부인 신순옥 여사의 그림과 손자 손녀의 그림이 들어 있다.

이제 그의 문학 이야기를 해야겠다. 그는 유동삼 선생을 만나면서부터 문학을 하게 되었다. 남보다 문학적인 자질이 뛰어나면서도 신춘문예니, 추천이니 하는 쪽을 기웃거린 일이 없다. 강경중학교에 근무할 때 논산시 장학사로 계시던 유동삼 선생 눈에 한 편의 산문이 띄어 문학의 길을 걷게 되었다. 그는 이어서《시조문학》으로 등단했고 '대전문협' 부회장, '호서문학' 회원, '가람문학' 회장, '한말글 사랑' 으뜸 일꾼, '대전·충남수필문학회' 회원, '전원에서' 창립 동인으로 왕성한 활동을 했다.

그는 개인 작품집이 많지 않다. 시집 두 권과 수필집《네잎》공저 한 권밖에 없다. 그것은 작품이 없어서가 아니다. 방대한 원고가 있는 것으로 나는 알고 있다. 그것은 자신의 문학보다는 다른 사람을 위한 문학이 먼저라는 생각 때문에 본인의 작품집 발간을 미루었을 뿐이다. 특히 '가람문학'과 '한말글 사랑'에서 보여준 업적은 빛날 것이다.

이제 유가족과 상의해서 《조일남 전집》을 내는 것이 남아 있는 사람들의 몫이다.

그는 시조도 잘 쓰지만, 수필도 참 잘 쓴다. 우리가 공동 수필집 《네잎》을 내고 그의 수필 〈충남여중에 오다〉를 읽어보고 나는 그런 느낌을 받았다. 글감도 되지 않을 것 같은 제목으로 쓴 글이 너무 좋아, 아! 이것은 마음으로 쓴 글이다. 그는 마음으로 시조도 수필도 쓴다. 진실하고 아름다운 마음을 갖고 있으니 글도 그럴 수밖에 없다. 문인이라고 해서 누구나 마음으로 글을 쓰는 것은 아니다.

우리 '전원에서'는 조일남, 양태의, 내가 발의해서 시작한 동인이다. 그 후 좋은 동인들이 속속 가입했다. 그러나 가장 우수한 문인이 떨어져 나갔으니 막막할 뿐이다. 동인들은 그를 생각해서라도 '전원에서'를 발전시켜 나가기로 다짐했다.

그는 책을 보내면 정성을 다해서 편지를 보내 주었다. 편지 한 장에도 글재주가 번뜩인다. 그 편지를 꺼내 보면서 비통한 마음이 되어 눈물이 흘렀다.

삼가 고인의 명복을 빈다.

조일남 시인의 유고집을 내도록 도우며

작년 6월 조일남 시인의 장례식장에서 술을 많이 마셨다. 훗날 아는 사람들이 걱정하더라는 이야기도 들었다. 수술한 몸에 술을 그렇게 들어도 되느냐는 것이었다. 참으로 고마운 충고다.

변명 같지만, 그날 나는 울분을 다른 방법으로 토할 수가 없었다. 아내를 폐암으로 데려가더니 가까운 친구도 같은 병으로 데려가는 현실이 저주스러웠다. 하느님이 너무 미웠다.

조일남 시인을 그의 고향 뒷산에 묻고 돌아오면서 양태의 시인과 나는 서대전사거리 근처에 있는 '전원에서'라는 음식점에 들려 술을 마셨다. 양 시인은 평소 술을 전혀 못 하지만, 그도 그날만큼은 술을 들었다. 그 음식점은 조일남 시인과 우리 셋이 처음 만나 '전원에서'라는 문학 동인을 시작한 인연이 깊은 곳이었다. 회원이 늘어 차를 가져오는 사람이 많아 주차장이 있는 다른 장소로 옮기기 전까지 우리는 오랫동안 그곳에서 작품발표회를 했다.

이제 막 교직의 무거운 짐을 벗어버리고 문학에 본격적으로 몰입할 시기에 조 시인은 떠났다. 하느님은 그쪽에서 그가 꼭 필요한지 데리고 갔다. 그것은 개인의 손실임과 동시에, 감히 말한다면 한국문학의 손실이기도 하다.

그가 이룬 문학을 세상에 남기기 위해서는 뒤에 남은 우리가 그의 유고집을 내도록, 그의 전집을 내도록 도와주어야겠다고 생각했다. 물론 유고집을 내는 것은 유가족의 몫이다. 그러나 조일남 시인의 유가족들은 출판과 문단이 생소하여서 누군가 도와주어야 했다. 양태의 시인과 내가 그 일을 자청해서 하기로 했다. 만일 내가 먼저 저세상에 가고 조 시인이 살아 있다면 그가 내 유고집을 내도록 도와줄 것이라는 생각이 들었다.

조일남 시인이 대전광역시교육청에 장학사로 있을 때, 양태의 시인도 장학사로 같이 근무하면서 친교를 맺어오다가 문단에 데 뷔하고 '전원에서' 동인 활동을 같이하며 서로 친해졌다.

조 시인이 하늘나라로 간 지 100일이 지나 유가족들이 한숨 돌리던 작년 가을 어느 날, 사모님을 음식점으로 모셨다. 큰 위로야 될 리는 없겠지만 우리는 사모님께 저녁을 대접하고 술도 두어 잔 권해 드렸다. 사모님은 원래 명랑한 성격이지만 치료와 간호의 어려움, 낭군이 떠난 후의 빈자리 등으로 퍽 침울했다. 사모님의 한 말씀 한 말씀은 피 맺힌 말씀이었다. 서로 이야기를 주고받다가 유고집 이야기를 꺼냈다. 사모님은 유고집이야 내고 싶지만 어떻게 하는지 모르니 도와달라고 말씀하셨다.

그래서 상의 끝에 유고집은 1주기에 맞춰 시조집과 수필집 각각 1권씩 2권을 내기로 했다. 시조집은 내가 맡고 수필집은 교정을 잘 보는 양태의 시인이 맡아 하기로 했다.

시조집은 해설을 써야 하니까 좀 더 서둘렀고 수필집은 해설 없이 내기로 하여 타이핑하느라고 좀 늦었다.

그동안 대전에 있는 문학단체에서 '조일남 추모특집'이 많이 나왔다.《대전문학》,《호서문학》,《가람문학》,《한말글 사랑》, '전원에서' 등이다. 그렇게 배려해 주신 은혜에 감사드린다. 그런데 지금까지 나온 추모특집은 전부가 시인으로서의 조일남 특집이었다. 올해에《수필예술》에서 비로소 수필가 조일남의 특집이 나온다.

조일남 시인은 시조 못지않게 수필도 잘 썼다. 모든 작품이 주옥같다. 한편도 소홀하게 쓴 작품이 없다. 그는 문재文才가 뛰어난 타고난 문인이다.

그의 수필을 읽는 동안 그가 살아 옆에 있는 것 같은 착각을 느꼈다. 이래서 '예술은 길고 인생은 짧다'라고 말한 것인가!

시조집의 해설은 서울에서 활동하는, 대학 후배이며 장래가 촉

망되는 젊은 시조시인 홍성란 씨에게 부탁했다. 그녀는 내 편지를 받고 조시인 작품집을 전에 보았다며 곡진하게 쓰겠다고 약속했다. 4월 말경에 훌륭한 해설이 나왔다.

수필집 원고를 받은 것은 3월 초였다. 그러나 《한말글 사랑》 원고가 20여 편이나 빠져 있어 추가했다. 수필집 뒤에 《수필예술》 추모 특집에 있던 김영배 선생이 쓴 〈조일남 수필가의 수필의 세계〉를 선생의 허락을 구해 싣기로 했다. '유고집을 내면서'는 유가족 중 큰 며느님과 막내아들이 쓰기로 했다.

조 시인의 작품은 아직 다 못 찾아서인지 수적으로 적은 것 같다. 내 추측으론 서너 권의 시집을 낼 원고의 분량으로 알았다. 수필도 몇 권 될 줄 알았다. 그런데 각각 한 권 분량이다. 아직도 남은 원고가 컴퓨터에 숨어 있는지도 모를 일이다. 하긴 문학의 업적은 양이 아닌 질로 따지는 것이다.

그의 유고집이 늦어도 6월 초에는 나올 것 같다.

조일남 시인이 시와 수필 말고 심혈을 기울여 쓴 분야가 또 있다. 다름 아닌 일기이다. 평생을 쓴 일기가 분량이 많다고 한다. 평소에 조 시인으로부터 일기를 쓴다는 이야기를 몇 번 들은 일도 있다. 사모님 이야기로는 일기장이 수십 권은 된단다. 일기는 훌륭한 문학작품이 되는 경우가 많다. 그러나 그것은 사생활의 기록이다. 그러므로 선별은 당연히 유가족의 몫이다.

몇 년 내로 그의 전집을 내야 할 것 같다. 그때 그의 일기 일부라도 전집에 담을 수 있기를 기대한다. 그의 무덤에 가을 나뭇잎은 떨어져 쌓였고 눈은 소리 없이 내려 덮였으리라. 그리고 올해 봄에는 잔디가 푸르게 자랐고 주위는 신록으로 무성하리라. 무정한 게 세월이라더니 시간은 참 빠르기도 하다.

조일남 시인도 이제 역사 속의 인물이 되었다. 유고집을 보고 하늘에서나마 기뻐하리라 믿는다.

조일남 시인의 일기

문학 분야에서 조일남 시인이 한 일은 4가지로 나눌 수 있다. 첫째는 시조시인으로 좋은 시조를 남기는 일이었다. 둘째는 좋은 수필을 쓰는 일이었다. 셋째는 《가람문학》과 《한말글 사랑》 같은 문학 활동에 쏟은 열정이었다. 이 세 분야 말고 그가 평생을 통하여 진실로 하고 싶어 열정을 바친 분야는 일기 쓰기였을 것이다.

문인치고 일기를 써보지 않은 문인은 없을 것이다. 일기를 써본 문인들은 일기를 평생 쓴다는 것이 거의 불가능함을 잘 안다. 한 사람의 일생은 그렇게 평탄하기만 한 것은 아니다. 기복이 심하다. 감정이 극에 달할 때와 고통스러울 때는 글이 써지지 않는다.

조일남 시인의 일생이 기복이 심했다는 이야기는 아니다. 일반적인 이야기를 하는 것이다. 조일남 시인의 일생은 옆에서 보기에는 그렇게 격랑이 심한 바다는 아니었다. 적어도 외형적으로는 평온한 생이었다.

또 너무 평탄한 삶은 일기의 소재가 부족하다. 다람쥐 쳇바퀴 돌 듯이 하는 일상은 글의 흥미를 고갈시킨다. 그래서 일기 쓰기가 어렵다.

일기는 나름대로 장점이 있다. 일기는 독자를 의식하지 않기 때문에 솔직하게 쓸 수가 있다. 또한 문장 수련의 최고의 방법이다.

일기도 단점이 있다. 너무 열심히 쓰다 보면 삶이 주인이 아니고 일기가 주인이 되는 경우가 있다. 주객이 전도되는 현상이다. 별로 바람직한 삶이 아니다.

조일남 시인으로부터 일기를 열심히 쓴다는 이야기를 여러 번

들은 일이 있다. 하루도 거르지 않느냐고 물었더니 술을 마시고 들어간 날은 메모를 해두었다가 이튿날 새벽에 쓴다고 말했었다.

부인 이야기로는 건양대학병원에 입원하는 전날 밤까지 일기를 썼다고 한다. 그런 고통 속에서 조 시인이 끝까지 일기를 쓴 이유는 무엇일까. 그가 심혈을 기울여 쓴 일기에 무슨 의미가 담겨 있을까. 그가 일기를 쓰기 시작한 것은 문단에 나오기 훨씬 전인 학창 시절부터로 알고 있다. 인간만이 가진 표현의 욕구, 기록의 욕구가 아닐까.

일기는 때로는 산역사가 된다. 또한 훌륭한 문학작품이 된다. 충무공의 《난중일기》와 조선 왕조의 《승정원일기》가 대표적인 사례가 아닐까. 명작 소설로 평가되는 《안네의 일기》도 있다.

조일남 시인의 일기도 그의 성품이나 능력으로 봐서 훌륭한 일기일 것으로 추측된다. 그것은 그 집안의 가보이다.

그러면서 아쉬운 점은 그가 살아생전 일기의 일부라도 출판해 놓았거나 선별이라도 해놓았다면 아무런 문제가 없다. 그렇지 않으니까 문제가 된다. 이제 선별 작업은 유가족의 몫이다. 개인의 사생활 기록이기에 발표되기 전에는 유족 이외에는 아무도 볼 수가 없다.

그의 출판된 일기를 보고 싶다.

하늘에 가신 홍 선생님

5월 17일 홍 선생님의 부음을 문자로 받았다. 올해 3월 총회 때 건강하신 모습을 보았는데 돌아가셨다니 믿기지 않았다. 그때 소주를 드시면서 담소하셨다. 향년 87세이셨다.

5월이 어떤 달인가? 진부한 표현이지만 '계절의 여왕'이 아닌가! 이런 좋은 달에 돌아가셨으니 복된 죽음이라고 해야 할지, 더 사셔야 하는 데 하고 슬퍼해야 할지 모르겠다. 인간의 생명은 유한한 것이며 죽음은 피할 수 없는 숙명이다. 그래도 서운한 마음은 금할 수가 없다.

원로 문인들이 한 분 한 분 우리 곁을 떠난다. 스산한 늦가을 기분이 든다.

문상을 하는 날은 신록이 절정을 이루고 아카시아꽃 향기가 코끝에 맴돌고 이팝나무 흰꽃이 탐스러웠다. 찔레꽃도 어김없이 피었다. 태양은 따스하게 비치었다. 나는 홍 선생님을 문상하러 갔다. 인생의 무상을 느끼지 않을 수가 없다.

성모병원 장례식장에 빈소가 차려졌고 문상객이 줄을 이었다. 향을 피우고 절을 올리고 상주에게 조문했다.

많이 편찮으셨는지 물었더니. 밤에 주무시다가 돌아가셨단다. 죽음복은 타고나셨는데 가족들이 퍽 서운하시겠어요. 하고 위로했다.

접대실에는 대전충남수필문학회 회원들이 모여 있었다. 일찍 오신 회원들은 바로 자리를 뜨고 대전문협 문희봉 전 회장, 육상구 대전충남수필문학 회장과 소주를 한 잔 마셨다. 조금 후에 조남익 원로 시인도 오셔서 홍 선생에 대한 추억을 이야기했다.

홍 선생님은 평생을 초등교육에 헌신하셨고 1964년 〈새교실〉로 등단하셨다. 50여 년을 수필가로서 활동하셨다. 옆길로 나가시지 않고 오로지 수필만 쓰셨다. 참 어려운 일이다. 작품집으로는《사랑이 있는 풍경》외 5권의 수필집을 내셨으며 2010년까지 1,225편의 작품을 발표했다고 한다. 시가 아닌 수필을 이렇게 발표한 것은 대단한 일이다. 대전시문학상을 수상하셨다.

회상해 보면 홍 선생을 처음 만난 것은 1989년 대전충남수필문학회에 참가하면서부터였다. 그 해 졸작 수필을 2편 실었는데 읽어보셨다면서 열심히 쓰라고 말씀해 주셨다. 신입 회원의 작품을 읽고 비판해 주기가 어려운데 말씀해 주셔서 지금도 잊지 않고 있다.

홍 선생님은 대전충남수필문학회 창립 회원이고 그 당시 우리 회의 회장이셨다. 김영배 선생님, 유동삼 선생님과 더불어 원로이셨다. 홍 선생님이 회장일 때 한국수필문학회가 유성에서 열렸다. 돌아가신 조경희 선생님이 오셨다. 전국에 있는 원로 수필가들이 대거 오셔서 축제의 분위기가 됐다. 홍 회장이 원만하게 처신하셔서 큰 행사를 무사히 마칠 수 있었다. 조경희 선생님은 우리 회원들을 유성호텔로 불러 손수 과일을 깎아주면서 우리를 격려했다.

홍 선생님에 관한 이야기, 한때 나는 우리 대전충남수필문학의 주제 수필에 대하여 못마땅한 생각을 했다. 수필가들이 어린애들도 아니고 주제를 정해놓고 글을 쓴다는 것은 백일장도 아니고 하니 문학의 자율성을 위해서 폐지해야 한다는 생각이었다. 그랬는데 홍 선생은 전통이니까 지켜야 한다고 말씀하셨다. 원로 수필가가 말씀하시는데 내 의견을 접을 수밖에 없었다.

1981년《수필예술》창간호를 찾아보니까 필진이 30명인데 돌아가시거나 둥지를 떠난 분이 24명인데 또 홍 선생님이 떠나셔서 강나루, 박권하, 유동삼, 이정웅, 최중호 회원만 남았다. 하긴 세월이 30년 이상이 흘렀다.

홍 선생님이 그렇게 술을 좋아하지 않으셨고 평생을 교육자로, 천주교인으로 생활하셔서 자주 뵙지는 못했다. 더 좀 가까이 모시면서 선생의 가르침을 받지 못한 것이 못내 아쉽다.

이제 많은 세월이 흘러 돌아가신 분, 붓을 꺾은 분들이 많다. 둥지를 떠난 분들이야 새 둥지를 틀었겠지만 돌아가신 분들은 늘 우리 수필문학에 계실 것이다.

돌아가신 홍재현 선생님, 김영배 선생님, 이덕우 선생님, 조일남 선생님. 그분들과 지낸 세월이 오늘따라 더욱더 애절하게 회상된다.

바람을 만지작거리는 시인

우봉 임강빈 선생이 어제 별세하셨다. 원로 시인 한 분이 또 하늘로 가신 것이다. 우리가 다 알다시피 우봉 선생은 우리나라 시의 전통을 잇는 몇 안 되는 서정시인이다. 나는 진실로 임강빈 선생을 존경했다. 그분의 시를 좋아했고 그분의 고매한 시 정신을 좋아했다.

선생의 시는 산골 계곡의 옥수처럼 맑고 아름답다. 우봉 선생과의 인연은 내 시사인 구용 선생을 통해서이다.

우봉 선생1931~2016을 시단에 이끄신 분이 구용 선생이시다. 구용 선생1922~2001은 혜산 선생1916~1998과 6살 차이다. 두 분이 어느 면에서는 대쪽 같은 분이라 서로 친하셨는데 하루는 혜산 선생이 "시 잘 쓰는 사람 어디 없습니까?" 하고 말씀하셔서 구용이 우봉을 소개했다고 한다. 그랬더니 구용이 추천한 사람이라면 믿는다면서 혜산이 두말 안 하고 추천했다고 한다. 구용 선생도 우봉을 이 시대에 드문 선비라고 말씀하셨다.

우봉 선생을 처음 뵌 것은 내가 늦깎이로 시단에 데뷔한 후부터이다. 그러니까 80년대 중반경이다. 그러나 까마득한 분이라 가까이 가지 못하다가 대전 도마중학교에서 교감으로 선생을 모실 때 가까워졌다.

우봉 선생은 내가 두 번째 시집 《외눈 안경알》을 냈을 때 학교에서 출판기념회를 해주셨다. 조촐한 출판기념회이지만 전 직원이 축하해 주었다. 나는 그것을 진정 잊을 수가 없다. 후배 시인을 사랑하는 선생의 마음 쓰임이 대단하셨다.

우봉 선생과의 추억의 다른 하나는 도마중학교에 계실 때 부산일보가 주최하는 요산문학상을 수상했다. 그때 선생님을 모시고 리헌석 시인, 아드님과 내가 부산으로 내려갔다. 기차를 타고 내려가면서 오징어를 안주 삼아 소주깨나 마시며 문학이야기를 원 없이 했다. 부산까지의 그 길이 멀지 않았다.

수상을 하고 대전에 돌아와서 1989년 12월 14일에 마리안느에서 리헌석 시인이 마련한 우봉 선생의 수상을 축하하는 시낭송회가 있었다. 그때 선생이 하신 말씀이 아직까지도 생생하다.

왜 시를 쓰느냐? 삶의 공허를 메우기 위해서, 고독의 구제행위로…. 그러나 시란 자유를 원한다. 시란 인간을 해방하는 정신이다. 이런 모토를 늘 가슴에 담아두고 외골수로 서정시만 써왔다. 실험시, 참여시, 난해시에게 눈을 돌려보려고도 했다. 그러나 잘 안 되더라. 그것은 체질 때문이 아닌가.

내가 도마중학교를 떠난 후 또 정년퇴직한 후에도 가끔 선생님을 술좌석에 모셨고 내 팔자가 사나워 혼자되었을 때 선생님을 술자리로 자주 불러냈다. 그럴 때마다 거절하지 않으셨고 술좌석에서 한 번도 자세가 흐트러진 일이 없으셨다.

임강빈 선생 1주기 추모식에서

선생님은 말씀이 없으시지만, 하시면 말씀을 참 재미있게 하신다. 말씀하실 때 시인답게 자주 은유법을 쓰신다.

선생님을 올해에 두 번 뵈었다. 처음은 태고사 초입에 있는 '시인과 태공'이라는 음식점에서였다. 백화가 만개하는 봄이었다. 그곳에서 아리아의 송 여사로부터 전화가 와서 소라와 같이 급히 달려가서 뵈었다. 송 여사는 시는 쓰지 않지만 우봉 선생을 존경하는 분이다. 송 여사는 도마중학교에서 영어 선생으로 근무하면서 우봉 선생을 모셨다.

시인과 태공 식당에는 사모님과 며느님도 계셨는데 사모님은 말할 것도 없고 며느님이 선생님에게 그렇게 잘할 수가 없었다. 선생은 복이 많은 분이었다.

그 후에 또 한 번 뵈었다. 우봉 선생이 장덕천 시인을 만나고 싶다고 해서 연꽃마을에 모시고 가서 대청호 변의 음식점에서 소주를 마셨다. 참가 문인은 정상순, 양태의 시인과 이소라 수필가를 포함 여섯 명이었다. 선생은 겨우 두어 잔 드셨다. 나는 더 이상 권하지 않았다. 그것이 선생님과 마지막 든 술이다.

그리고 올여름 선생님의 마지막 시집 《바람, 만지작거리다》가 나왔다. 그래서 다음과 같은 편지를 써서 우송해 드렸다.

　　바람을 만지작거리는 시인께

　　선생님! 시집을 내셨네요.
　　이번 시집은 반갑기도 하고 반갑지 않기도 한 시집입니다. 선생님의 시집을 받아보는 것은 즐거운 일이지만, 서문에 쓰신 것처럼 다시는 시집이 없을 것이라는 글에 서운한 마음 금할 수가 없습니다. 선생님의 시집은 앞으로 몇 권은 더 받아보고 싶기 때문입니다. 앞일은 누구도 알 수가 없기에 선생님의 그 말씀은 공수표가 될 가능성이 있다고 생각하고요. 그렇게 되리라 믿습니다.

바람을 만지작거리는 경지에 이르려면 어느 정도의 수준에 도달해야 하는가? 하는 생각을 했습니다. 저의 좁은 식견으론 신의 경지가 되어야 그렇게 되는 것이 아닌가 하는 생각을 했습니다. 과연 비단결같이 고운 시들이 빼곡히 들어차 있네요.

그런데 선생님! 이번 시집에는 너무 슬픈 시들이 많네요. 심신이 많이 쇠약해지셨다고 느꼈습니다. 기운을 내셔요. 시는 선생님을 회복해 주실 것입니다. 그리고 우리나라에 몇 안 되는 서정시인으로 영원히 계셔야 합니다.

사모님께서 건강은 어떠신지요. 두 분 수통골 흑염소집에 제가 한 번 모시겠습니다.

사실 제가 가장 존경하는 시인은 바로 선생님이십니다. 이 말씀을 오늘은 고백하고 싶습니다. 진심입니다.

지난번 리헌석 평론가가 전화했을 때 선약이 있어서 뵙지 못했습니다. 목선회 김해순 교장 중심의 문화여중 교사모임에서 서대산에 가는 중이었거든요. 죄송합니다.

무더운 더위에 선생님 내외분께서 건강하시길 기원합니다.

2016년 6월 23일
인환 드림

선생님을 흑염소집에 모시는 일은 저세상에서나 가능하게 되었다. 장례식장에서 며느님의 이야기로는 내 치졸한 편지를 선생님께서 보셨다고 한다.

선생님의 명복을 빈다.

변재열 시인을 떠나보내며

변재열 시인을 떠내 보내며 가슴이 참 아팠다. 사람은 태어나면 누구나 이 세상을 떠나게 되지만 그는 1946년생이라, 이제 겨우 75세이다. 아직 젊은 편이다. 나보다 6년이나 아래다. 그런데도 나보다 3년이나 먼저 문단에 데뷔해서 나에게 많은 도움을 준 시인이다.

변 시인을 처음 만난 것은 1982년 3월 연산중학교에서이다. 내가 1979년에 연산중학교에 부임해서 3년째 되는 해였다. 변 시인은 정기 발령일이 아닌 며칠 후에 발령이 났다.

변 시인이 오려고 그랬는지 국어 선생이 몹시 기다려졌다. 그 당시는 연산중학교는 경합지라 아무나 오는 곳은 아니었다.

기다리던 국어 선생이 왔다. 직원회 때 교장 선생이 소개하는데 문단에 데뷔한 시인이라고 했다. 국어 선생이 시인이라, 귀가 번쩍 띄었다. 상당한 실력가라고 소개했다. 우선 외모가 시인다웠다. 마른 체구에 날카로운 시선과 어딘지 사색적인 모습이 남달랐다.

그 당시 나는 근 이십 년이나 꿈꾸었던 문단 진출을 접고 학교 일에만 매달려 있었다. 며칠 동안은 그에게 접근이 어려웠다. 그는 내가 이루지 못한 시인이 되어 나타난 것이었다.

그 당시 연산중학교는 대전에서 통근하는 교사들이 많았다. 지금처럼 자가용이 없던 시절이라 사거리까지 걸어가서 버스를 타야 했다. 사거리에는 막걸릿집이 서넛이나 있었다. 퇴근할 때 의례히 한 잔씩 걸치고 퇴근했다. 변 시인도 통근을 했다.

시인치고 술 못 마시는 사람이 없듯이 그도 주량이 대단했다. 그러나 많이는 들지 않고 술 매너가 아주 좋았다. 우리는 급속도로 친해졌다. 자연히 문학에 관한 이야기를 많이 나누었다.

그는 한성기 선생의 추천으로 《현대문학》에서 데뷔했다. 그 당시에는 《현대문학》으로 데뷔한다는 것은 문인으로는 명예스러운 일이었다. 그의 데뷔작도 독특했다. 차츰차츰 그를 알게 되었는데, 외모에서 풍기는 날카로움보다 마음씨가 참 착하고 올곧았다. 그 당시 그는 대학원에 적을 두고 있었다. 그래서 참 바빴다.

학교생활, 대학원 공부, 시인으로 작품창작 등으로 일인 삼역을 했다.

그를 잘 아는 사람들은 그는 목표를 세우면 결단코 성취하기 전에는 포기하지 않는 사람이라고 표현했다. 우리는 그는 손가락으로 철판을 뚫는 의지의 사람이라고도 평했다. 의지가 참 강했다. 그는 다분히 선비 스타일이었다.

그와의 술좌석이 잦아지면서 나도 문학 공부를 했는데 결국 포기했다는 이야기를 나누는 정도가 되었다. 그는 나에게 지금도 늦지 않다고 말하면서 격려해 주었고 한성기 선생님과 '백지' 동인들을 소개해 주었다. 그 당시는 대전에 문인들이 겨우 100여 명 될 정도였다. 차츰 '시도' 동인들, '새여울' 동인들도 소개해 주었다. 결국 그를 통해서 대전의 문인들을 다 알게 되었다.

결국 변 시인은 나의 꺼져가던 문학의 불씨를 다시 타오르게 해준 시인이다.

그동안 쓴 시를 정리해서 구용 선생에게 꾸준히 보냈다. 그리고 1984년에 꿈에도 그리던 시인이 되었다. 연산중학교에서 변 시인을 만나지 못했다면 나는 영원한 독자일지도 모른다.

지금 생각해 보면 나는 그에게 받기만 한 것 같다.

나는 1996년부터 2009년까지 감당할 수 없는 생의 준령을 넘고 있었다. 1996년에 아버지를 여의고 1998년에는 어머니마저 저세상으로 보내 드렸다. 그해 10월 위암 판정을 받고 대수술, 지난한 투병 생활, 2002년 정년퇴직과 동시에 아내와의 사별, 6년 동안의 홀아비 생활, 그 기간은 아들이 사는 서울에서 거주했다. 2008년에 소라를 만난 후 2009년까지 미국과 중남미 여행 그리고 여행기를 쓰는 데 6년이 걸렸다.

그러다 보니 변 시인 자녀의 혼사에도 참석하지 못했다. 이런 나를 그는 항상 문우로 생각해 주었다.

그런데 나는 그에게 해준 것이 하나도 없다. 나는 그런 사람이다. 이제 그에게 보답해줄 방법을 찾아봐야겠다. 요즈음 나는 그를 추억하며 그의 시집 10권을 열심히 읽고 있다.

삼가 변재열 시인의 명복을 빈다.

수연 박희진 선생 영결식

　수연 박희진 선생이 돌아가셨다는 부음을 받았다. 박희진 선생은 '공간시낭독회' 마지막 남은 창립 회원이다.

　창립 회원의 중심이신 구상 선생이 2004년에 돌아가셨다. 2013년에 창립 회원이신 성찬경 선생이 돌아가셨다.

　400회를 마치고 500회까지는 하고 싶다고 말씀하시고는 바로였다. 수연 선생도 마찬가지다.

　지난달까지만 해도 수연 선생은 걷는 것만 장애가 조금 있었지 목소리가 카랑카랑하고 기력이 왕성한 편이었다. 그런데 갑자기 심장마비로 돌아가셨다.

　성 선생도 심장마비로 갑자기 돌아가셨다. 시인들은 심장마비로 잘 돌아가신다. 너무 예민해서 상처를 잘 받기 때문인가?

　수연 선생의 약력은

차나무 시낭독회에서 강의하는 박희진 선생님

경기도 연천에서 1931년 출생하셔서 2015년 작고
1955년 문학예술 시 〈무제〉로 데뷔
고려대학교 영문과 졸업
2012년 녹색문학상 외 5건
2007년 대한민국예술원 회원
시집 《실내악》 외 30여 권

선생의 장례가 있던 날은 종일 날씨가 흐렸다.

선생은 결혼을 하지 않아서 자녀가 없으시다. 평생을 홀로 사셨다. 돌아가시기 전에 장례위원을 뽑아 놓았다. 주로 제자들이었다.

2015년 4월 2일 삼성병원 영안실에서 공간시낭독회 주관으로 영결식이 거행되었다. 식은 공간시낭독회 회장의 사회로 시작되었다. 이제는 이 모임을 책임져야 하는 동호 사백이 조사를 낭독했다. 다음은 최종고 교수의 조사 그리고는 이무원 시인과 내가 조시를 낭독했다. 제자들과 회원들이 선생님의 시를 몇 편 낭독했다.

윤준경 시인이 수연 선생의 시에 곡을 붙인 〈애향가〉라는 노래를 불렀다. 촉촉한 음색이 심금을 울렸다.

애향가

박희진

1,
산비둘기는 산이 좋아 산에서
물오리는 물이 좋아 물에서 사노라네
나는 인간이라 집에서 살지만
산도 물도 좋아 이 강산 못 떠나네!

......

(후렴)

한 발짝 가면 산이 섰고

두 발짝 가면 물이 쏼쏼

이 나라 삼천리금수강산

지구상 또 어디 있으랴

2,

금성인도 이곳에서 살고 싶어 하고

토성인도 이곳에서 살고 싶어 하네

동포여 이 땅에 태어난 기쁨

우리 햇살처럼 펴면서 살아보세

영결식 중간쯤 '문학의 집' 서울 김후란 원장과 오정희 '가톨릭 문우회' 회장이 오셔서 인사말을 하였다.

이제 벽제 화장터 승화원으로 가는 길이다. 선생의 마지막 길을 끝까지 따라가는 사람은 많지 않았다. 친족과 제자 몇 분, 공간시낭독회 회원 5~6명, 모두 20명 정도였다. 절차에 따라 승화원에서 화장했다. 점심을 들면서 우리는 박희진 선생이 결혼하지 않은 것에 대해서 이야기를 잠시 나누었다.

결혼하지 않은 사람의 대부분은 첫사랑에 실패하고 그 고뇌가 너무 커서인 것 같은데, 수연 선생도 목메 사랑한 여인이 있었는가 하는 의문이었다. 측근들의 이야기로는 박 선생은 전혀 그런 일이 없으셨단다.

박희진 선생은 어찌 보면 시의 순교자이시다. 시와 결혼한 분이시다. 오로지 시를 위해서 평생을 사신 분이시다.

이제 선생은 한 줌의 재가 되어 장지로 떠나셨다. 장지는 경기도 남양주의 천마산 봉인사이다. 제자 가운데 한 분이 그 절의 스님이란다. 꼬불꼬불한 산골길을 버스는 달려 봉인사에 도착했다. 맨 먼저 눈에 뜨인 것은 엄청나게 큰 지장전이었다.

한 스님이 화장실에 다녀오라고 일렀다. 승려 세 분이 맨 앞자리에 앉아 육법공양을 올렸다. 우리는 마룻바닥에 방석을 깔고 앉았다.

유골함을 부처님 앞에 놓고 스님들은 불경을 외우고 우리는 시키는 대로 일어나서 절을 올렸다. 근 한 시간이나 걸려 육법공양은 끝났다. 다음은 안장식이다.

유골함을 들고 부도가 있는 곳으로 갔다.

부도단 입구에 수연 선생의 시비가 서 있었다. 작은 오석의 단단한 시비였다. 기단은 한 송이 연꽃이었다. 구용 선생의 시비를 세우면서 느낀 것인데, 시비 세우기가 얼마나 어려운가를 잘 아는 나는 선생의 주도면밀한 일 처리에 그만 숙연해졌다.

님들을 떠나보내며

이 시비를 만들어 놓은 것이 10여 년 전이란다. 제자들이 참 애를 많이 썼다.

바로 비석 옆에다 안장을 했다. 유골함을 묻고 그 위에 제자들의 글귀를 새긴 조그마한 비석을 얹었디. 천도재에 와서 가라앉은 흙을 더 채우고 꽃나무도 심고해야 한단다.

이제 선생은 고독을 잊고 천상에서 구상, 성찬경 선생을 만나 공간시낭독회를 할 것이다. 박승미 시인도 그곳에 있을 것이다.